JN217125

「まずは試し焼きかな」
パン屋・モルシェン
アルバン支店
ただいま開店準備中!!
2
ダンジョン村のパン屋さん
The Bakery in Dungeon Village
~パン屋開店編~

ダンジョンで鬱金（ターメリック）発見!
当然アレを作らないと……!!
ファル
『銀の鷹』の回復役。
おっとりした常識人。
アルギス
神官にして帝国の皇弟。
ブラコン過ぎる一面が。

南の魔女
見た目は男でも心は乙女
な魔女。アルギスの護衛。
ベルン
『銀の鷹』のリーダー。
AAクラスの剣士。
アマーリエ
パン屋の娘。前世の知識で
色々開発したため、悪人に
目をつけられ、辺境に隔離中。
シルヴァン
アマーリエの従魔で、
ちょっと変わった魔狼。

この世界では、「知恵者」と言われる
様々な分野に卓越した知能を持つ者が、
希に生まれることがある。
「そなたも
知恵者であろう？」

ダンジョン村のパン屋さん
The bakery in Dungeon Village
~パン屋開店編~
2
Hinoto Yoh 丁謡
Illust. mepo

口絵・本文イラスト
mepo

装丁
百足屋ユウコ＋たにごめかぶと（ムシカゴグラフィクス）

CONTENTS

プロローグ

ファウランド王国バルシュテイン辺境伯領、領都バルシュにある領主の館は、晩春の穏やかな日差しに包まれていた。

しかし、領主ウィルヘルムとその片腕であるダールは、全世界で起こった魔力溜まり事件と並行して領民誘拐事件を処理するため、そんな穏やかさとは無縁の日々を送っていた。

当初、ウィルヘルム達の仕事は、日常にちょっと毛が生えた程度の忙しさであった。領内の有望なパン職人、アマーリエが他領の考えの足りない領主に狙われ、誘拐事件に発展しそうになり、それの対処をするだけのはずだったからだ。

パン職人のアマーリエに関しては、美味しいものを食べて作っていられればそれだけで幸せな領民だった。そのために必要なことを本人なりに考えた上でやるのだが、想定以上の事態に発展し、いい意味での騒動がしょっちゅう起こっていた。ウィルヘルムとダールにしてみれば、領内が潤うならと軌道修正はしつつも、基本、放任方向でいたことなので責任は否めない。

ウィルヘルムとダールは、アマーリエの身の安全を確保しつつ、その領主を合法的に処罰するために動くことにしたのだ。

アマーリエを世界の端っこにある、領内一守りの固いアルバン村に一時的に避難させることを決めたウィルヘルム。そして彼女の道中の安全のため、世界屈指の有能な冒険者六人で構成される【銀の鷹】を護衛に付けて旅立たせた。

ただ残念なことに、アマーリエは魔物すら見たことのない町育ちのために世界の常識にちょっとどころでなく欠ける部分があった。その上、ウィルヘルムは知らないが、アマーリエが異世界の前世持ちの転生者であったため、世界観のズレが起こす事象も多々あり、道中は、騒動がいつも以上に起きやすくなっていた。

魔力溜まり事件は、そんなアマーリエの認識のズレがきっかけとなり、世界を巻き込んでの大騒動になった。

魔力溜まりとは世界のあちこちにできる魔力の水たまりのようなもので、魔物はそこから生まれるものとこの世界では考えられてきていた。

しかし、その世界の常識は、アマーリエによって覆されてしまう。魔力溜まりができ、そこにうっかりはまり込んだ動植物が魔物化するのではないかという仮説が立てられ、それが実証されてしまったのだ。そこから続く騒動を、世界では魔力溜まり事件と呼び、魔物を減らすために、あらゆる機関や職業の人々が魔力溜まりを管理する方向で動き出したのだ。

領主であるウィルヘルムも例外ではない。あちこちの機関や王国内の他の領主達との調整もあり、何度も灰になりかけながら役目を全うすべく頑張ってきたのだ。

「ふぅ、ダール。なんとか目処が付いたかな？」

「ええ。魔力溜まりの件に関しましては、領内各地にある魔力溜まりの場所が冒険者ギルドの協力によって特定されました。すべからく対処するよう指示を出しましたので問題はありません」

「うんうん」

「誘拐事件の方も各所に根回しがすみ、証人として実行犯も引き渡しが済んでおりますので、おって王宮より沙汰(さた)が下ります」

「わかった。アマーリエじゃないけど、あのお花畑野郎のせいでしなくていい仕事が増えたよな」

今にも主犯を呪い殺しそうな空気を醸し出すウィルヘルムに、ダールが答える。

「差し出口かと存じますが、あちらが馬鹿をやらかしたがために、アマーリエが街の外に出ることとなり、今度の魔力溜まりの件が起こったのでございます。あのお花畑がきっかけというのには、腹立たしい限りではございますが、この事態が人々に知れぬまま、魔力溜まりを悪用するものが出ておりましたら、魔王登場にもなりかねない恐ろしい事が起こったかもしれません」

「……わかってる。魔力溜まりも空の魔石に魔力を移して再利用できるなど、効率のよい方法も見つかって、良かったと思ってる。頭ではわかってるんだ。大事に至る前に皆で対処できたことは喜ばしいことだと。だがなダール！」

「はい、若旦那様」

「ここまで忙し過ぎるのは、どう考えてもアマーリエが道中色々思いついてるせいじゃないかな！」

キレ気味なウィルヘルムのためにお茶の用意を始めるダール。アマーリエの思いつきに一枚どころでなく噛んでいるダールは視線をそらしつつ、さらに話をそらす。

「若旦那様、アマーリエから新作のお菓子が届いております。少し休憩に致しましょう」

「ほんと!?」

お菓子と聞いた途端、元気になる主人にダールは内心で安堵のため息を吐く。ここ数日、ウィルヘルムと屋敷の料理研究に熱心な料理長が美味しいもの食べたさに、アルバン村まで行くとごねまくり、引き止めるのに苦労していたのだ。ウィルヘルムに関しては明らかに現実逃避であった。

「甘藷というネーベ地方で採れる甘い芋を使ったお菓子だそうですよ」

ウィルヘルムにスイートポテトとお茶を出すダール。

「！　美味しい……。この芋を領内で栽培しよう！」

「……痩せた土地でも栽培できるようですので、飢饉対策にもなりますから、そう致しましょう。栽培計画のあらましを書類にお願いします」

明らかに自分でも仕事を増やしているウィルヘルムであった。

「う、わかった。アマーリエはアルバン村に着いた頃かなぁ。銀の鷹のベルン殿からそろそろ連絡が来ると思うんだけど。グゥエン達はとっくにアルバン砦についたと報告が来てるのに……」

ウィルヘルムは書斎の窓越しにアルバン村の方向を眺め、つぶやく。

グゥエンやノール達、アルバン砦の交代要員としてついでにアマーリエの護衛を任された騎士達は、とっくにダンジョンの近くにある砦に到着していた。アマーリエ達が温泉に寄り道してる間に。

「ゲオルグ様とも合流したようですし、そろそろ着く頃でしょう」

「お祖父様……自分だけ楽しんで！　私も早く隠居するんだ！」

一応、祖父であるゲオルグの護衛騎士達スケルヴァンとカークスウェルからも報告を受けているウィルヘルムだった。

「はいはい。でしたら、早々に奥方を見つけて、跡取りを得てくださいまし。隠居はそれからでございますよ」

「うぐぐっ」

「ふぅ、私も早く若様の顔が見たいものです」

「忙しいのが悪いんだー！　アマーリエのバカ！　仕事増やすんじゃないよ！」

ウィルヘルムの絶叫が響く中、いつものことと通常運転の屋敷の使用人達であった。

◇　◇　◇

ウィルヘルムに叫ばれていたアマーリエはと言うと、予定外の旅の連れと共にようやく新天地、アルバン村に着いていた。アルバン村周辺は、領都(バルシュ)より北西にあるため、まだ春の初めの少し肌寒い陽気である。

村の唯一の門にある詰め所の前に馬車を止める、冒険者にして銀の鷹のリーダーであるベルンと、その馬車の後ろを騎馬で護衛していた、ゲオルグの護衛騎士、スケルヴァンとカークスウェルも馬から降りる。

「着きましたよ?」

ベルンの声に、幌(ほろ)の中に居た人々は馬車を降り、思い思いに体を伸ばし始める。

アマーリエと、旅の途中で彼女の従魔になったシルヴァンは、ベルンに伴われて門番の詰め所へと行く。その後ろを派手な色彩の衣装をまとった、エルフ族と巨人族の様相を合わせ持つ魔法使いと、真っ白な神官服が目に眩(まぶ)しい、ちょっとナーバスな表情の人族の青年が続く。

神官の青年は、グリニアス帝国総神殿に所属する元副神殿長で、兄を帝国皇帝に持つアルギス。

そして、その護衛をする派手な色彩の魔法使いは、【南】を冠するレジェンド級の魔法使い。ただし本人に【魔法使い】と男性呼称を用いると無視されるため、皆が南の魔女と呼ぶ人物であった。

「ベルンさん、ダンジョンの門ってどれもアルバンダンジョンみたいな形なんですか?」

アマーリエが、気になっていたアルバンダンジョンの石の鳥居についてベルンに聞いてみる。

「いや、それぞれだぞ?　アルバンは門だけがあるんだ。あの門をくぐると一階層目に出るんだ」

「へぇ（ワープするんだ）」

「それより手続きだ」

「アルバン村にようこそ。南の魔女様お久しぶりですねー。ベルンさん、今年もよろしくです！」

最初の村人兼門番がアマーリエ達に声をかける。

「おひさ～。今日はモリスが当番なのねぇ」

「久しぶりだな。今年もよろしく。ほい、新しいパン屋を連れてきたぞ」

「あたしはぁ新しい神官さんよぉ」

のんびり、にこやかな門番に身分確認をされ、アマーリエとアルギスは言われるがまま、門の詰め所の中にある水晶のような物体に手をかざす。

ちなみに詰め所の中へは当日の担当門番が一緒でなければ入れない仕組みだ。

「あ、その魔狼ちゃんも仮登録機に前脚かざしてねー」

「オン！」

背伸びしたシルヴァンは仮登録機にペチッと肉球をあてる。

「はい、これで仮登録が済みましたので村の結界の中に入れますよー。えーっと、アマーリエ・モルシエンさんは役場で本登録お願い致します。あ、ベルンさん魔狼ちゃんの本登録お願いしますねー。アルギス神官殿は冒険者ギルドで本登録をお願い致します」

「「はい」」

「オン！」

「いや、この魔狼は、そっちのリエの従魔だからな」

「え⁉　パン屋さんテイマーですか。へー。あっ、じゃあ村役場で本登録してください」

説明が面倒で門番の言葉に頷いて流したアマーリエとシルヴァンだった。

「コホン。では私からの諸注意を。村の出入り口はここだけになります。他から出ようとしたり、入ろうとしても、結界に弾かれますのでご注意くださいねー。あと、結界をいじろうとすると結界そのものに取り込まれちゃいますからやっちゃダメですよー」

「わかりました〜」

呑気かつ危機感の欠片もない二人の会話に、南の魔女のこめかみがピクリとなる。

「ちょっとぉ、モリス！　そんなぬるい言い方じゃ、効果ないんじゃないのぉ？」

「いえー。今年は十数年ぶりに結界に引っかかったの居ますからー。それ見せてあげてください」

「「「？」」」

アルバン初めて組が首を傾げる中、一方常連さんはグハッと手で顔を覆っていた。

アマーリエ達は再び馬車に乗り込んだり、馬に騎乗して、結界の中へと入っていく。シルヴァンは馬車に乗った途端、アルギスに抱え込まれている。

馬車は結界と村の物理防御である石の壁の間の道を進む。

「村は、石壁にぐるっと囲まれてるんですか？」

「うむ、ほぼ円形に壁が村を囲っとるんじゃが、神殿の辺りは石壁がなくなっておる。村の最初期はの、この石の壁すらなかったんじゃぞ。少しずつ石の壁を築き、結界で覆って魔物達を凌いで来たんじゃ」

ゲオルグの言葉に、頷くアマーリエ。

「認証型の鍵がある結界なんですね。初めて知った」

前世の静脈認証式の鍵を思い出しながら、興味津々でアマーリエがゲオルグに話を振る。先々代の辺境伯であるゲオルグなら結界に詳しいと思ったからだ。

「うちの初代と初代国王陛下が手に入れたもんじゃ。アルバンにしか無い。詳細は辺境伯と王、その継嗣にしか伝えられんのじゃ」

「へぇ～。一度登録したら出入り自由なんですか？」

「基本的にはの。結界の出入り口はこの一箇所だけじゃから門番の前を必ず通ることになる」

「一応、人の目の確認も入るということですね。後は問題起こしたら取り消し？」

「そうじゃ」

「結界を破ることってできるんですか？」

「結界の力を上回れば可能ですよ。でもこの結界を破るのは相当な力、あるいは結界の弱い場所を一点突破する目と力が必要になりますよ」

アマーリエの疑問に、当代一の魔法バカと銀の鷹の魔法士マリエッタに言わしめた小柄で可愛い(かわい)おばあちゃん魔女が答える。ちなみに、このおばあちゃん魔女、南の魔女と同じく、【東】を冠するレジェンド級の魔女、【東の魔女】である。

「リエ。絶対、結界の隙間通ろうなんて考えちゃ駄目よ？　あんたの器用さってそういうことできそうだから怖いのよね」

「まあ、できそうなの？」

「しませんよ！　出るならちゃんと出入り口通りますって！　ていうか隙間あるんですか⁉」

疑いの目をしたマリエッタと期待に目を輝かせる東の魔女のツッコミに、可能性は否定せず、やらないとだけ宣言するアマーリエ。

（……何かあったらこっそり結界の隙間見つけて出入りする気だな、リエのやつ）

そんなアマーリエの本質が垣間見（かいまみ）えてきた銀の鷹のリーダー、ベルンは腹の中でため息を吐く。

「アマーリエ、失敗したら結界に閉じ込められるからの。やるでないぞ？　あんな風に骨になり、最後には骨すら消えるんじゃ」

　アマーリエが、ゲオルグの指差す方を見る。そこには、もがきあがいたような状態の人骨が不自然に浮いていた。

　結界を弄（いじ）ろうとした者は、囚（とら）われ、魔力を吸われ、やがてすべてを結界に吸収されてしまうのだ。アルバン村が鉄壁と言われる所以（ゆえん）だった。

　ここまで強固な結界が用いられるのは、アルバン村が開拓の最前線の村であり、またダンジョン門前村として多くの優秀な職人集団が住む村であるからだ。さらに、そんな彼らを二十年に一度起こるという魔物の暴走（スタンピード）から守るため作られたのだ。

「皆が忘れかけた頃にぃ、結界を潜ろうとするバカがぁ、ああして現れるのよねぇ。あたしぃ、これ見たの何度目かしらぁ」

　困ったわと首を振る南の魔女の服の裾（すそ）を、人骨に驚いたアマーリエが思わず掴（つか）んで叫んだ。

「ぎゃー！（リアル九相図か！）骨の前段階でなくてよかった！　匂いがしなくてよかった！　子供の教育に良いんだか悪いんだか！　絶対やりませんから！」

　思わず出そうになった、前世の仏教絵画の知識を飲み込み、ツッコミを漏らしつつ、結界破りをしないと心底から誓ったアマーリエだった。

「あぁら、骨までは結構早いのよぉ。その後が長いんだけどぉ。だいたい、ああいうおバカって、人が眠りについた頃に侵入しようとするでしょぉ？」

「そりゃ、侵入するのに真っ昼間からってのは少ないでしょうよ！」

思わずアマーリエは南の魔女にツッコむ。

「明け方までにには骨になってるわよぉ。教育にも良いのよぉ。ここの村じゃぁ、悪いことしたら、あんな風になるって教わるのよぉ。あれは、ほんと何よりも効くからぁ。なりたくなきゃぁ、やらないでしょぉ？　あんたもぉ、絶対やる気なくなったでしょぉ？」

南の魔女の色々見たことがあるらしい言葉に、真顔で頷いたアマーリエだった。そして、悪い事をしたらどうなるか実地で教えられ、トラウマを植え付けられる子供達に同情したのであった。

ただ、きれいな骨格標本となるため、冒険者ギルドや神殿の教材に使われることがあるというのは一般人には知る由もなかった。

「侵入に関しては、ほぼ完璧（かんぺき）なんじゃが、出る方に関しては割と気にしとらんのがのぅ。あとは、どこのバカがなんの為に入ろうとしたかが、わからんようになるのがのぅ、ちと問題なんじゃ」

「結界にペッしなさいって言わないんですか？　お腹壊（なか）しそう」

（あれ、もしかして私の誘拐事件の主犯の手の者だったとか？　可能性あるよね～。南無三）

アマーリエはとぼけたことを言いつつ、腹の中で骨の正体を推測し合掌する。

「お腹壊すって、あんた……」

「そうできれば良いんじゃがのぅ」

結局、締まらない話で終わるアマーリエ達だった。

第1章　アルギスの事情

石の中門をくぐり、村の中に入ったアマーリエ達。ゲオルグはアルギス達を連れて商業ギルドが運営する高級宿屋に、銀の鷹とアマーリエは馬預かり所に向かった。

ちなみに、シルヴァンは落ち込んでいたアルギスに抱え込まれて離してもらえなかった。仕方なくアマーリエは、くれぐれもかじらないようにとシルヴァンに言い含め、あとで迎えに行くと南の魔女に伝えた。アルギスはシルヴァンを抱き込んで内にこもったまま、南の魔女に引きずられて宿屋に行った。

「神官殿、落ち込んだままだったな。シルヴァンもお守りが大変だなぁ」

銀の鷹のメンバーで巨人族の血を引く心も体も大きなダリウスが、シルヴァンを心配してぽつりとこぼす。

「リエ。あんた、シルヴァン引き取りに行く時にでも責任持って浮上させなさいよ」

「えー、マリエッタさん、面倒くさい～」

「トドメ刺したのあなたでしょ！」

「うう、わかりました。なんとかします」

アマーリエはアルギスをどう浮上させるか考えるため、落ち込ませた原因を思い起こす。

それは、温泉からアルバンに向かう馬車の中でのこと――。

「あれ？　皆さん、米のこと上に報告上げてたんですね」

馬車の中で米が話題になり、アマーリエが口を挟む。

「そりゃな。微弱とは言えリジェネ効果のある穀物を黙ってるわけにいかんだろ」

ベルンのギルドへの報告理由に続いて神官のファルが言葉を続ける。

「神殿はとくに、回復や薬関係にも関連が深いですから。真っ先に情報を手に入れたい事になりますね。あと、効果のあるコメが栽培できるようになって、各国に行き渡るようになれば、難易度の高い魔物の討伐も少しは楽になると思います」

「あれ？　でも、米はダンジョンの魔力の濃いところで育つからそういう効果がついてるんじゃないですか？　普通の土地じゃ魔力がない米になる気がするんですが？」

アマーリエがファルに突っ込むが、代わりに南の魔女が答える。

「そういう、いろんなことをぉ調べるためにぃ、アルギスさんが帝国の副神殿長を辞めて、アルバンに赴任してきたのよぉ」

「え、アルギスさん、かなり長いことアルバンにいることになるんじゃ？　あ、だから副神殿長辞めたのか？　大変ですね」

南の魔女の言葉にアマーリエが驚いてアルギスの方に視線を向ける。植物の生育の調査研究はたとえ一年草といえども、十年は軽く超えることなどしょっちゅうだからだ。

「私は兄に放逐されたのですよ」

アルギスは苦い表情で幌から顔を出し、シルヴァンを抱きしめたまま自虐的に答える。

「え？　神殿の仕事でアルバンに行くんじゃないんですか？　放逐って物騒な」

「表向きは、私が副神殿長の地位を辞して自ら研究調査に赴いたことになっていますが、兄にアルバンでコメの研究をしてくるように命じられたのです。研究が終わるまで帰ってくるなと。体のいい厄介払いです」

そのアルギスの拗ねた言い様に首をひねるアマーリエ。アマーリエ自身が持つ一般常識程度の少ない帝国情報ではアルギスの言い分が正しいのかとっさに判断がつかなかった。

「ちょぉっと、アルギスさぁ〜ん、変なこと言っちゃだめでしょぉ」

「ここに居る方達は口外したりしないよ」

ぶすくれて、シルヴァンに顔を埋めるアルギスに、テシテシと撫でるがごとく前足をアルギスの上に置くシルヴァン。

南の魔女の焦りっぷりと不穏当なアルギスの発言に、ちょっと考え込むアマーリエ。

「あ、なるほど。私と一緒で安全のために避難隔離させたのか。むしろ研究結果が出なくても、あんちゃんの仕事が終われば帰れるわけね」

「ちょ、お芋ちゃん、あんた答えにたどり着くの早すぎぃ。もぅ、もぅ、内緒なのにぃ」

「なんだ、しかも南の魔女様への護衛依頼は神殿からではなく皇帝陛下直々ですか」

「あっ」

「語るに落ちましたね」

動揺する南の魔女ににやりと笑うアマーリエ。

「……避難隔離させたとはどういうことですか？　後、兄上のことは私の兄でお願いしますね」

ちょっと変な言い様になっているが、自身の皇弟としての身分や兄の皇帝の身分を大っぴらに話すわけにはいかないので、アルギスは皆に釘を刺す。

「はーい。んじゃ、あんちゃんで。ちょ、シルヴァンの首が締まってますから！」

「え、ああっ、ごめんね、シルヴァン。リエさん、説明してください」

アマーリエの発言に知らぬ内に腕に力が入っていたアルギス。シルヴァンは必死でその腕をタップしていたのだ。

「説明も何も、ただあんちゃんが、アルギスさんが大事だから避難させたんでしょ？」

アマーリエの言葉にアルギス以外が色々察して、頷く。

「兄上は、私が邪魔になったから放り出したんです！」

「えー、邪魔になったら、あんちゃんて物理的に首飛ばすんでしょ？　聞いた話じゃ？」

頑なに言うアルギスにアマーリエはそう言って、温泉村出発前にやんごとなき方の噂話をしたファルの方を見る。アルバン村に帝国の神官が派遣されてくるという話になって、そこから帝国の粛清の話になり、そのままやんごとなき方の非情さぶりが話題になったのだ。

目のあったファルは、顔をひきつらせつつも頷く。

「たしかに兄は、父と腹違いの次兄の首を落としましたけどね！　私が生きてるのは、兄以外に生き残った唯一の皇族だからですよ！」

アルギスは自分が生き残った理由を血を残すためだと言い張る。

「え～。血を言うなら他所の国に降嫁した人とかいるでしょ～。必要ならそのへんから調達してくるんじゃ？　まあ、余計な紐がついてくるだろうけど。んー、だとすると別の理由で直系である必要があるとか？　いや、なら自分で子供作るでしょうし？　ちょっと、ファルさん。昼行灯じゃないって言ってましたよね、この人」

アマーリエがファルに話を振ったのは、ファルが帝国神殿に所属する神官で、この中でアルギスをよく知ると思ったからだ。

「リエさん、人を指差しちゃだめです。ええ、聡明な方だとお伺いしてます。大好きな兄上が問題に絡まなきゃって但し書きつきますけど」

帝国の神官達が、アルギスについて噂話をする際に付け加えていた一言に、実物と接して納得したファルだった。

「つまりなんですか？　あんちゃんが好きすぎて、あんちゃんが絡むと、とたんに話が通じなくなるんですか⁉」

「ちょっとぉ、お芋ちゃん。あんたぶっちゃけすぎぃ」

アマーリエの言い様にファルは目をそらし、南の魔女は天を仰ぐ。

「たしかに私は兄が大好きですが！」

恥じることなく、兄が大好きなことを誰憚ることなく言い切ったアルギス。

「……リエ、きちんと説明してあげたら～」

この流れで色々面倒を察したマリエッタ。

「えー、マリエッタさんが説明すればいいじゃないですか。面倒だからって私に押し付けないでくださいよ、あ、大隠居様お願いします。一番説得力あるし」

「そなたもわしに押し付けるんじゃないわ。わしじゃ、納得せんよ。わしも貴族じゃからの。ちーっとぐらい助言してやったらどうじゃ」

逃げたマリエッタの代わりに、人生経験豊かで貴族でもあるゲオルグに話を振ったが、逆にその貴族であるという点から説明責任を押し付けられたアマーリエ。

「じゃあ、今後は助言一個につき帝国の美味しい素材をもらうってことで」

「相変わらず容赦ないのう」

「最初ぐらい、おまけしてあげなさいよ」

少しアマーリエに毒され始めていることが窺(うかが)える、マリエッタの発言だった。

「わかりました。最初の質問にはただで答えましょう。それ以降の助言にはなんか美味しいものください。どうです？」

「わかった」

「いや、わかったって……なんでその流れに流されるのかねぇ。大丈夫か、この人？」

素直なアルギスの様子につい心配になってこぼすベルンだった。

「んじゃ、えっと、なぜ、放逐じゃなくて避難隔離なのかですよね。そうですねぇ、まず、帝国の粛清ってどの地位の方までだったんですか？」

「皇族、それに臣従した諸侯だね。距離をおいた貴族や民を慮(おもんぱか)る貴族は粛清を免れてる」

「おお、やるね！　皇帝陛下。普通はそこまで思いきれないし、やろうとしても身動き取れないのに。どうやったのか気になるなぁ」

皆の様子から、やんごとなき方が粛清をしたと言っても、ある程度周りが納得できる形で行ったことを見て取っていたアマーリエ。そういう形に持っていこうとするならば、相応に舞台を整える必要がある。やんごとなき方はそうするだけの力がある人物だとアマーリエは判断した。

「方法は知りません。あっという間に終わってましたから。だからこそ、その情け容赦のなさで氷とあだ名されるのです、兄上は」

「あっという間ですか！　ますます、すごいな。でもね、あなたは生き残ってる。これがあんちゃんにとってアルギスさんが大事であるという理由の一つね」

「私が生かされたのは帝位に邪(よこしま)な気持ちがなかったからです。血を残すためだけに兄上は私を生かしたんです」

反論するアルギスに、アマーリエは疑問をぶつける。

「んじゃ、アルギスさん、皇位継承権は放棄した？」

「しようとしましたが許されませんでした。現状、継承権を持つのは私一人ですから」

「ふーん他にはいないんだ。それなのにあんちゃん、放棄させないまま、神殿に放り込んだんだ。神殿の粛清はなかったんですよね？　それじゃ、アルギスさんは神殿に対する撒き餌(まえ)ってことか？」

やんごとなきお方が、神官達の反応を見るためにアルギスを試金石代わりに神殿に入れたのかと首をひねるアマーリエに、ゲオルグが苦笑して答える。

「いや、神殿を信用されて居ったんじゃろ。当時の神殿長は名にし負う方じゃったからの」

「ええ、あの方は素晴らしい方だったんです！」

ゲオルグの褒め言葉に乗るアルギスに冷めた視線を向けるアマーリエ。

「ふーん。だからその時は、神殿側は誰も粛清されなかったんだ。じゃあ、状況が変わったってことか。うーん？　うちの神殿しかわかんないからなんとも言えませんが、帝国の神殿も朴訥(ぼくとつ)としてるんですか？　ファルさん」

アマーリエが知っているのは領都の穏やかで人の好い神官達や、道中の村に駐在する村の人達のために頑張る神官ばかりである。華やかな都の神殿には跳梁跋扈(ちょうりょうばっこ)する何かが居るかもしれないのだ。

「わ、私に話を振るんですね」

「ここにアルギスさん以外で、帝国の神殿をはっきり知ってるのファルさんしか居ないし」

「ううう。……そうですね、朴訥とされている方もいらっしゃれば、そうでない方もいらっしゃいますとしか」

　言葉を濁すファルに肩をすくめるアマーリエ。

「それ、碌でもないのが間違いなく居るって言ってるようなものですよ。じゃあ、端的に。アルギスさん、今の神殿長はあんちゃんにとって信頼のおける方ですか？」

「……それは」

　言いよどむアルギスに、少し考え込んだアマーリエ。

「……なるほど、でしたらアルギスさんのアルバン行きの遠因は、バルシュテインが物流を神殿に預けたことでしょうね」

　各村の村役場や神殿に小型の転送陣を設置し、物流の改革をしようという話をアマーリエはダールとしていた。実際、転送陣の設置はほぼ済んでいる。原動力はウィルヘルムの各地の美味しいものが食べたい！　であったが。

　あっという間に粛清をやり遂げられるだけの力のある皇帝なら、あちこちに間諜を放ち、情報収集も怠っていないだろうと読んだアマーリエ。とくに発展著しいと名が上がっているバルシュテインなら、無視することは出来ないだろう。

「？」

　首をかしげるアルギスをおいてアマーリエはあえてゲオルグに質問する。

「ゲオルグ様、うちが神殿に転送陣の設置をお願いしたのって、三方良しだからですよね？」

　三方良し。それはアマーリエの前世において近江商人の家訓を研究者が簡潔にまとめた言葉だ。売り手も買い手も作り手を含んだ世間も満足する商いを指している。

「応、そうじゃぞ。民が潤い、我らも神殿も利益と権威を守れるからの。誰かが損をするようなものはうまくいかぬよ。そなたも商いをやっておるんじゃ、よくわかっておるじゃろ」

「ですよねー。さて、アルギスさん、色々渦巻いているらしい帝国の今の神殿に大事な物流を任せて、皆が満足しますかね？」

「！」

「神殿の権威が上がり過ぎ、民や皇帝、貴族の利が侵される可能性があるんじゃないですか？」

「そのとおりだが……」

「じゃあ、目的のために手を汚すのも辞さないあんちゃんが、帝国内の物流をうまく回すために次に打つ手は神殿内の粛清、もしくは信頼のできる人物を据えること。ただし、あなた以外で」

「は？」

「あなたに継承権がある以上、あんちゃんに子が出来るまではあなたが次代。あんちゃんがその次代に粛清の悪名をつける気がサラサラ無いとなるなら、安全な場所に移すでしょ。あなたをアルバンに移すっていうことはあんちゃんがあなたを大事にしてるっていうことに他ならないですよ」

　アマーリエが面倒くさそうに結論を言う。

「しかし！」

「しかしもカカシもねーわ！　何この、盲目的なあんちゃんスキー！　あー！　もうめんどくさ！　あのさ、あんたの立場で守りたいって思うものを周りの人にこれが大事なんですって、大っぴらに言う？　あんたがそう言った時、大事にしてたものはどうなった？」

　ブチ切れたアマーリエに周りがどん引くも、アルギスは考え考え答える。

「……子供の頃それで大切にしていたものは姉や異母兄弟に奪われたり、周りの貴族に付け入られたり、貶されたりしたから、私は大事なものを口にしたり行動に出すようにはしなくなった……」

アルギスはかつての自分を思い起こしながら、内心で久しぶりに兄が好きだと言ってしまったとそわそわする。会ったばかりではあったが、アマーリエ達を信じ始めている自分自身にも驚いていた。

「それは同じ立場のあんちゃんもだとは思わない？」

「！」

アマーリエの言葉にハッとするアルギス。それに畳み掛けるようにアマーリエは言葉を続ける。

「やれ、やっとネジが締まったか。いいですか？　あなたがこれからしなきゃいけないのは、アルバンで人脈を作ること。信頼なり信用できる、部下なり味方なりを作ること。帝国の民に利益を与えて、揺るぎない信頼を民から得ること。それを引っさげてあんちゃんのもとに帰って、帝位を継ぐこと。これがあんたに託されたあんちゃんの望みですよ」

「しかし、兄上に子ができれば！」

「正妃の噂を聞いたことがないんですが、いらっしゃるんですか？　寵愛を受けてる方は」

「……今は居ないが」

「もし、お子が出来て帝位を受け継ぐのだとしても、後ろ盾は？　今度はあなたがそのお子様を守れる力を付けてなければ、また碌でもない貴族に狙われませんか？　陛下が血を流したのはなんのためですか？　皇族の権威を取り戻すためではなかったのですか？」

「あ」

ようやく、納得した表情を顔に浮かべるアルギス。

「やっと腹落ちしたか（このブラコンめ！）」

「ちょっとぉ、お芋ちゃん、きついわねぇ」

「まぁ、南の、あなたがそれを言っちゃ、お終いですよ」

「な、あたしはここまで言わないわよぉ」

「あなた言わずに行動するでしょう?」

「ふんっ」

東の魔女と南の魔女が馬車の空気を変えるようにじゃれ合いはじめる。

「……私は兄上に大事にされていたのだな」

アルギスの目に滲んだ涙を拭い取るように、シルヴァンが舐めあげる。

「ありがとう、シルヴァン」

馬車の中がいい雰囲気になったその瞬間、狙いすましたようにアマーリエの意地悪が炸裂した。

説明に疲れて虫の居所が悪くなっていたのだ。

「いや、大事かどうかは知りませんよ。ただ次の治世のために必要だと考えてるんでしょ」

アマーリエの言葉に茫然となったアルギスに、ダリウスがため息を吐いて言う。

「なんでそこで落とすかね」

「あんちゃんに会ったことないですしー。考えてることの察しはついても、どう思ってるかなんて知りません。あんちゃんの気持ちが気になるなら聞きゃいいんですよ、直接。馬鹿馬鹿しい」

「それができればぁ誰も苦労しないのよぉ」

ぶすっと南の魔女がこぼす。

「き、嫌いだって言われたらどうするんですか!」

「嫌いだって言われたら、あなたはあんちゃんが嫌いになるんですか?」

「そ、それは」

嫌いになるわけがないと目で訴えるアルギスに、アマーリエがフンと鼻息荒く言い捨てる。

「好きなのは変わんないんですよね！　じゃぁ、好かれてようが嫌われてようが関係ないじゃないですか。あんちゃんが好きなら好きで、あんたがアルバンですべきことは変わんないでしょうが」

「……」

アマーリエの突き放した物言いに、涙に滲む目を見開いたまま硬直するアルギスだった。シルヴァンが腕の中から心配そうに見上げている。

「どのみち帝都にはすぐに戻れないんでしょ？」

「……結果が出るまで帰ってくるなと」

震える声で兄に言われたことを繰り返すアルギス。

「なら、さっさと結果を出して帰るか、帰るのが怖いならアルバンで暮らせばいいじゃないですか」

「ちょっとぉ、あたしはあんな田舎に引きこもるつもりはないわよぉ」

アマーリエの言葉に反応して南の魔女が永住は嫌だと反対する。

「だそうですので、さっさと結果出して、お国に帰ってください。はい終了」

「ひどっ」

そのままシルヴァンに顔を埋め、シクシク泣き始めるアルギスであった。

「すみませんのう。作る菓子は滋味溢れる甘い物なのに、本人ときたらこれじゃからのぅ」

思わずフォローするゲオルグ。シルヴァンもアルギスに擦り寄って慰めている。

「あ、あのアルギス様。コメの件は私も手伝いますから、結果を頑張って出しましょう！」

「ファルって優しいよね」

今まで黙って状況を見ていた、銀の鷹(たか)の弓士にして索敵担当のグレゴールがボソリと口を挟む。

「グレゴールさんも手伝って下さいね！」

「いや、一応依頼なんでしょ？　ダンジョンの探索は手伝うよ」

「みんな、なんだかんだ優しいし」

「リエ！」

「へーへー、私も米の栽培の方を手伝えばいいんでしょ。ダンジョンは行けませんからね！」

こうしてアマーリエに心折られたアルギスは、落ち込んだままアルバンに着いたのだった。


魔狼を抱えた成人男性(アルギス)を引きずって宿屋に向かう南の魔女の力強さに感心しながらも、落ち込んだままのアルギスの様子にぶつくさ言うアマーリエ。

「……一緒に居て、一番あんちゃんのことわかってるだろうに」

「近すぎてわからなくなることもあるさ」

困ったような表情で言うダリウスに、アマーリエはため息を吐く。

「はぁ。面倒くさい」

「シルヴァンを迎えに行くまでに何か方法考えとけよ。馬達(リル)を預けて、冒険者ギルドに行くぞ」

ベルンの言葉に頷(うなず)いて、準備を始めたアマーリエ達だった。

第2章　アルバン事始め

　馬預かり所から、広い道を道なりに北へ少し歩くと、素朴なレンガ造りに剣と盾が交差する看板がぶら下がった建物に着く。ここが冒険者ギルドだ。

　閑散としていた冒険者ギルドでアマーリエは護衛依頼完了の報告を済ませ、ついでに新しく来たパン屋ですと挨拶(あいさつ)を済ませる。

　銀の鷹も依頼完了手続きを済ませ、ギルド内の宿屋に投宿手続きを取った。早速、ダリウスは自分達のアイテムボックスを部屋に運び入れる。

「リエはこれからどうするんだ?」

「村役場で転入手続きして、商業ギルドに開業届を出して、後は転送してもらった荷物の受取です。ってどこに転送陣あるんだ?　役場?　神殿?　嫌だ、肝心なこと聞いてないし」

　ベルンに聞かれたアマーリエはやることを指折り数え、うっかりしていたことに思い至る。

「この村は特別ですので、転送陣は各ギルドと村役場にありますよ。でも、個人的な荷物の取り扱いってどこでしたでしょうか?」

　ファルが首を傾げる。

「おいおい。今、確認してやるよ。到着の報告もしないとだしな」

　呆(あき)れたように言うと、ベルンは早速、相互通信機器を使って領主に連絡を取る。

「……は?　パン屋の中?　地下の倉庫ですか?　はい、分かりました」

「ベルンさん？」

「ダールさん、転送陣を新たにパン屋の地下倉庫に設置したってよ」

遠い目をしたベルンが受けた説明をそのままアマーリエに伝える。

「は？　わざわざお抱え魔道具士をそんなことに使ったっていうんですか……」

「色々やり取りもあるから、三年間は設置したままだと」

「「「「……無茶振り？」」」」

ウィルヘルム達の人使いの荒さに思わずその場に居た者の声が揃う。

「リエに対応するには速さが命だそうだ」

「……そのために物理的距離をなくすのか。さすがと言えばいいのか。周りが大変だな」

戻ってきたダリウスが顎を撫でながらつぶやく。

「ま、まあ、遠くから荷物を運ぶ手間が省けて、よかったじゃないか」

グレゴールが物事のいい面を見ようとするも、アマーリエが懐疑的な意見を言う。

「結構重い物とか嵩張る物とか頼んだんですけど、地下から上に持ってけるのかな？」

「アイテム袋の入れ口にあう大きさなら運べるでしょうけど……」

マリエッタはアマーリエの顔を見て、そういう大きさのものではなさそうだと言葉を途切れさせた。

「一旦、皆でパン屋に行くか？　どうせだ。手伝うぞ？」

ベルンの言葉にメンバーが頷く。アフターケアもバッチリな銀の鷹のメンバーだった。

「先に、ギルドで引っ越し手伝いの指名依頼出してきます。タダ働きは申し訳ないですもん」

個人依頼も一応ギルドを通すことで透明化され、事後に問題が起こりにくくなる。親しい仲であっても、口約束は火種になる可能性がある。むしろ親しいからこそ、間に人をはさみ、書面化してお互いが後顧の憂いなく付き合えるようにするのが一番なのだ。それに銀の鷹の世間貢献度にポイントも付くからだ。

「あー、なら報酬は、リエが作る携帯食代わりの食事にしてもらっていいか？」

「問題ないです！　任せてください。依頼出してきます」

アマーリエは引っ越し手伝いの依頼を出し、銀の鷹が依頼を受けて受付を離れる。

「ベルンさん達、私が村役場に行ってる間に先にここでお昼食べてます？　……もしよかったらパン屋で一緒に食べます？　旅の途中で作った料理の余りになりますけど」

アマーリエはギルドの受付の向かいにある食堂兼酒場を、こっそり指差しながら言う。酒場には村人が数人昼食を取っている様子が窺（うかが）えたが、食べているものはパンと具沢山スープのようだった。

「一緒に行く！　リエのご飯がいいぞ！」

「ダフネ落ち着け。ギルドの宿の飯も悪くはないが、食えるならリエの飯のほうがいいからなぁ」

「大丈夫です。で、村役場ってどっちです？」

「ブハッ。そっちが本音か。こっちだ」

広場に向かう道を歩くアマーリエ達。領都と違ってそれぞれの建物の周りには庭があり、かなり建物同士の間に余裕がもたれている。

「あそこの広場が村の中心だ。広場を中心に円形に村が出来てる。正面のあの二階建ての建物が村役場だ。向こう正面が門に繋（つな）がる道になってて、その道の両脇に各ギルドの支店が並んでるんだ」

ベルンが観光案内よろしく、アマーリエに説明する。

「あの角の村役場よりも立派で豪華な建物は？」

赤いレンガの壁に蔦の絡まった二階建ての村役場とは対象的に、装飾の施された白い大理石の壁の重厚かつ瀟洒な建物を指差して、アマーリエがベルンに尋ねる。

「あそこが商業ギルドで、商業ギルドの運営する宿屋でもある」

「なるほど、じゃあ、シルヴァンを迎えに行くときに開業届も出せばいいか」

「そうだな。ああ、リエ、くれぐれも神官さんには優しくしくな」

「甘いものは売っても優しさは売ってないんだけどなぁ。しょうがない、なんとかします」

ブーッと口をとがらせつつも善処する旨を伝えるアマーリエ。

「……なんだこの何とも言えない不安な感じは？」

アマーリエの言い様にそこはかとない不安を覚えたダリウスがブルリと震えてこぼす。思わず胡乱な目でアマーリエを見たダリウスだった。

「着いたぞ、村役場だ。ちなみに、お前さんが住むパン屋は、そこの村役場の建物の横の通りを入って、四つ角を過ぎたところだからな」

「役場の裏ですかー」

「おう。村役場の奥が村の人達の住宅地だ。あと、青の日と緑の日の朝早くから広場で市がたつ。近くの農村から農産物なんかを売りに来る」

「覚えることいっぱいだなぁ」

「まあ慣れるまでの辛抱だな」

「ですね。じゃあ、届け出だしてきます」

「おう、俺らはお前さんのアイテムボックスをパン屋に運んでるぞ」

「はい、お願いします～」

アマーリエは村役場に入って一階の受付カウンターに向かい、諸手続きを済ませパン屋の鍵（かぎ）も受け取る。最後に奥にある登録機で本登録も済ませ、無事にアルバン村の住人となった。

疑問点を受付の人に確認するアマーリエ。

「あの、従魔の登録は後からでも大丈夫ですか？」

「ええ大丈夫ですよ。鐘七つ（午後六時）まで開いてますから」

「わかりました」

パン屋開店までの猶予期間を確認したあと、村役場を出たアマーリエは、一人待っていたダフネに手を取られパン屋に向かった。

村役場の横の通りを入ると住宅街が広がる。村役場の裏の道一本隔てて扇形の区画に三戸の家が建ち並ぶ。その区画の村役場の横の通りに面した家がアマーリエが住むことになるパン屋だった。

「わ～、ほんとに村役場の真裏だ。庭っていうかスペース広いね。草が伸び始めてるよ」

生け垣に囲まれただだっ広い草地の、村役場の影が届かない端の方に建った、レンガ造りの二階建ての建物が住居付きのパン屋だった。

「無事に手続きが済んだか。庭はなぁ。前の爺（じい）さんはあんまりいじる気はなかったみたいだな」

「そうなんだ」

「おなかすーいーたー」

「ああ、すみません。今開けます」

ダフネに泣かれて、アマーリエは慌ててパン屋の扉を開け中に入る。

「あれ？　ガラスの冷蔵ショーケースがある！」

「前はなかったぞ？」

「色々と変わってますね」

パン屋に来たことのある銀の鷹は、様変わりしたパン屋の内部に目を丸くして驚く。

「上も見てきます」

銀の鷹にひと声かけて、ショーケース脇のスウィングドアを抜け、上の階に行くアマーリエ。階段をあがると三部屋あり、一番広い、暖炉のある部屋の窓を開けて浄化魔法をかけた。広い部屋には大きなテーブルもあり、他の部屋からも椅子を集め、全員が座れるように準備する。

「上でお昼にしましょう」

アマーリエは、下に降りて、銀の鷹に声をかける。

「おう、アイテムボックスも運ぶぞ」

ダリウスにアイテムボックスを頼むと、アマーリエは二階へと案内する。

「結構広い階段だな」

「ダリウスがアイテムボックス抱えてそのままで通れるからかなりだな」

ベルンがダリウスの言葉を受けて、両腕を広げながら階段の幅の広さを確かめる。

「こっちの部屋です」

皆を広い部屋に招き入れ、ダリウスにアイテムボックスの場所を指示するアマーリエ。

そして、アイテムボックスとリュックから旅の間に作った料理の残りを取り出す。コロッケやとんかつを人数に合うように分け、皿に盛る。カンパーニュはダリウスに切ってもらって配分してもらう。スープはファルが皿によそい、グレゴールが配っている。

「この人数だとちょっと狭いですけど、なんとかなりそうですね。じゃ、いただきますか」

大きなはずのテーブルに所狭しと並んだ器を見て、アマーリエが声をかける。ダフネはお腹が空きすぎていたのか、無心で食べ始めている。

「なんか良いな、こう、家って感じで」

「一家団欒(だんらん)ですか？」

ベルンのしみじみした言葉にファルが小首をかしげて答える。

「ダリウスさんがお父さんでベルンさんがお母さん、グレゴールさんがお兄ちゃんで私達四人娘」

ニヤッと笑って混ぜっ返しにかかるアマーリエ。

「なんでだよ！　マリエッタだろ！」

「あぁん？」

速攻突っ込むベルンに、睨(にら)み返すマリエッタと大笑いする他のメンバー。

「ぴったりだぞ、ベルン？」

そしてキョトンと首を傾げるダフネ。

「ダフネぇ」

「母親のように口うるさいぞ、ベルンは？　ぴったりじゃないか」

「ぐっ」

「で、しっかり者の長女に、おっとりの次女、天然の三女にちゃっかりの末っ子か」

マリエッタ、ファル、ダフネ、アマーリエを順に見てグレゴールがにやりと笑う。

「ふん、あんたは上下から弄られ真ん中長男てとこよね」

「ぐふっ」

マリエッタに返り討ちにあうグレゴールだった。

「はぁ、満足」

「おそまつさまでした」

お腹が落ち着くまでお茶を飲んでくつろいだアマーリエと銀の鷹。

「はいはい。さぁ、引っ越し始めましょ。リエは先に厨房確認かしら？」

「ですね。それから地下に行ってどこに何を運ぶか指示します」

「よし！　じゃあ始めるか」

アマーリエ達は食器と鍋に浄化魔法をかけてアイテムボックスにしまうと、揃って階下に降りていった。

地下に行くために厨房に入ったアマーリエ達はその室内の様子に驚きの声を上げた。

「「「「「おお～」」」」」

「なんかわからんがすごいぞ」

「うん、すごいね」

「ピカピカだ」

ベルン達は銀色に輝く見たことのない魔道具に目を丸くしている。

「なんでうちの実家とおんなじになってんの厨房？」

アマーリエは実家の厨房と全く同じレイアウトの方に驚いていた。

「一緒なんですか？」

「はい、職人のおっちゃん達に開発してもらった最新式の魔導具もあります。調理台も大きい」

そう言いながらあちこち確認し始めるアマーリエ。

実のところアマーリエは、旧式の石窯や竈でどれだけのことが出来るか少々不安だった。パンの種類を減らして数を熟(こな)さないといけないだろうとだけ、漠然と彼女は考えていたのだ。

「これなら、うちの実家ほどじゃなくてもパンの種類増やせる、よかったぁ」

「美味しいパンが食べられるのか？」

「はい、色んなパンが焼けますよ」

ダフネと一緒にニコニコ笑うアマーリエ。

「全然見たこと無い魔道具ばっかりね」

アマーリエは、ウキウキとあれこれどんな道具なのかを銀の鷹に説明していく。

「細々した物も実家とおんなじ位置にしまってあるよー。すごいなぁ。妖精(ブラウニー)さんでも居るのか？」

アマーリエは作業台の下の収納扉を開けて喜んでいる。というよりはあれこれ深く考えて、藪蛇(やぶへび)になることをあえて避けた。

「妖精ってあんたね……」

能天気過ぎるアマーリエの発言に、マリエッタがため息を吐いてこぼす。ベルンはそこまで把握しているご領主の恐ろしさに背筋が凍る思いをした。

「……やりすぎなんじゃないのか、ご領主様？」

「いや、多分ダールさんじゃないかな？　これは無言で尻叩(しりたた)かれてる感じです、場は整えてやったんだからきっちり仕事しろよって」

かなり引いた様子のベルンにアマーリエは気にした様子を見せず、軽い感じで返事をする。そして、厨房にある地下に向かう階段側にある扉二つを開ける。

「こっちはお勝手口で、こっちがトイレね。お風呂(ふろ)欲しいな。建て増ししたらだめかな？」

スキル使って勝手に建て増すのは、流石に村の経済を考えたらだめだろうという理性的な判断を内心で行ったアマーリエだった。

「フロ？　あの河原の岩屋みたいな温泉か？」

「あれほどでかくはないですよ。一人が余裕をもって入れるぐらいの大きさで、湯に浸れるようなおっきな桶と洗い場があるって思って頂ければいいです」

「まあ、清潔にするなら生活魔法で十分だが、あの湯に浸かる心地よさはたまらんからなぁ。宿屋にでもできたら良いんだが」

「だなぁ、あれは体の芯から疲れが取れる感じだ。毎日とは言わんが、疲労が溜まってるときには入りたいな」

　おじさん二人がウンウンと頷いている。

「まあ、あれこれ考えるのは、パン屋のほうが落ち着いてからでいいんじゃないの？」

「はーい。そうします。がんばるぞ～。明日から早速オーブンの調子とか見なきゃ！」

「んじゃあ、引っ越しは？」

「あっ！　多分私の物だけですね。お布団とか運ぶの手伝って下さい」

　厨房が整っていたためにパンを焼く方に意識が向いて、引っ越しの荷物を忘れかけていたアマーリエだった。マリエッタが無詠唱で魔法光を出して、皆で厨房から地下に向かう。

「地下の階段も結構広いわね」

「粉の袋を運ぶからその分広いんだと思います」

「あんたの私物って？」

「寝具と衣類、後はこまごましたものですね。転送陣は反発があるから普通の木箱とかで送ってもらいました。大した数じゃないですし」

「じゃあ、すぐ終わるかしらね」

アマーリエは階段を降りてすぐの地下室の扉を開けて入ると魔法光を出す。

「おお、かなり広いですね、地下も」

階上とは違い、地下は石が組まれた壁に石の床であった。唯一階段を支える壁だけが板壁になっていて、簡素な板だけの棚が作り付けられていた。

階段手前の壁際には大きめのアイテムボックスがいくつか並べて置いてあり、アマーリエの私物はその前に木箱に入れて置いてあった。アマーリエはすぐその私物の木箱の傍に行く。

本来、転送陣で発送された荷物は受け取る側が陣を起動しない限り、異空間で留まっている。出ているということは、陣を設置した人物が代わりに受け取ってくれたのだろうとアマーリエは判断した。

「頼んだ粉類も、もうアイテムボックスに収納されてるみたいだし、再登録だけか」

アマーリエは壁際に並べられたアイテムボックスの蓋にどんどん手を置いて、魔力を通し登録を済ませた。そして蓋を開けて、中身の確認をする。頼んでいた材料全てが収まっている。

「いたれりつくせりだなぁ。で、転送陣はどこ？」

「……こっちだ、リエ」

「あ、はい」

ベルン達が居る場所に行き、地下の床半分以上を占める転送陣を見て思わず声が出るアマーリエ。

「デカッ！　なんですか？　このでかい魔法陣！　私、起動できるんですかこれ⁉」

「大量に大きな物を転送できるようになってますね。リエさんの魔力ではギリギリ？　こんな綺麗に描かれた魔法陣久しぶりに見ました。ご領主様は腕のいい方を雇っていらっしゃるのですね」

「そうなんだ」

ファルの感心した様子によくわからないまま応えるアマーリエ。

贔屓（ひいき）にしている魔道具屋の魔法陣とマリエッタの護符ぐらいしか見たことがないアマーリエは、まだその魔法陣の出来の良し悪しまではよくわからない。

「描かれてる線が均一、それにそれぞれの機能を納めた文様に無駄がない。そしてきちんとこの床に定着してる。これ何があっても壊れないわよ。……ここまで大きな物質転送の魔法陣、しかも省魔力になってるの初めて見たわ。ちょっと書き写して良い？」

いつも以上に目をキラキラさせて魔法陣を見ているマリエッタの様子に、かなりの上級者が魔法陣を設置したのかとアマーリエは推測する。

「良いのかな？　一応荷物は全部届いてますし、転送陣を起動する必要もないけど」

アマーリエの管理下にないものなのでベルンの方に視線を向ける。

「こら、マリエッタ待て。ご領主に確認するから。すみません、ウィルヘルム様？　今、お時間よろしいですか？」

通信機を起動して話し始めたベルンをじっと見守りながら、マリエッタがボソリと言う。

「……だめだったら内緒で」

「マリエッタさん、だめですよ」

ファルが苦笑してやんわり止める。

「……はい、はぁ、ありがとうございます。おい、許可出たぞ。写していいってよ、あっさりしてんなぁ、あのご領主」

「ほんと！　紙、ペン……」

アイテムポーチから魔法陣を書き写すための道具を出して、床に広げるマリエッタ。

「なぁ、写しちまうってことは、なんかあったら俺達使われる可能性ないか？」

魔法陣を持っているということは、それを展開させられるということだ。当然許可をしたご領主は銀の鷹が陣を持っていることを知っているから、何かあればそれを使うよう要請してくる可能性がある。ダリウスが良いのかとベルンに確認する。

「……そこを見越してだろ。ただほど高いものはないからな」

「でも、マリエッタさん止められませんよね？」

「あれも一応魔法バカだからな」

「あーあ、すごい嬉しそうな顔しちゃって」

「大丈夫ですよ、そんなあくどい事には巻き込んだりはしませんから、ご領主様」

ニコニコ言うアマーリエに肩をすくめるベルン。

「まあ、そのあたりの信頼は、一応俺達もあるがな」

「ダールさんがこき使うかもしれませんが、そこはそれ」

ニヤリと笑ってお仲間ーと笑うアマーリエに、ダリウスがげっそりとする。

「……なかったことにはできんよな……」

「ま、まあ大丈夫ってことで。さ、リエの荷物運ぼうか？」

「そうだな。しばらくマリエッタは使い物にならんからほっとけ。リエ。どれを運ぶんだ？」

「あのアイテムボックスの手前の木箱と椅子です」

「椅子なんか持ってきたのか？」

「あれは座り心地が格段に違うんです！」

「何だ、特注したのか？」

「うふふ、そうなんです」

「椅子に布貼るだけで変わるもんか？」

「座ってみればわかります！」

「おい、ベルン。喋（しゃべ）ってたら終わらんぞ」

「そうだな。んじゃ手分けして運ぶぞ。俺はこの椅子運ぶ」

　魔法陣に没頭し始めたマリエッタを置いて、それぞれ運べる物を二階に持っていく。アマーリエを先頭に二階まで荷物を持って上がったところで、それぞれ持っている物をどの部屋に入れるのか確認し、仕分けしていく。二台あるベッドは一つ解体することとなった。

　アマーリエとファル、ベルンは広い部屋に入っていく。アマーリエはファルと一緒に暖炉の前に毛足の長い敷物を広げる。

「わ、この敷物、広くてフカフカですねぇ」

　そう言ってその場に座り込むファルを置いて隣の部屋に行き、アマーリエはダフネが運んだ木箱から私物を出して仕舞い始める。戸口から顔を覗（のぞ）かせたダリウスがアマーリエに声をかける。

「一台ベッドを解体するぞ。グレゴール、ダフネ手伝え」

　ダリウスに呼ばれてベッドをばらしにかかるグレゴールとダフネ。

「リエ～！　この椅子は？」

「あ、ベルンさん、それ敷物の上にお願いします～」

　お互いに声を上げてやり取りをする。

「おう、ファルちょっと端に寄れ。リエ～！　座っていいか！」

「どうぞ〜！」

背もたれの高いウィングバックアームソファを暖炉に向けておいて、早速ベルンが腰掛ける。

「お〜これ本当に良いな。すごく座り心地が良いぞ。どうなってるんだ？」

パンのレシピのノートを持って居間に戻ってきたアマーリエが、自慢顔で話し始める。

「むふふ、家具屋のおじさんに頼んだ特注品なんですよ〜。生地屋のおばさんや鍛冶屋のおじさん、革屋のおじさんも巻き込んで結構大変でした。ご領主様のところにも納品されてますよ」

「……何やってんだ？」

「いや、座り心地のいい椅子が欲しくて、お金が貯まった時にお願いしたんです。したら、すぐにダールさんにバレて領主館を先にって、うちの分は後回しですよ。ええ、平民なんてそんなもんです」

その後、領都と王都の領主館の一部の家具が刷新された。昔ながらの木のテーブルと木の椅子の部屋も残したままで、ダールは客によって使い分けるようにしている。

もちろんその後、王都でも売り出されて色んな所がウハウハになったのは言うまでもない。まだまだ、魔物からの危機感が残り、生活を豊かにするという経済の発展がこれからの世界なのだ。

「……何かする前にダールさんに確認とったほうが良いんじゃないのか？」

「一応、確認とるかってだいぶ前に伺いましたよ？　でも、好きにやんなさいって」

ダールは、アマーリエの食に対する熱意とそれ以外への熱のなさをよく知っているのだ。

一度、食以外に関する発明を前もって報告させようとダールは試みた。するとアマーリエは報告内容をまとめるために思案を始め、様々な利点と問題点を考え、精査しはじめた。

が、なかなか上がってこない報告にダールが確認を取ると、アマーリエは、解決は個々人の判断に頼らざるを得なくなり、ろくでもない結果になりそうだと結論だけ報告したのだ。

面倒になって、なくてもいいですで報告を済ませようとするのがアマーリエという人物だった。

それでは領内の発展をみすみす逃すことになりかねないとダールは判断を下した。

「……放牧か？　放牧なのか？　ここの領地は？」

「羊じゃあるまいし。まあ、好きにしろと言われたほうが動きやすい人間も居れば、一個ずつ的確な指示がないと動けない人間も居ますし、そのあたりは上に立つ人のさじ加減？」

「ダールさんも大変だなぁ」

この旅の間、アマーリエのちょっとした思いつきが騒動に発展し、ベルンはそれに巻き込まれ続けていた。それ故、領主のお守りをしながら、騒動を起こすアマーリエの後始末にも奔走してきたダールに、頭の下がる思いであった。

「おい、ベルン、何まったりしてるんだ？」

ベッドの解体が終わり、部品を抱えたダリウスが、くつろぐベルンを見て顔をしかめる。

「あ、ダリウスさん終わりました？」

「おう、ここに部品を置いてくぞ。ベルン代われ。俺も座る」

ダリウス達が持ってきたベッドの部品を、グレゴールと一緒にアイテムボックスに放り込み始めるアマーリエ。その横でダリウスとベルンは、椅子の取り合いをはじめた。そして、それはそのまま銀の鷹(たか)による椅子取りゲームに発展してしまう。

「あんた達、何やってんの？」

魔法陣を書き写し終えて上機嫌のマリエッタが、暖炉の前で戯れている面子(メンツ)に声をかける。

「あ、マリエッタ。終わったか？」

「ええ、書き写したわよ。何その椅子？」

「マリエッタ、座り心地が良いぞ！　この椅子」

「ふーん。ダフネ交代」

「うう、しょうがない」

マリエッタには逆らえないと本能で知っているダフネは、おとなしく椅子を譲る。

「あら！　いいわね」

「あぁ、マリエッタ、俺が先に……」

「あぁん？　真ん中長男は最後でしょ」

「ひどすぎる～」

「ブクク。皆さん椅子が気に入ったみたいですね」

銀の鷹の様子を見に、居間に戻ったアマーリエが会話に交ざる。

「おう、くつろぐっていう感じが良いぞ。こうなると拠点がほしいなぁ」

しみじみ言うダリウスにアマーリエが良いものがあると教える。

「確か、家具屋さんに注文家具類が載った小冊子がありますよ。注文してみたらいかがです？」

「そんなもんまであるのか？」

「はい、基本の形や生地見本を付けて選べるようにすれば、売る方も買う方も便利だよと言ったら、作ってましたよ」

アイテムボックスがあるから、物を運んで相手に見せる事もでき、広い場所であれば見比べたりも出来る。だが、カタログがあれば、狭い場所での商談もできるし、対面でなくてもある程度欲しいものが絞れるようになり、時間の短縮につながるのだ。

「ベルン、真面目に拠点を考えるか」

真剣に拠点について話し合い始める銀の鷹をよそに、アマーリエは着々と片付けを済ませた。

粗方、片付けの済んだアマーリエは厨房でお茶を淹れて、アイテムリュックに残っていたおやつを運んでテーブルに並べる。

「お、すまんな」

銀の鷹達がテーブルに集まり、お茶とお菓子を堪能する。

「そろそろシルヴァンを迎えに行くんじゃないのか？」

窓から見える夕日にベルンが次の行動を促す。

「そうですね。ベルンさん達は？」

一緒に来るかと誘うアマーリエに、速攻で首を横に振るベルンだった。

「南の魔女様に会いたくないから、俺は絶対行かないぞ」

「何言ってんのよ。商業ギルドで物件探すのにあんたも行くのよ」

「い～や～だ～」

結局、会わないようにすればいいからとなだめすかされ、商業ギルドまで一緒に行くことになったベルンだった。

商業ギルドの前に着いたアマーリエにダリウスが説明しだす。ベルンの方は南の魔女を恐れて挙動不審である。グレゴールに気配消さないとバレるよとからかわれている。

「こっちの立派な方の玄関が商業ギルド運営の宿屋の入り口な。で、こっちっ側のひっそりとしたほうが商業ギルドの入り口だ」

その通用口のような地味な扉を見て、どうなんだろうと思ったアマーリエだった。

「なるほど。じゃこっちから入るんですね」

「そうそう」

アマーリエと銀の鷹は、それぞれ互いの用事のために分かれて窓口に行く。

「この度、こちらでパン屋を営むことになりました、アマーリエ・モルシェンです。開業届を出しに参りました」

「はじめまして。ようこそ、アルバン村商業ギルド支部へ。長旅お疲れ様です。受付のベーレントです。よろしく、モルシェンさん」

アマーリエは書類を手渡し、確認を待つため待合室に向かう。物件物色中の銀の鷹も居た。

「良いのありますか？」

アマーリエは机に広げられた物件の書類に目をやってベルンに声をかける。

「おう、リエ。終わったのか？」

「いえ、手続き待ちです」

「そうか。家を探すのもなかなか難しいな」

「思い立ったらで、来ちゃうのはやっぱり無理があったね」

グレゴールが苦笑して応える。銀の鷹が話し合っていく中で温泉や風呂(ふろ)の話がまた出る。

「オンセン？　フロ？　なんですかそれ？」

書類を手にアマーリエの処に来たベーレントが、彼女に声すらかけず、気になった事をいきなり聞いてきた。

「あ、ベーレントさん。手続きは？」

「あ、ああ。こちらの書類に記入をお願いします。それよりも、なんです？　オンセンやフロって？　ものすごく儲け話の匂いがプンプンするんですが」

滅多なことでは商業ギルドにくることのない銀の鷹と、儲け話の裏にアマーリエ・モルシェンありと商業ギルド内では謳われるアマーリエの話に、かなりマジな目をしたベーレントが業務そっちのけで興味をわかせている。

「あはは。ベーレントさんも生粋の商業ギルドの方なんですね」

その眼力と食い付きにちょっと引いたアマーリエだった。

「ええ、この道四十年です。儲け話に疎くてはやってられませんよ」

クイッとメガネのブリッジを押し上げて言い切ったベーレントに、アマーリエは面倒事の匂いを感じ取り、火種を別方向に放り投げることにした。

「なら、こちらにお泊りのゲオルグ様に伺ってください。早い者勝ちですよ、儲け話なんて」

「では、ギルド長のケツを蹴っ飛ばしてまいります。あ、モルシェンさん、記入お願いしますね」

にやりと笑うアマーリエと大物の名前に、いっそう眼光が鋭くなったベーレントはもどかしげに書類をアマーリエに手渡し、受付の奥へすっ飛んでいった。

「リエ、いいのか？」

「折衝は大隠居様のお仕事なので、皆が幸せになれば問題ないです。それにうちの領地の商業ギルドの方は皆が潤う商い目指してますから、大丈夫ですよ。さて書類仕上げなきゃ」

書類を書き始めたアマーリエを置いて、相談を続ける銀の鷹のメンバー達。すぐに書類を書き終えて、受付に行くアマーリエ。

「そろそろおなかへったぞ」

「ここの食堂で食うか？」

ダリウスの言葉に喜ぶダフネと顔を青ざめさせるベルン。

「神官さんのあの様子なら南の魔女様も部屋で食べるんじゃないか？」

「ソ、そうだよな？」

書類を出して戻ってきたアマーリエが、銀の鷹に声をかける。

「みなさん、ありがとうございました。引っ越しの依頼の完了と報酬は明後日でも良いですか？　市が立つのって明後日ですよね？　材料を仕入れないといけないんで」

「おう、大丈夫だぞ。リエは今日の夕飯どうするんだ？」

「シルヴァン引き取って、村役場に行くから、家に帰ってなんか適当にあるもの食べます」

「一緒にここで飯を食えばいい」

「心惹かれますが、役場の時間やシルヴァンのご飯もあるから、これで失礼します」

アマーリエをもしもの時の南の魔女の壁に使おうなどとこっそり考え、必死に引き止めるベルンに、あっさり返すアマーリエ。

「あら、役場に行ってから戻ってきなさいよ。登録済みの従魔なら問題ないわよ」

「そうなんですか？」

「ああ、ここは商人や貴族の利用があって、たまに従魔も一緒に連れてきたりしてるからな。問題ない。シルヴァンの分も頼んどくぞ」

ベルンを慮ったマリエッタと、シルヴァンと離れがたいダリウスが援護射撃を入れる。

「じゃ、お言葉に甘えます！　早速引き取ってきます」

「そっちの扉から宿屋の受付に回れるからな」

「行ってきます～」

ダリウスに教えられた扉に向かうアマーリエを見送って、ベルンが話を再開する。

「この物件は取り置きしてもらって、見学は明日で良いな？　あとは食べながら話し合おう」

ベルンが受付に話をつけに行き、銀の鷹は揃って商業ギルドの宿屋が営業する食堂に向かった。

第3章　お兄ちゃんはお兄ちゃんなんだぞ！

宿の受付でアルギス達の部屋を尋ねたアマーリエは、案内係に連れられて二人が泊まる部屋へ向かう。

「こちらになります。少々お待ちください。……南の魔女様？」

ノックして暫し待つ案内係。間を置いて南の魔女が扉を開けた。仕事を終えた案内係が立ち去ると、アマーリエを中に誘う南の魔女。おもむろに部屋の隅を指差して宣う。

「……あれぇ、どうにかしてくれないかしらぁ？」

「うわっ」

部屋の片隅でうずくまっているアルギス。その周りにどんよりしたものが渦巻いている様に感じて、ちょっとばかり引いたアマーリエだった。

「ず～っとですか？」

「あれからず～っとよ。あんた責任持ってもどしてよね」

「わかりました。どうにかします」

「任せたわよ」

「任されました」

言うだけ言った南の魔女はお茶を用意し、くつろぎ始めた。

一方のアマーリエは、お腹が空いていた。且つ、村役場の時間や銀の鷹との約束もあってちょっとばかり焦ってもいた。そして、周りから優しくしてやれと言われて、真綿にくるむだけが優しさじゃないとちょっとお冠だった。

おまけに、自分が知らないことがあるということを、世の中に極稀（まれ）なスキルを持つ者が居ることをうっかり忘れていた。そう、もっと単純に言えば魔が差したのだ。

アマーリエは、部屋の隅に居るアルギスのもとに向かい、その側に膝立（ひざだ）ちして、がっしりとアルギスの頭を両手で挟んで相手の目を覗（のぞ）き込んで言った。

「アルギスさん、落ち込んでる場合じゃないですよ」

「ちょ！　ちょっとぉ、あんた何して……」

「黙っててください」

振り向いたアマーリエの静かな迫力に、流石（さすが）の南の魔女も怯（ひる）んだ。

「アルギスさん、あんちゃんの本心知りたいですか？」

「知りたいさ！　けれど兄上が……」

「大丈夫です。間違いなく愛されてますから。ね？　直接お話しましょう」

「直接？」

「ええ、直接。いい方法があるんです」

「直接話をする方法？」

「誰にも邪魔されず、きちんと会話ができます。やってみます？」

「本当に兄上の本心が聞けるのなら……」

「大丈夫です、間違いなく本心を語ってくださいますから」

アマーリエの真面目な語り口と言葉に、アルギスはゴクリと喉（のど）を鳴らして頷（うなず）いた。

「アルギスさん、いいですか。あんちゃんの顔を思い浮かべてください。正確にです。大好きなあんちゃんですからできますよね？」

挑発するようなアマーリエをギッと睨んで頷くアルギスに、アマーリエはニヤリと笑って言う。

「良いですか、そのままあんちゃんの顔をしっかり思い浮かべて、こう言うんです」

腕の中のシルヴァンを離さず、彼女の言うことに頷くアルギスに、アマーリエは念話と口頭で同時に伝える。

「『兄上』」

「兄上」

「『助けて』」

「助けて」

「『食べられる〜！』」

「食べられる！」

「そうです。その言葉に魔力をありったけ乗せてください。あんちゃんにこの言葉届けって強く念じながらです」

『シルヴァン、合図したらお口あーんしてね』

同時に念話でシルヴァンに指示しながら、黒い笑顔を浮かべ、淡々と言い聞かせるアマーリエ。何の疑問も浮かべず素直に従うアルギスに南の魔女は一抹の不安を覚える。

「いいですか。言われたとおりに言えますね？」

頷くアルギスの頭から手を放し、アマーリエは、シルヴァンにやっちゃってと合図した。

アマーリエの言葉を聞いたシルヴァンが、アルギスに向けてあんぐりと口を開けて近づいた。

「「ぎゃー」」

いきなりのことに二人の野太い男の悲鳴が上がる。

「『兄上！　助けて！　食べられる～！』」

一字一句間違えることなく、言われたとおりに叫んだアルギス。もちろん魔力込み。

「あんたぁ、何やらかしてんのぅ」

両の拳で口元を隠しつつ南の魔女が叫ぶ。

「シルヴァンもういいよ。アルギスさん、スキルに念話生えました？」

念話が成功したか、確認のためにアルギスに聞くアマーリエ。いきなりのシルヴァンの口腔内アップに心臓をドキドキさせながらもアルギスは真面目に自分のスキルを確認し答える。

「びっくりした。食べられるかと本気で思った。えっと、スキル？　念話？　生えてる」

シルヴァンが、ごめんねとアルギスに鼻面を寄せて舐める。

「わ、シルヴァン。舐めなくていいから～」

ちょっとにやけて、ギュッとシルヴァンを抱きしめるアルギス。

「じゃあ成功ですね。アルギスさんが愛されてたら……」

「！　！　！　なんか来るわよ！　村の結界に穴が空いた!?」

南の魔女が目を見開いて虚空をにらみ叫ぶ。

「「え？」」

「ウォン！」

突然空間が揺らぎ、室内着姿の男が現れて、南の魔女に言葉を叩きつけるように吐き捨てる。

「南の！　そなた我が大事な弟に何をした!?」

「失礼ね！　何にもしてないわよ！　範疇外よ！」

唐突に現れた人物に、反射的に自分の無実を主張する南の魔女はぶれなかった。

「……あ、あにうえ？」

相変わらずの南の魔女と呆然と呟くアルギスを見て、すぐに冷静さを取り戻したアマーリエ。

流れを自分に引き寄せるために腹に力を入れて、やんごとなき方をその辺のおっちゃん扱いして勢い良く話しかけた。

「アルギスさんのおにーちゃんですか！　良かった、来てくれて！　アルギスさんてば、おにーちゃんに嫌われたってすごく落ち込んでたんですよ」

「な⁉　私が大事に育てたアルギスを嫌うわけなどなかろう⁉」

いきなり見知らぬ娘に勢い良く話しかけられた上に、聞き捨てならないことを言われてやんごとなき方は素をさらけ出す。

「ですよね！　すいませんが、お二人でしっかり話し合ってもらっていいですか。私達部屋の外に居ますから。シルヴァン、二人の護衛をお願いね。じゃあ、失礼します。南の魔女様行きますよ」

畳み掛けるように言葉を続け、身体強化をしたアマーリエはアルギスをシルヴァンごとやんごとなきお方に押し付ける。

そして、目を白黒させている南の魔女の腕をひっつかんで、そそくさと部屋の外に出た。弟を押し付けられたやんごとなきお方は、慌てて弟の無事を確かめる。

「アルギス！　しっかりせよ。無事か？」

「あ、兄上、兄上！」

兄にしがみついて幼子のように泣き出した弟を慌てて抱きしめて、やんごとなき方は昔そうしたようにあやし始める。挟まれたシルヴァンは必死でその間をすり抜け、アルギスの後ろに座る。

「これ、どうした？　何があった？」

「すみませぬ、兄上。弱い私をお許し下さい」

涙に濡れた顔を上げて、謝り始めるアルギスを子供の頃にしたように撫でながら、やんごとなきお方は優しく問いかける。

「どうしたのだ？」

「一人、辺境に追いやられ、兄上に嫌われたと思ったのでございます」

「そのようなこと！　あるはずがないではないか。そなたが生まれてより大事に育てたのはこの我ぞ？　ただ一人の弟を何故厭おうか。そなた大事ゆえ、危うき場所より離したのだ」

「はい、はい。申し訳ございません。今はもうちゃんとわかっております。私の安全のために兄上が遠ざけられたと」

兄の膝に顔を押し付け謝る弟に、ここまで追い込んでしまったのかと悔やむやんごとなきお方。

「……きちんと説明すればよかったな。すまぬことをした」

「いいえいいえ、私の心が弱かったのです。……兄上、確認だけよろしいでしょうか？」

「うん？」

「私がそばにいては頼りになりません……よね、このようにお言葉を疑い泣いてしまうようでは」

自分を省みて、言葉がしりすぼみになりうつむいていくアルギスの頭をそっと撫でて、やんごとなきお方はしっかりとした口調で答える。

「いや、そなただからこそ、この仕事を頼んだのだ。そなたは堅実に仕事を熟すからな」

「兄上！」

「そなたのそばに信頼できる者を置けぬ、我の至らなさこそ謝らねばな。苦労をかけてすまぬ」

「いえ、もう大丈夫です。私も信頼できる者を見つけ、兄上のお役に立てるように頑張ります」

力強く兄に応えようとするアルギスに、やんごとなきお方は真剣な顔になって話しかける。

「頼む、アルギス。アルバンダンジョンより出る穀物を帝国内でも栽培できるようになれば、国力が上がる。付与効果が生まれずとも、他に食べられる作物が増えればそれだけでも違ってくる。ぜひ、帝国にも欲しいものなのだ」

「おまかせください、兄上。必ず帝国にて栽培できるよう研究いたします」

「ああ、任せた。私はそれまでに神殿の掃除を済ませ、そなたが研究した穀物を民に滞りなく届けられるように物流網を構築するからな」

「はい！」

ようやく、完全浮上したアルギスがシルヴァン顔負けで無い尻尾を振り始める。

「あ。兄上、今更ですが、お一人でこちらにいらして大丈夫なのですか？」

忙しい兄がいきなり一人で来たことで起こる騒動に思い至り、青ざめるアルギス。

「ああ、問題ない。今日はもう私室にこもっておったし、邪魔せぬように申し付けておいたからな。そなたを不安にさせるほうが問題よ。それよりも、先程の食べられるとはなんであったのだ？　いきなり頭にそなたの声が響いたのだ。いてもたってもおられずそなたの元へ来たのだ」

「え、あ、そう言うように、アマーリエという娘に言われたのです。そうすれば兄上の本心がわかるからと。後、念話というスキルのようです。アマーリエに言葉に魔力を乗せて、兄上の顔をしっかり思い浮かべて、兄上に伝えたいと思って話せと言われまして。その、ちょっとそこの魔狼の仕草におどろいて、思い切り魔力を乗せて叫んでしまったのです。兄上に聞こえたのですか？」

「ああ、しっかりと聞こえた。アマーリエ……パン屋の娘か？　バルシュテイン辺境伯の秘蔵っ子と聞く娘だな。そなた知り合ったのか？」

「はい、二日ほどの道中を一緒に。このシルヴァンの主でもあります」

「は？　従魔が主のそばを離れておるのか？　そなたを守るよう命令したのか？」

「いえ、私が落ち込んでいましたので慰めてくれたのです。ね？　シルヴァン」

尻尾を小さく振りながら一鳴きして返事をするシルヴァンに、やんごとなきお方は首をひねる。

「言葉がわかるのか？」

「みたいです。ですからアマーリエもはっきり命令するというよりは、どちらかと言えばお願いするというか、頼むという感じですし？」

「なんとも不思議な。普通テイマーであればそのように願うなど、相手に拒否権が生まれる曖昧な指示を出さぬぞ？　持てる魔力を笠に着て命令するものだ。これが変わっておるのか、主が変わっておるのか？　まあ良い。それで、先程の娘がアマーリエか？」

「はい。そうです。物怖じしないで話してくれるのでとても話しやすい娘です。時々厳しいことをはっきり言われるので凹みますが」

「あ？」

殺気の漏れたやんごとなきお方に慌ててフォローに入るアルギス。

「いえ、私を傷つけるつもりで言ったのではありません。むしろ誰よりも兄上のお心を理解して、私を諭してくれたのです。賢い娘なのです」

「そうか。ときにアルギス、先程の念話、もう一度やって見せてくれぬか？」

「はい、兄上」

「あ、声に出さぬようにな」

頷いて、何故か口を両手で押さえて、じっとやんごとなきお方を見つめて念を込めるアルギス。

『兄上！　助けて！　食べられる～！』

「ふむ聞こえたな。……がしかし、そなたそれしか言えぬのか？」

「どうでしょう？　試してみます」

『兄上！　大好きです！』

「……」

やんごとなきお方は、弟からの盛大な告白を受け、耳まで真っ赤になり手で顔を覆った。

「兄上？」

「いや。わかった。よくわかった。我もそなたを大切に思っておるぞ」

「はい、兄上」

「我にも念話のスキルが生えておるな。アルギス試すぞ」

「はい！」

『そなた、寂しゅうなったら、こうして念話で我に話しかけてくるが良い。ただし、夜にだぞ？』

「はい！　兄上！　これなら、誰にも邪魔されずお話しできますね」

羽でも生えて舞い上がりそうなほどアルギスは気分が浮上していた。

「ふむ……。アルギス、部屋の外の者達を中に。そなたを心配して集まっておるようだ」

「はい、兄上」

「私は、ここにそなたの兄として来た。よいな？」

政治を絡ませないために、あえて個人としてきたことを強調してアルギスに伝えるやんごとなき方の言葉に、嬉しそうに頷くアルギス。アルギスにしてみれば、それだけ自分が大切に思われていることの裏返しにほかならないからだ。

「では、呼びますね」

「うむ」

アルギスは扉を開けるために立ち上がった。


一方の南の魔女は、廊下に連れ出したアマーリエに吠える。

「あ、あんた何やってくれてんのぉ⁉」

「いや、みんながなんとかしろって言うからなんとかしてみたんです。こんなに早く本人が来るなんて思わなかったですけど。せいぜい、西の魔女様に連れられて誰かがお使いに来るもんだとばっかり思ってましたから。いやーびっくりしました」

想定外がデフォルトのアマーリエだった。

「……何なのよぉ、この芋っ娘は……」

脱力した南の魔女が廊下にへたり込む。

「すいません、さっきとっても聞き捨てならないことおっしゃってましたよね。結界に穴が空いたとか。東の魔女様は出来なくはないとおっしゃってましたけど、不可能に近そうでしたよね？」

「それだけの力がお有りなんでしょぉ。それに、結界の穴も、もう閉じてるわよぉ。一応自動修復するようになってるみたいねぇ」

廊下にあぐらをかいて頬杖をついた南の魔女は、【魔力探査（魔力感知の上位スキル）】で結界を探りながら答える。

「そうなんだ、色んな意味でよかった～。村のお空に皇帝陛下の骨格標本とか洒落になんないですよね～」

「あんたねぇ！」

「良くないぞ！　なにごとだ！」

魔力の異変と隣の部屋の騒ぎに気づいた両隣の部屋の扉が開いて、ゲオルグとスケさんカクさん、東の魔女が廊下に飛び出てくる。

「あ、大隠居様」

「これ、アマーリエ！　そなた何をしおった⁉」

「え、一応アルギスさんを励まそうとしたんですけど……」

「あの魔力は何ですの？　南の？」

「来ちゃったのよぉ、アルギスさんのお兄様が」

はぁとため息を吐いて、南の魔女が東の魔女に答える。

「「「「は？」」」」

何を聞いたか理解を拒否した四人に、とどめを刺すべくアマーリエが息を吸って、口を開けた。

「皇帝陛下がご来臨あそばされました！」

ヤケクソで叫んだアマーリエに、ゲオルグの顎がカパーンと落ちた。

「まぁ、ご本人がいらっしゃったの？」

「ええ、愛は時空を超えるんですね。あのおっそろしい結界を物ともせずに！」

「あんた、ほんと太い性格してるわねぇ」

しれっと答えるアマーリエを南の魔女は半眼で睨む。

「私の持ち味ですから」

「あんたには負けたわぁ」

「どうも」

「な、お、ちょ……、アマーリエ！」

「はい！　大隠居様！」

ゲオルグに大音声で呼ばれ、慌てて居住まいを正すアマーリエ。

「それでお二方は？」

「部屋で話し合いをしてもらってます。言いましたよね？　直に聞けばいいって」

「力技すぎなんだよ、アマーリエ」

頭を抱えて吐き出すように言う、カクさんとスケさん。

「人間、言葉があるんです。愛があるなら、わかりあえるまで話せばいいんです！　話せば」

関係を築こうとお互いに思うからこそ、言葉を尽くす熱愛（エネルギー）も湧いてくるのだ。熱がなければ何も生まれないのだ。

「まぁまぁ。あなた若いのにすごいわ」

両手を前に組んで、キラキラした目でアマーリエを見る東の魔女だった。

「お褒めに与（あずか）り光栄です。無茶は若さの特権です！」

「無茶しすぎじゃわい！」

少しばかり息を切らせたゲオルグの背中をカクさんが労（いたわ）る。

「でも、あんちゃん、どうやってここに飛んできたんだろ？」

「転移の一種ね。天恵（ギフト）スキルをお持ちなんでしょう」

おっとりと東の魔女がアマーリエの疑問に答える。スキルには後天的に取得できるものと先天的に取得するものがある。【ギフトスキル（天恵）】とは、生まれたときから持つ特殊な先天的スキルを指し、後天的には取得できないものとされている。やんごとなきお方もそういうギフトスキル（天恵）を持っていたということであろう。

「なるほど。呼んじゃいましたけど、帰れるんですかね？」

「まぁ、それはわからないわ。無理なら私が帝都まで送ります」

「すみません、お手数おかけいたします」

「いいのよ、あなたのお菓子、期待してるわ」

「う、はい。いつでもどうぞ」

「ありがと」

「東の、あんたちゃっかりしてるわねぇ」

「うふふ」

のんきに話す女？　三人を尻目（しりめ）に、ゲオルグが部下に指示を出す。

「ふぅ、スケルヴァン、砦（とりで）には何も問題ないと連絡を。カークスウェルは村役場に。まったく、何が襲撃してきたのかと思ったわい」

　ゲオルグの指示にすぐに従い、スケさんは魔法紙に問題なしと一言書いて魔鳥を折って連絡を飛ばし、カクさんは事情を説明しに村役場に向かった。

「あはははー」

「笑ってごまかそうとしても無駄じゃ。罰としてそなたしばらく温泉禁止じゃからの！」

「……はーい」

「私も心臓止まるかと思ったわぁ。慰謝料よろしくねぇ」

「……考えときます」

尻馬に乗る南の魔女に、ベルンを生贄に差し出そうかなどとアマーリエが鬼のようなことを考えたのはここだけの話。

カチャッと扉の開く音がして、アルギスが顔を出す。その足元をするりと抜けて、シルヴァンがアマーリエにまとわりつく。

「すみません、皆さん。ご心配おかけしました。どうぞ、お入りください」

「その、かまわんのかの？」

「はい、兄上がぜひ皆様とお話したいと。あ、アマーリエもね」

シルヴァンを連れて回れ右をしようとしたアマーリエを、即座にいい笑顔で引き止めたアルギスだった。ゲオルグを先頭に皆で部屋に入る。

「私、お茶淹れますね」

アマーリエは外野に回るべく、そそくさと部屋に用意された茶器を使ってお茶を淹れ始める。シルヴァンはその足元で尻尾を緩やかに振っておすわりしている。

ゲオルグが跪こうとするが、それを手で制してやんごとなきお方は宣う。

「我は今、これの兄としてここに居る。直答を許す。休め」

「ありがたく」

ゲオルグはやんごとなき方の向かいの椅子に腰を落ち着け、東の魔女と南の魔女はその両隣に腰を落ち着ける。スケさんはゲオルグの背後に立った。

「ゲオルグ翁、東の、久しいの。我の言葉足らずで、これを悩ませ、そなたらには気を使わせたな。

相済まぬ」

「いえ、血族の仲が割れることは国の大事にございますから、大事に至らずよろしかったかと」

「誤解が解けてよろしゅうございました。たいそう落ち込んでらっしゃいましたから。ね、アルギスさん」

「皆様にはご心配をおかけし、申し訳ありません」

恥ずかしそうに微笑むアルギスに、にっこりと微笑む東の魔女。

「ウム、誠に助かった。礼を言う。南の、先程は言葉が過ぎた、相済まぬ」

「いえ。このような事態を招き、私の力が足りず申し訳ありませんでした」

「いや、むしろなかなか愉快なことになった。気にいたすな」

タイミングを見計らって、それぞれの前にお茶のカップを並べていくアマーリエ。ゲオルグが先に飲んで無毒であることを証明する。それを見て、アルギスも毒味のためにお茶に手を伸ばそうとするが、その手を押しとどめやんごとなき方が先にお茶を口にする。

「あ、兄上⁉」

「……ん、美味い。アルギスそなたも飲め。娘、そなたに聞きたいことがある」

アマーリエはゲオルグにこの場を任せる気満々で後ろに控えようとしたが、ゲオルグに促されてその場に跪く。シルヴァンもその横に伏せをする。

「……私ごときでよろしければ」

「ふっ。先程の勢いはどこに行った？」

「戦場(いくさば)では勢いが大事と伺います。勝負どころで怯(ひる)めば為すべきことも為せないと思いましたゆえ」

「面白いな。そなたが、辺境伯の秘蔵っ子か？」

「？」

なんのことだとゲオルグを振り返るアマーリエに、渋々ゲオルグが応える。

「そう呼ばれておるのじゃよ、耳の早い方々の間ではの」

「初耳です」

「フフ、まあ自分では称することはなかろうな。念話と申したか？　そなたが先程これに使わせたスキルは。あれはどういうスキルか？」

「言葉に魔力を乗せて直接伝えたい相手に言葉を伝えるスキルです」

「なぜ、『兄上！　助けて！　食べられる～！』にした？」

「殺されるだと直截（ちょくせつ）すぎて洒落になりませんし、南の魔女様がいらっしゃって、アルギス様が殺されるような状況はまずありえないと思いましたので、色んな意味に取れてかつ効果的な言葉にしてみました」

清々しいほど真っ正直に言うアマーリエに、やんごとなきお方はニヤリと笑って宣う。

「そなた、誠に面白いな。見事に釣り上げられたわ」

「いえ間をおかず、命がけでいらっしゃられたお陰で、アルギス様の悩みも晴れて良かったです」

こちらも負けずに笑顔を浮かべて、あくまで良いことをしたのだと主張するアマーリエ。その言葉に青ざめるアルギス。下手をしたらやんごとなきお方は、結界にとらわれていたかもしれないのだ。

「兄上！」

「アルギス、我に不可能はない」

「愛されててよかったですねー、アルギス様」

「アマーリエ！」

ボソリとつぶやいてそっぽを向いたアマーリエに、非難の声を上げるアルギス。

「ふん。辺境伯三代すべてが気に入るわけだな。そなた、アルバンのダンジョンで出る穀物を知っていよう？　アルギスに協力せい。それで許してやろう」

「承りましてございます」

アマーリエは首が物理的に飛ぶよりかはマシと素直に協力を約束する。

「時に、ゲオルグ殿。そなたのところで簡易転送陣なるものを作り上げたそうだな？」

「うちの陛下から届きましたか？」

「ああ、直にやり取りができる。邪魔者がどこに居るか炙(あぶ)り出(だ)しやすうなった。持つべきは友よな」

「それは良うございましたな」

「そこでな、アルギスから直に報告を受け取りたいと思うてな」

「致し方ありませぬな。兄弟の仲を割くのは本意ではありませぬゆえ」

「なに、ファウランド王を困らせぬよ。あれには随分世話になったからな」

「ご配慮ありがたく存じます。スケルヴァン、陛下に」

「はっ。使用方法は？」

スケさんが簡易転送陣を手にやんごとなきお方の前に進み出る。

「大事無い。やり取りする者の名を書けばよいのであろう？」

「はい。こちらになります」

やんごとなきお方は、スケルヴァンから受け取った二枚の魔法紙に書かれた簡易転送陣に名を書き込み、魔導ペンと魔法紙をアルギスに渡して名前を書かせる。

「一枚はそなたが持つのだ。無くさぬようにな？　これで報告書も物も直にやり取りできる」

「はい！　兄上」

アルギスの様子に、思わず周りの目が生温い視線になるのはやむを得ないことなのだろう。

「うむ。娘、そなた菓子は甘味のみを作るのか？」

「いいえ、酒の肴のようなものも甘くないものも作りますが」

「では、アルギスの報告とともに送るように」

「え、いいんですか？」

いきなりのことにアマーリエは取り繕うのも忘れて素に戻る。

「ふん、そなた毒など食べる物に入れぬだろう？」

「当たり前です、そんな罰当たりなこと」

「ならば良い」

「あ、でも何か食べると痒くなったりとか蕁麻疹が出たりするようなものはございますか？」

「無いぞ。なんでも食べる」

「そうですか。では、アルギス様の報告の際に送るように致します。一応、使った食材は書いて送りますゆえ、初めて口にする食材があるようでしたら一気に食べてしまわぬようにお願いします。人によっては毒になるものもありますので」

「相承知した。それでは、我は戻る。アルギスしかと頼んだぞ。達者でな」

「はい、兄上」

椅子から立ち上がり、やんごとなきお方は片手を上げてその場から姿を消した。

「ふぅ、やれやれ寿命が縮んだぞい」

「はぁ、疲れたわぁ」

「本当にお騒がせして申し訳ありませんでした」

ぐったりするゲオルグと南の魔女にさっさと頭を下げるアマーリエ。二人と違って東の魔女はニコニコとアルギスに話しかける。

「陛下もお変わりなくて良かったわ。アルギス様も会えて良かったわね」

「はい。アマーリエ、ありがとう」

「いえ、誤解が解けたなら良かったです。あの、南の魔女様、あんちゃんが出るときも結界に穴開くんですか？」

「開いて無いわねぇ？」

「侵入に対する結界なので、出る方にはあまり作用しないのですよ」

スケさんが南の魔女とアマーリエに答える。

「へ～。じゃあ、隙間から出るのは問題ないんですか？」

「出ようとするな！　全く。厄介なことになったのぅ」

珍しく難しい顔をするゲオルグに、アマーリエがやらかしてしまったとアルギスの方を見る。

「ですよね、全部アルギスさんから情報ダダ漏れですよね」

「流石に何でもかんでも報告しませんよ、私」

「いや、報告書はそうでしょうけど、絶対、念話で今日は何があったとか、尽く（ことごと）あんちゃんに話しそうだよ、アルギスさん」

「うっ、そこは……兄弟ですから！　その日あったことぐらい話します！」

「それは別に構わん。なにかあれば皇帝陛下に直接、陛下のお小さかった頃のあんなことやこんなことアルギス様に教えちゃいますぞと囁(ささや)くまでじゃ」

「まぁ！　ゲオルグ殿ったら」

「ゲオルグ殿ぉ、腹黒～い」

「駆け引きですのぅ」

「うわっ、あんちゃんの弱点やっぱりアルギスさんじゃん」

「兄上の子供の頃のお話ですか？　是非聞きたいです！」

「皇帝陛下の許可が出ましたらな。問題はじゃのう、うちの国王陛下を差し置いてそなたの菓子が皇帝陛下に直送されることの方だ！」

周囲からの不審の眼差しを受けたゲオルグが力説し始める。

「間違いなく皇帝陛下からやれ何食っただ、これを食べてうまかったなどと自慢話を伺うて、文句を言うてきおるじゃろうの、うちの陛下が」

「えー。国王陛下(最高権力者)ならウチの店のお菓子ぐらいすぐ手に入るでしょ～」

アマーリエの言葉にスケさんが頷(うなず)く。

「そなたのところの菓子はな、息子(フリッツ)が献上しておる。じゃが、毒見と称されてことごとく食われ、陛下の前に上がるのなんぞこれっぽっちじゃわい」

親指と人差指でちょろっと隙間を開けてみせるゲオルグ。

「うへー、陛下、怒んないですか？」

「仕事をしておるものを叱りようがないじゃろうが。それをどうじゃ？　皇帝陛下はまるまる、しかも新しい菓子を優先的に食べられるのじゃぞ？　そんなこと陛下の耳に入ってみよ、地団駄踏んでくやしがるところが目に浮かぶわい。フリッツもどういうことかと呼び出されるじゃろうのぅ」

今後起きる事態を想像して、ちょっとばかりゲンナリし始めたゲオルグだった。

「っていうか、なんですか？　その仲良しさん」

近所のおっちゃん友達と変わらない最高権力者二人の言動に呆れたアマーリエが、なんとか取り繕えた言葉を放つ。

「皇帝陛下はのぅ、生まれて間もないアルギス様を連れて、王国に人質として参られたのじゃ。年の近かった当時の王太子である国王陛下と、たいそう仲が良うなられての。今でも昔なじみの前や二人きりのときなどじゃれおうておられる」

普通この時代の最高権力者って行き来しないよねと思ったアマーリエだったが、皇帝陛下のスキルのせいかと思い至る。

「え、私も王国に居たのですか？」

「そうですぞ。三つになるかならないかの頃に帝国に戻られましたがの」

「そうだったんですね」

「昔話はここまでにして。さて、どうしたもんかの？」

「……王様にうちと直通の簡易転送陣贈ります？」

「仕方あるまい、申し付けられるまでは沈黙を通すが、ぜひにと請われたならばこっそりと贈るとしよう。やれやれ」

「んじゃ、一応お菓子贈る心積もりだけはしておきますね」

なるべく先送りになることをあまねく神々に祈願したアマーリエだった。

「ちなみに、陛下は甘いものも辛いものも酒もなんでもいける口じゃ」

「はぁ、わかりました」

「さて、部屋に戻るか。お邪魔いたしましたな、アルギス様」

「あ、ゲオルグ翁、今後はアルギスと呼び捨てで。流石に身分を喧伝する訳には参りませんので」

「承りました。それでは御前失礼」

アマーリエとゲオルグ達はアルギスの部屋を出た。廊下に出たゲオルグを待っていたのは、村役場まで行ったカークスウェル。

「とくに問題なく話は通りました」

「そうか、ご苦労」

「ギャー、役場！　すっかり忘れてた！　シルヴァンの登録にいかなきゃ！　皆さん、すいません失礼します！　シルヴァンおいで！」

「あ、これ、アマーリエ……」

「すっ飛んでいきましたな」

「追いますか？」

「いや、良い。ふぅ、くたびれましたの。東の魔女殿、夕食を一緒に如何かの？」

「まあ、ぜひ、ご一緒させてくださいな。ああ、でしたらアルギスさんも浮上したようですし、お誘いしましょう」

「そうですな。昼もあまり食べておられなんだことですしの」

ゲオルグ達は揃って一階の食堂へと降りていった。先に来ていた銀の鷹に南の魔女が駆け寄って、ベルンが硬直したのは言うまでもなし。

滑り込みセーフで村役場に着いたアマーリエは、シルヴァンの登録を済ませ、商業ギルドに取って返す。今度は立派な入り口の方から一階にある食堂へ向かった。

食堂の入り口から見えた光景に、思わず扉の陰に身を隠すアマーリエ。そんなアマーリエを不思議そうに見やるシルヴァン。

「……帰ったほうが無難？」

動きがぎこちないベルンに甲斐甲斐しく世話を焼きまくる南の魔女、目をキラキラさせてゲオルグと話すアルギス。マリエッタと東の魔女とスケさんの周りは目を凝らすと何やら魔素が弾けるように時折キラキラしている。カクさんとダリウスは機嫌良さそうに飲食を楽しみ、グレゴールとファルはそんな面々の世話を焼きつつ、しっかり自分の分も確保しているようだった。ダフネは言うまでもなく自分の皿に大きな肉の塊を盛ってひたすら食べている。

「お客様？」

「あ、う、ま、また来ようかな……なんて」

給仕に後ろから声をかけられて、慌ててアマーリエは逃げの体勢を取るもあえなく失敗。

「あ！　シルヴァン！　おいで！　美味しいものがあるよ！」

アルギスに見つかったシルヴァンが呼ばれて素直に駆け寄る。

「いや、ちょっと、シルヴァン、一応私が主……」

シルヴァンはちゃっかりアルギスの手ずから餌をもらってごきげんだ。食い意地がはっているのは似たもの主従ゆえなのか。

「お！　リエ、遅かったな。ほら、こっちだ」

ダリウスに呼ばれ、慌てて給仕に頭を下げてダリウスの横に行く。ベルンに視線で助けを求められたが、アマーリエは慰謝料代わりということで、首を横に振って放置する。

「お前さん、またやらかしたろ？　こっちもびっくりしたぞ。飯を頼み始めたら俺でもわかるぐらいのでかい魔力の塊が、いきなり飛んで来る気配がしたからな！」

「はあ、驚かせてすいません」

「ほれ、座れ座れ」

旅の間は飲んでいなかったお酒をしばらくぶりに飲んだせいか、いつもより陽気なダリウスに頭を下げながらアマーリエはその隣に座る。

「リエさんお腹すいたでしょ、これ、ダンジョンのビッグボアのお肉なんですよ」

ファルに料理を取り分けてもらう。

「……おいしい。豚の肉より甘みがあって柔らかいですね。少し物理攻撃力上昇が付いた？」

「だろ？　他にもな、このマジッククェイルもうまいぞ」

ダリウスが料理を取り分けてアマーリエの皿に盛る。

「ん、味が濃いですね。ウズラに似てる？　これは、支援効果がなんにもつかない？」

次々と、銀の鷹が美味いと思うものをアマーリエの皿に盛っていく。その山盛りの皿を見て、アマーリエはメンバーの顔を見渡す。

「……つまり、このダンジョンで取れる素材をさらになんか新しい料理にしろと？」

「ははは、ばれたか」

「うーん、新しい香辛料とか調味料がほしいですね。……そうなるとやっぱり、麹室（こうじむろ）作んなきゃだめかなぁ、醤油（しょうゆ）と味噌（みそ）はほしいな～。醸すか？」

「ん？」

こっそりと味噌と醤油を作るための前段階、麹造りをどうするかぼそりと漏らすアマーリエ。

「あ、いえ、ダンジョンの植物の中に新しい香辛料になるものとか無いかなって。冒険者ギルドに採集の常時依頼とか出せますかね？」

ダリウスに首を傾げられ、慌ててごまかすアマーリエ。

「ああ、大丈夫じゃないか？」

「有用なものは、ギルドで資料になっていますよ。それも見てみてはいかがです？」

ファルが、冒険者ギルドにある資料本をすすめる。

「ですね。でも、植物なら土ごと採集してもらいたいしな。どうしたもんか？」

「なんじゃ、ダンジョンの物がほしいのかの？」

ほしいものがあるならかわりに調達するつもりでゲオルグがアマーリエに声をかける。

「ええ。米がダンジョンで取れるなら、他にもなにかあるのかなーと。流石に私じゃダンジョンで足手まといでしょうから、代わりに採集してもらおうかなと。何かのついでに」

「ふむ。確かにあの不良在庫になっとった穀物はそなたのお陰でちゃんと食えると判明したからの。新たに役に立つものが見つかるならばそれに越したことはないからのぅ」

「色々、普通の土地でも栽培できるようなものがあれば嬉しいですし」

「そうじゃのぅ」

「アマーリエ。ダンジョンで取れる穀物のことですが」

米の話題に、アルギスも入っていく。

「ああ。あんちゃんに頼まれた件ですね。米は土ごと採集してきてもらいましょう。後は生育環境をなるべく正確に調べて、条件を変えて育ててみますか。ま、細かいことはおいおい」

「私もダンジョンに潜ります。採集は任せて下さい。銀の鷹の皆さんには護衛依頼を出しますね」

「は、はい、よろしくお願いします」

「や〜だ、ベルンたら緊張しちゃってぇ、かぁわぁいい！」

あんたに緊張してるんだとは周りの内心の声。

「南の魔女様もよろしくお願いします」

「任せてよぉ。しっかり護衛するからねぇ」

「うちからも騎士を出すか。観察や記録に長けたものを選別するかの」

ゲオルグの言葉にカクさんとスケさんが頷く。

「ね、アマーリエ。シルヴァンも貸してくれないか？」

アルギスがシルヴァンに肉を与えながらアマーリエに頼みはじめる。

「護衛ですか？」

「鼻が利くと思うから、色々見つけてくれるんじゃないかな？」

「良いですけど、シルヴァンはあくまでうちの子ですからね」

「……今日も貸してほしいんだけどなあ」

「いや、そちらに立派な護衛がいらっしゃるじゃありませんか」

「シルヴァンがいてくれたら、あたしも今日、楽だわぁ」

話を振られた南の魔女が、あっさりアルギスの味方をする。

「……慰謝料代わりということで仕方ない。シルヴァン、ちょっとアルギスさんのお守り頼んで良い？　ご褒美に何か美味しいもの作るからさ」

「オン！」

ご褒美に機嫌よく返事をするシルヴァンから、塩揚げ鶏の画像念話がアマーリエに届く。

「へ⁉　シルヴァンも念話出来たの⁉」

「なんじゃと⁉」

騒然となり、シルヴァンとアマーリエは必ず神殿に行くようにと約束させられたのであった。一方、今日もシルヴァンと一緒に過ごせることになったアルギスは、ダリウスからジト目で睨まれているが、気づいていない。

「シルヴァン、一緒に寝ようね！」

「動物を飼いたいんでしたら、アルギスさんもダンジョンでテイムしたらどうです？」

「芋っ娘！　あんたはまたぁ！　面倒の種を撒かないのよぉ」

「えー」

「神官さん、普通に猫なり犬なり鳥なり飼えば良いんですよ。いきなり、こいつみたいに魔狼をテイムしようなんて突飛なことはしないでくださいよ」

苦笑しながら、グレゴールが面倒防止のために軽めの釘を刺しにかかる。

「私もできると思ってテイムしたわけじゃないですし！　なんだかんだ、皆さんもシルヴァンのお陰でテイムスキル生えたでしょうが！」

アマーリエの言葉に銀の鷹のメンバー以外が怪訝な顔をして食事の手を止めた。

「はぁ？」

「え！　いいなぁ。どうやったんですか？」

アルギスが期待に満ちた目でダリウスに聞く。

「……聞かれてもな？」

「腹見せられたら、生えたとしか」

「なんじゃぁ、そりゃ？」

「上位認識されたようです。あ、リエは食い気で釣ったみたいですが」

ゲオルグの言葉にベルンが端的に答える。

「……テイムスキルがそんなに簡単に生えるなんぞ、聞いたことがないんじゃが？」

「……なぜお前はいつも他所に言えないようなことをやらかすんだ？　苦労してテイムしてるテイマー達が聞いたら、噴飯物だぞ」

「カークスウェルさん、そう言われてもできちゃったんだからとしか言えないし」

「まぁ、テイムスキルが生えたと言っても、テイムが簡単にできるようになったというわけではないでしょうし。そのあたりは、試してみないことにはね？」

「スケルヴァンさんの言うとおりだな。生えはしたが、実際テイムを試してないからテイムできるかどうかはわからんな」

「……生えないんですが？」

シルヴァンと見つめ合って、何やらやっていたアルギスがポツリと漏らす。

「アルギスさんは、絶対弟分認識だと思うんです。シルヴァン、なんだかんだでこの二日ほどお守りに徹してましたもん」

ニヤッと笑ってアマーリエが断言する。

「弟分なの？？」

アマーリエに思ってもみなかったことを言われ、目を丸くして驚くアルギスに、グレゴールが苦笑しながら言う。

「同等だと生えなかったですよ、尻尾は振られましたけど。俺は生えてません」

「私も生えませんでしたよ」

「あらぁ、そうなのぉ？　シルヴァン、あたしはどうかしらぁ？」

直ぐ様、腹を見せて南の魔女に降参したシルヴァンだった。

「わかりやすいわね」

ちょっと呆れたようにマリエッタがつぶやく。

「……生えたわねぇ、テイム」

その後、ゲオルグ、東の魔女、カクさんとスケさんにも腹を見せて、テイムスキルを生やさせたシルヴァンだった。がっくりしているアルギスに、お互い精進しましょうねと慰めあったのはグレゴールだった。


ベルン以外が心置きなく楽しんだ食事会は、ゲオルグが支払いを終え解散となった。流石に懐にまで打撃を与えるのはかわいそうだろうというゲオルグの心遣いでもある。

南の魔女におやすみのキスを右の頬にブチュリとやられて、とどめを刺されたベルンはそのままダリウスに背負われて宿まで帰っていった。南の魔女はお肌の手入れと言って、シルヴァンにアルギスの護衛を頼んで部屋に戻っている。

「ね、アマーリエ。ダンジョンの穀物を今、持ってるかい？」

「アイテムバッグにおにぎりいれてますけど」

「おにぎり？」

「はい。ダンジョンの穀物を調理して作った食べ物です。食べてみます？」

「いいの？」

「お腹いっぱいだとあんまり美味しく感じないかも？」

そう言われたアルギスがお腹を撫でて腹具合を確かめる。

「……いっぱいあるのかな？」

「アルギスさんなら二口程度の塊ですね」

「食べてみるよ。後、兄上にも送ろうと思うのだけど？」

「いいですよ。ちょっと待って下さいね」

ごそごそと肩掛け仕様のアイテムバッグをあさって、塩むすびの包を取り出すアマーリエ。

「はいこれ。ただの塩味です。ゆっくり噛むと、米の甘みも出ます」

「ありがとう」

二包み渡されたアルギスは、包みを一つ開け、三角塩むすびを取り出してかぶりつく。

「……ん、塩のほのかな味とこれがコメの味？　ほんのり甘いね。なにか欲しくなる感じ」

「まあ、ごはんの友は人それぞれありますけどね」

「ごはんのとも？」

「あ。あー米が美味しく食べられるおかずってことです」

余計なことをまたうっかり言ってしまったと内心で焦るアマーリエに気づかず、アルギスが次の言葉を発する。

「ふーん。あ、リジェネがついた。微量だね」

「いっぱい食べても効果は上がらないんですよね。あくまでちょびっとつくだけです」

「そうなんだ」

旅の途中で、量を食べたら支援効果が高くなるのか試したアマーリエと銀の鷹だった。

「ダンジョンの魔力に晒されるからそういう効果がつくのか、普通の土地で育ててみないとよくわかんないですよね」

「うんうん。いろいろ試したいね。まあでも、別に効果がつかないコメでも麦が育たない土地で育てられるなら助かるよ」

「そ――のあたりはダンジョンで生育環境良く見てきてくださいね。後、帝国ぐらい国土が広いと案外、既に生えてる場所もあるかもしれませんね」

うっかり、水の多い温暖な土地じゃないと難しいと言いそうになり、ぐっと堪えたアマーリエ。

「そうか！　ダンジョンで生えてる場所と似たような場所なら生えてる可能性もあるか」

「はい。あくまで可能性ですけど」

「ありがとう、アマーリエ。本当に助かるよ」

「どういたしまして。役に立ってるのかどうか全然実感わきませんけど」

「知恵は大事だよ。それを活かすのは私達の仕事だ。だから、政を司るものは賢者を尊ぶんだよ」

「賢者ですか。（どっちか言うと隠者寄りだと思うけど）頑張って、ない知恵絞ってみます？」

「ぷっ。疑問形なの？　アマーリエは面白いねぇ」

ニコニコと機嫌のいいアルギスの態度に肩をすくめるアマーリエだった。

「あんちゃんにも言われましたが、それ女の人に対する褒め言葉じゃないですからね」

「わかっているよ。これは君に対しての褒め言葉だ」

「なんだかなぁ」

「リエは美人だのかわいいだの言われても響かないでしょ？」

「パンが美味しいと言ってもらえるのが一番ですね」

「でしょ？　なら、面白いは私や兄上の君個人への感じ方だよ。君と居ると楽しい」

「はぁ」

「一緒にいてつまんなかったり、殺伐としてるより良いじゃないか」

「……色々お察ししますって言っておけばいいですか？」

一瞬浮かんで消えたアルギスの暗い表情に、言葉を濁したアマーリエだった。

「うん。ちょっと凹んだけど、ここに来てよかった。兄上に感謝しなきゃいけないね」

「はぁ、あんなに落ち込んどいてですか」

晴れ晴れした表情のアルギスにアマーリエが少し苛立ちを込めてツッコミを入れる。

「ごめん。もうあそこまで落ち込まないよ」

「そう願います。なんかあっても、ちゃんとあんちゃんと話しあってくださいね」

「うん、ありがとう。そうするよ。手段もできたしね」

「んじゃ、私も帰ります。シルヴァン、アルギスさんのこと頼んだよ」

「オン！」

「それじゃ、良い夢を！」

「リエも。おやすみ」

アマーリエはシルヴァンにアルギスをしっかり守るよう頼んで、高級宿屋を出た。

アルギスとシルヴァンは顔パックをした南の魔女に出迎えられて心臓が跳ね上がった。

「それじゃぁシルヴァン、アルギスさんをヨロシクねぇ。ほんと助かったわぁ。睡眠不足はお肌の大敵なんだものぉ、ゆっくり眠れて嬉しいわぁ。今日ぐらいゆ～っくり寝させてほしいの。あんたは主に似ちゃだめよぉ。そのままいい子でいてねぇ」

　こちらもダリウスと同じく、大人しく撫でられてくれる毛むくじゃらに心がほっこりしている南の魔女だった。

「あははは。南の魔女様も、良い夢を」

「ええ、アルギスさんもねぇ。夜更かししちゃだめよぉ。シルヴァンもおやすみぃ。ベルン待ってて！　夢で逢いましょうねぇ」

　そう言って投げキッスとウィンク一つくれて、南の魔女は続き部屋に引っ込む。夜中ベルンがうなされたかどうかは神のみぞ知る。

「むふふふ」

「ゥオン？」

　アルギスの不気味な笑いに、ちょっとそばを離れるシルヴァン。

「今から兄上とお話しするんだ。リエは本当に良い主だね、シルヴァン」

「オン！」

「念話スキル！　なんてステキなんだ！　夢じゃない、現実にお話しできるんだよ♫」

「ゥ〜」

　踊り出し始めたアルギスを睨んでシルヴァンが唸る。

「え⁉　シルヴァン⁉　どうしたの？」

　南の魔女の夜更かしはだめ命令をしっかり受け取ったシルヴァンは、アルギスの服の裾に噛み付くと、さっさともう一つある続き部屋のベッドへアルギスを引きずって行く。

「ちょっとだけ。ね？　兄上も心配してると思うんだ！　だからちょっとだけ。明日の朝食に好きな物頼んであげる。ね、お願い！　月があそこまで来たらやめるからね、ね？」

「……オン」

ひたすらお願いするアルギスにシルヴァンはベッドに引き上げられ、取引に応じることにした。

「ありがとう～、えっと、転送陣とおにぎりを用意してっと」

アルギスはベッドの宮付きヘッドボードに転送陣とおにぎりの包みを置くと、ぽすんとベッドに寝っ転がってシルヴァンを抱え込んで念話をはじめた。

『兄上！　兄上！　今よろしいですか？』

『ああ、大丈夫だ。もう落ち着いたか？』

『はい！』

『そうか。良かった』

私室のベッドで弟からの念話を今か今かと待っていたやんごとなきお方でありました。

『……兄上のお心を疑うなど本当に私は愚か者でした』

『何も言わずそなたを一人にしたのだ。心が弱っても致し方あるまい』

『必ず腹心を作り、兄上を支えられるよう精進いたします。シルヴァンにも認めてもらわねば』

つい腕に力がこもり、シルヴァンからタップされて慌てて腕を緩めるアルギスだった。

『シルヴァン？　ああ、あの娘の魔狼か。それに認めてもらうとは？』

『シルヴァンに認めてもらえたらテイムスキルが生えるのです！』

『は？』

『私も、シルヴァンのように利口な子を得てみたいのです』

『いや、ちょっと待て。テイムスキルが生える？　意味がわからんのだが？』

『テイム条件の上位認識でスキルが生えるようなのです。ちなみに私は生えませんでした』

『……そのような話聞いたことがないぞ？　そもそもテイムされた魔物が主人以外に服従を示した話なぞ聞いたことがないぞ？』

『そうなのですか？』

『一体全体どうして、そういうことになったのだ？』

アルギスがあったことをやんごとなきお方に説明する。

『つまり何か？　アマーリエは己の従魔が他の者に服従を示すのを許したのだな？』

『……そういうことになるのでしょうか？』

『ならば、他の上位者にテイムスキルが生えた理由がわかる。普通のテイマーは自らの従魔が他の者に服従を示すことを許さないからな。そういう状況がまず起こり得ないのだ』

『テイマーでないアマーリエだから起きたということですか？』

『ああ。可能性としてはそういうことだろう。ふむ。皇国でテイムスキルを増やすことも可能になるな。検討の余地がある……』

思わぬところからの皇国の強兵策にかすかな笑みを漏らすやんごとなきお方であった。

『……ではシルヴァンが私を認めてくれたら、鞍替え(くらが)もあるでしょうか？』

アルギスにキラキラした視線を向けられたシルヴァンは首をかしげる。

『さあ、どうであろうな？　それだけ周りにテイムスキルを生やさせては居るが、シルヴァンは誰を主と認めているのだ？』

『なんだかんだ、アマーリエだと思います』

『では、そういうことなのであろう。そなたはテイムスキルが生えるように精進して、そなただけの従魔を持つことだな』

『はい。そう致します。あ、兄上。兄上はファウランド王と仲がよろしいのですか?』

『そなたは、あまり覚えておらぬか……よう、あれに遊ばれて居ったぞ?』

『そうなのですか?』

『ああ。あの頃、我らに身近な幼子はそなた一人であったからな』

『ゲオルグ翁も私のことを知っているようでした』

『翁の息子、前辺境伯フリードリヒは我らの学友だ。共に学び、遊んだ仲だ。バルシュにもアルバンのダンジョンにも行ったことがある。そなたはフリッツに襁褓(むつき)を替えてもらったこともあるぞ』

思いがけぬ、やんごとなきお方の言葉に思考停止するアルギス。

『え……』

『そなたが三つになる頃までは三人で育てたようなものだな』

『……そうだったのですか』

『自身の子が生まれる前の予行演習ができてよかったのと、前ファウランド王に笑われたものよ』

やんごとなきお方は、過去の過酷な中での息抜きとも言えた時間を思い起こし表情が緩む。

『……私には育ての親がそんなに』

『いや、そこまで言うほどではないぞ。あくまでそなたを育てたのは私だからな!』

『……兄上?』

『……スマヌ。少し取り乱した。それで、ダンジョンの穀物の方はどうだ?』

『あ、兄上。送るものがあります。転送陣の用意をお願いします』

『わかった』

アルギスはベッドから起き出して、転送陣を広げておにぎりの包みを置き魔力を流す。キラキラと魔力が輝いておにぎりの包みが消える。

『届いたぞ』

『コメを調理したおにぎりというものです。塩で味付けされていますが、ゆっくりよく噛むとその穀物の味がします』

『ふむ。少し待て……穀物の甘みと塩が程よい加減だな。麦とは違った香りもある』

『はい。十分パンの代替になると思われます』

『確かに。リジェネもついたな、僅かではあるが無いよりも遥かにマシであろうな』

『はい。まずは、採集に行くことになるかと思います。採集した場所の状況と採集した物をそちらに送りますので、帝国内でも生えている場所がないか確認願いたいのですが』

ベッドの上で正座状態になったアルギスの膝に、シルヴァンがそっと顎を乗せる。

『ふむ。すでに帝国内で生えている可能性も否めんか』

『はい、アマーリエに指摘されました』

『あの娘か……視野が広いのだな』

『はい。あの娘が手に入れば、帝国ももっと繁栄すると思うのですが』

『気になるのはわかるが、やめておけ。あれは彼の地にあって、自由に飛ぶ鳥であるがゆえに人に幸せをもたらすのだ。カゴに入れてしまっては、何の魅力も持たなくなるようなものだ。翁やファウランド王が抱え込まぬのはそういうことだ』

『至らず、すみません』

『いや、わかれば良い。ただ、あの娘が帝国を見てみたいと言うならば連れてきてやれば良い。自由に見せ、あれが思うところを述べるなら、おそらく帝国に少なからず変化を与えることができるであろう』

『わかりました。アマーリエが帝国に行きたくなるようにします』

『頼む。ダンジョンで無理はするな。人に任せられるところは任せるようにな』

『はい。南の魔女様と銀の鷹が護衛に付きますので安全かと。穀物が取れるのはそれほど深い階層では無いそうですし』

『そうか』

『栽培についてもアマーリエや銀の鷹が手伝いを申し出てくれていますから、時間はかかるでしょうがふみゃ』

ムクリと起き上がったシルヴァンが前足でアルギスの口を押さえたのだ。

『これ！　いかがした?』

『シルヴァンに口をふさがれました。あ、月がもうあんなところに……。魔女様の夜更かし禁止の言いつけに従ったようです』

『な⁉　主人以外の言うこともきくのか?』

『その場で一番強い人の言うことを聞くようですね、ってもうちょっとで終わるから』

まだ終わんないの？　と前足でお腹をぽんぽんされ苦笑を浮かべるアルギス。

『なんだ、催促されておるのか?』

『あ、すみません、兄上』

『かまわん。優秀な護衛だな。今日はもう遅い、また明日の晩に。良い夢を、アルギス』

『はい。おやすみなさい、兄上』

「終わったよ～、シルヴァン。さ、寝ようか？」

ペットと共寝する長年の夢を叶えたアルギスは、幸せそうに眠りに落ちていった。

早朝、お腹の空いたシルヴァンのボディプレスを顔に受けて目を覚ますところまでが、一通りのお約束である。

第4章　パン屋さんの朝は早いのです

高級宿屋を出たアマーリエは、満天の星を見上げる。

「スモッグがないし地上の星もないから、星がいっぱいだ。月明かりで十分歩ける。しかし、こんな日が落ちてから外を一人で歩くのってこっちで生まれてから初めてかも」

皆が顔見知りの村の中のため、アマーリエが独り歩きしても問題ないのだ。

「こんばんは～」

考え事をしながら広場まで来たアマーリエが、目の端をよぎった人影に声をかける。しかし、振り返ると人の気配はない。思わず周りを見渡して確認するアマーリエ。

「……ん？　気のせいか？　ずっと、誰かが側に居たからなぁ。あーあ、久しぶりに一人かぁ。あ、シルヴァン戻ってきたらどうしよ？」

アマーリエはシルヴァンを家の中で飼うか外で飼うか悩みながら、パン屋にたどり着く。

「……まだ寝るには早いかな。最後の村でもらった小豆であんこ作るか」

二階に上がって、アイテムボックスから小豆の袋を取り出して厨房(ちゅうぼう)に入る。

「水で洗って、まずは一回茹(ゆ)でてっと」

小豆を炊き始めたアマーリエ。作業台に帳面を広げ、やることや疑問を書き出していく。

「う～ん。ダンジョンにもち米もあるのかな？」

鍋(なべ)の様子を時々見ながら、今後の優先順位を決め、ある程度の余裕を持たせて店の運営計画と実生活の方の計画をたてる。

「最初に茹でるのはこれぐらいかな」

鍋の湯を消して、鍋の中の小豆をさっと水で洗いまた水を消す。鍋のみ浄化をかけて、鍋の縁についた豆のアクを取り新たな水をたっぷりいれて火にかける。相変わらず小器用な生活魔法の使い方をするアマーリエだった。

「ムフフ、あんこ～。どら焼きも作ろうかな？」

沸騰した後は、弱火に落として、水が減り始めて豆が出るようになると、さし水をしながら豆を煮上げる。

「どれ、よさそうかな？」

箸で豆を摘んで感触を試す。

「善き哉善き哉♫」

お湯を消し、必要な砂糖を三回に分けて入れ、弱火で煮はじめる。熱で豆から水分が蒸発していくのだが、焦がさず好みの硬さにするためここからは鍋から目を離せない。

「水飴を練り込んでっと、塩は隠し味程度」

あんこを掬い取って味見をするアマーリエ。

「うっし、いいあんこ！　一晩寝かすか」

火を消してそのままコンロに鍋をおいて二階に上って、寝間着に着替える。

ベッドに潜り込んで三秒で寝付くアマーリエ。羨ましいほどの寝付きの良さである。

村の雀がまだいびきをかいている頃。

「……パン焼くぜー」

ムクリと寝床から起き上がったアマーリエ、寝起きがいいのも持ち味である。

「静かだ」

なんだかんだ、旅の間は銀の鷹（たか）もいたし最後の二日はゲオルグ達もいて賑（にぎ）やかな旅路だった。

「はぁ、久しぶりに一人だ。前世含めて何十年ぶりだろうか」

カーテンを開ければ、まだ朝焼けすらせず星が瞬いている。ベッドを整え、アイテムリュックを背負って部屋を出て、地下へ向かう。

アマーリエは、アイテムボックスから次々とパン作りに必要なものをリュックに放り込む。最初の三ヶ月分に必要だろうという材料を実家で用意し、領主の好意で送ってもらったのだ。

「後は揚げ物用の油っと。ジャガイモも入れとくか。ありがたいねぇ。最初は送ってもらったものを片付けるとこからのつもりでいたから全部キレイに整えてもらえて、すごく助かったよ。ダールさんに手伝ってくれた人用のお菓子でも送っとこ」

ふんふんと鼻歌を歌いながらリュックを担ぎ、厨房へ戻る。厨房全体に浄化魔法をかけた後、台の上に材料を並べ、道具を準備する。

「まずは試し焼き用かな」

リーン系のパンの材料を用意する。

「セルガの小麦にイースト、大麦糖（モルトエキス）、塩に水と」

まとめた生地をボウルに入れ濡（ぬ）れふきんを掛けて第一次発酵させる。

アマーリエは次のパンの粉を用意する。

「フライヤーの様子も見るからあんドーナツ！」

リッチ系になる揚げパンの生地の材料を用意し、ミキサーに放り込む。様子を見ながら生地が仕上がったので取り出し、生地をまとめてボウルに入れ第一次発酵させる。

「次は～、バターロールの生地を作るか」

せっせと作業を熟し、ベンチタイムを取って、二次発酵まで移っていく。オーブンの予熱を始め、今度はカスタードクリームを作り始める。

「さて、予熱も大丈夫っと。まずはオーブンの把握のためにこの試し焼き用から」

パン生地を拳の半分ぐらいに丸めて二次発酵させ、ガス抜きしてさらに丸めて天板に並べていく。そしてオーブンに入れ焼成する。

オーブンと焜炉の前を行ったり来たりしつつ、次のパンの成形を始め、カスタードをバットに流して冷却魔法をかける。

「ああ、一人でやるって大変かも～。でも弟子なんて取ってる場合じゃないし。はぁ、オーブンの方はどうよ」

焼き上がりを確認して、天板を順に取り出し、冷却棚に並べる。

「おお、かなりいいオーブン！　どの棚も焼きムラがないし、焼き上がりに差がないわ。さすが！　おっちゃん達！　いい仕事してるね！」

その後、次々と色んなパンの生地を作っては焼いてを繰り返し、フライヤーであんドーナッツを揚げた後は、一旦台と道具をきれいにして整頓する。そして、自分用に食事の作り置きを作り始める。

「自分のご飯も自分で作んなきゃなんだよなぁ。三人で回してたから回ってたけど、家の方大丈夫かな？　お父さんとお母さん、弟子を雇うって言ってたけど回るかなぁ？」

アマーリエはスープの鍋を見つめながら、やることの多さにため息を吐いた。


その頃高級宿屋の方では——。

「ちょぉっとぉ、せっかくなんだからもう少し休ませてもらえないかしらぁ」

巻き添えを食らって雀が鳴く前から起こされた南の魔女はお冠である。シルヴァンがごめんねと南の魔女に尻尾(しっぽ)を振りながら擦り寄っていく。

「ォン！」

「もう、あんたって子はぁ。お腹が空いたのぉ？」

たらしこまれた南の魔女が目を細めてシルヴァンを撫で始める。

「！　ベルン殿が鍛錬されてるかもしれませんよ！　朝食を差し入れるのはどうでしょう？」

さっさとベルンを生贄(いけにえ)に出すあたり、さすがは帝国の頂点一族として生まれ育っただけはあるアルギス。兄が絡まなくなった途端、優秀さを発揮しているようだ。

「ちょ！　はやくゆって！　すぐに用意するからぁ！」

「……クゥ」

「あははー」

お主も悪よのという目でシルヴァンに見られ、それほどでもと笑ってごまかしたアルギスだった。

南の魔女達は宿の食堂に向かい、持ち出し用の朝食を作ってもらえるか交渉を始めた。

「持ち出しですか？」

応対したのは厨房の料理長と宿の支配人。

「そうよぉ。アイテムバスケットにこれくらいの厚さに切ったパンと、後はそれに挟む用にハムやソーセージ、薄く切ったベーコンや肉を焼いたのを入れてほしいわねぇ。あ、後は野菜ねぇ！　野菜は美容に大事！」

「薄く切ったパン？　それに挟む？」

「んん、もうじれったいわねぇ。やるから見ててぇ」

南の魔女は邪魔にならないように厨房の片隅に行き、パンをもらうと魔法であっという間にパンをスライスしてしまう。

「これぐらいの厚さに切ってほしいのよぉ。ああ、その焼いたベーコン良いかしら？」

宿の客用に焼いてあったベーコンを受け取って、パンに挟んで料理長に見せる。

「こうやって食べたいの。簡単で便利でしょ？　自分の食べたい物をパンに挟んで食べるだけ。だからそうねぇ？　十人分のパンと中に挟めそうな具材が欲しいわぁ。どう？　できるかしらぁ」

「……初めて見ました」

「そりゃぁ、ここは高級な場所で、食べ物を手づかみで食べるなんてしないってのはわかってるわよぉ。そこをこらえてほしいのぉ」

「いえ、一口サイズにして手軽につまめるようにすれば、うちでも問題なく出せます！　これはどこで食べられたのですか？　王国？　他にはどんなものを挟むんです？」

矢継ぎ早に聞いてくる料理長に南の魔女がおっとり答える。

「そうねぇ、マヨネーズっていう卵のソースで和えた物かしらぁ？　ジャガイモを潰した物とか茹でたエビとかゆで玉子とか刻んだハムとキャベツ、何でもありだったわよね、あのお芋ちゃんの作る物」

「ええ。どれも美味しかったんです。旅の途中で食べるものですから食器があまり必要ない状態で食べやすいものと言って、サンドイッチを出してくれたんですよね」

「サンドイッチ？」

「このパンに具を挟んで食べるもののことよぉ」

「領都では一般的になってるとゲオルグ翁に伺ったのですが？」

首を傾げて言うアルギスに支配人がポンと手をたたく。

「！　それならゲオルグ様に伺わなくては！」

「支配人、アマーリエに聞けばいいと思いますよ。あの子はここの新しいパン屋ですし」

「あ、そう言えば新しいパン屋さんが到着したんでしたねぇ」

「色々旅の道中で目新しくて美味しいものをいただきました。作ったのはアマーリエですから、作った本人に聞くのが一番ですよ」

美味しいものに目がなかったアマーリエに報いるためにもと、アルギスは目の前の料理人との間を取り持つことにした。

「それは確かに！　あーでも、パン屋が落ち着いてからの方がいいですかね？　支配人」

「そうだな。パン屋が休みの日にでもこちらに招待して、色々話を聞こうじゃないか」

「なら、お二方がアマーリエに話を聞きたいと言っていたと伝えておきますよ」

「おお、申し訳ありませんが、お願いできますか？」

「ええ。任せてください」

「それでは、ご注文いただいたものをご用意しますね」

ウキウキと厨房の料理人に指示を出し始めた料理長だった。支配人は二人と一匹を一階の待合室に通して、待つ間のお茶を用意した。

出来上がった朝食をアイテムバスケットに用意してもらい、アルギス達は冒険者ギルドへ行く。

ギルドに着いた南の魔女は、宿の受付で銀の鷹の所在を確認すると地下の鍛錬場へと足を向ける。

「おっはよう！　ダリウスぅ。あぁら？　ベルンはぁ？」

南の魔女の朝から高いテンションにちょっぴり腰が引けたダリウスだった。

「あいつなら二日酔いと夢見が悪かったせいで部屋でくたばってますよ」

どうやら南の魔女は夢での逢瀬(おうせ)を完遂したようだった。

「んまぁ、大変！　看病しなくっちゃぁ！　はいこれ、朝食。皆で食べてね。ちょっとの間、アルギスさんとシルヴァンよろしく！　べ〜ル〜ン〜今行くわよぉ〜」

「いや、貴女(あなた)、仕事は……」

朝食の入ったアイテムバスケットを押し付けられ、ダリウスの引き止める手も虚(むな)しく空を掻(か)き、極楽鳥は恋しい男に会うべく飛んでいった。

「アハハ、よろしくお願いします」

「お腹すいた！」

「ウオン！」

「神官殿……。ダフネにシルヴァンまで……」

ダフネとシルヴァンに朝食の催促をされたダリウスが自虐ネタをぼやく。

「父親の立場としては、腹をすかせた子供に飯の用意をするのは致し方ないか。はぁ、おりゃまだ独身だってのに……」

「ああ、そうだ。シルヴァンをアマーリエのところに連れて行こうと思うんですが」

暗にアマーリエの所で食事にしようとそそのかすアルギスに、ニヤリと笑って答えるダリウス。

「ふむ、ベルンを残して皆でこの朝食を持ってアマーリエのところに行くか」

ベルンをまるっきり助ける気のない、ダリウスだった。

「ファルとマリエッタを起こしてくるよ、お父さん！　クフッ」

笑うのをこらえて、腹筋がヒクヒクしているグレゴールを睨んでダリウスが言う。

「頼んだぞ、真ん中長男」

「それやめて！」

グレゴールが真顔で否定して鍛錬場を後にする。

「食べ物、食べ物」

ちゃっかり、バスケットの中身を確認し始めるダフネに、ダリウスはため息を吐いて注意する。

「とりあえず、ここを片付けてからだ」

南の魔女から手渡されたバスケットをいったん鍛錬場の端にあるカウンターにおいて、ダフネと一緒に訓練に使った物を片付け始めるダリウス。シルヴァンは護衛よろしくアルギスのそばで待機中。

「さて、こんなもんか。お待たせしました。んじゃ、受付のあたりで待ってるか」

そう言ってアイテムバスケットを持つとダリウス達は冒険者ギルドの受付に向かう。受付にはすでにどんよりしたベルンと心配そうな南の魔女、髪が少し焦げたグレゴールと寝ぼけ眼のファルと不機嫌そうなマリエッタが待っていた。

「ベルン大丈夫か？　寝てて良いんだぞ？」

「……行くに決まってるだろう」

唸(うな)るように言うベルンに南の魔女以外が苦笑を浮かべる。

「あらぁ、本当に大丈夫ぅ？」

「ええ。南の魔女様も護衛に戻ってください」

「そうぉ？」

ベルンは色々削られる思いで、アマーリエからどうしようもなくなったら使えと言われた魔法の言葉(避難の呪文)を唱えた。

「ええ、仕事をなさってる貴女はステキですから」

「！　がんばっちゃうわぁん！」

ようやっと南の魔女と距離を置くことができたベルンは、安堵(あんど)のため息を漏らしたのであった。

「しかしこんな朝早いなんて、珍しいですね、南の魔女様」

朝はゆっくりするのよと言っていた南の魔女が、夜も明けぬうちに来たのを不思議に思ってグレゴールが話を振る。

「……シルヴァンに起こされちゃったのよぉ」

「ああ、お腹が空いたんですね。それでみんな起こしにきたのかい？　子供の頃飼ってたうちの犬も、朝早くに起こしにきてたなぁ」

グレゴールに聞かれて、頷(うなず)くシルヴァン。

「犬を飼ってたんですか？」

「ええ、私が住んでた村は魔物が近くに居て、家の中で犬を飼って魔物が来るのを先に察知してもらってたんですよ」

「田舎の神殿でも犬や猫を飼ってますよ」

ファルがグレゴールとアルギスの会話に口を挟む。

「そうなんですか？」

「犬は魔物の察知、猫はネズミよけです」

「なるほど。この村の神殿も何か飼ってるのかなぁ？」

「犬も猫も鶏も鳩もいますよ」

「そんなに！」

「ええ、鶏は卵、鳩は砦とのやり取りに昔は使ってましたよ。今は魔法紙の鳥に替わってますけど」

ニコニコとファルがアルギスに説明する。

「魔法紙の鳥？」

「ええ、魔法紙に伝言と宛先を書いて鳥の形に折ったのを魔力を込めて飛ばすんです」

「そんな魔法があるんですか？」

「ええ、確かバルシュテインの魔法騎士の方が始めたとか。伺ってみてはいかがですか？」

「そうします。念話もいいですが、それなら昼間に兄のもとに手紙を届けられそうです」

「……念話を覚えられたのですか？」

「ええ！　昨日アマーリエに教えてもらったのです。晩は兄上と久しぶりにお話ができました」

幸せそうなアルギスに皆生温かい視線を向けるだけだった。

「パンの匂い！　……？」

広場に出たあたりで、ダフネの耳と尻尾がピンと立つ。

「……相変わらず食べ物にも鋭いな。どうした？」

ベルンが立ち止まったダフネに確認するとダフネが周囲に気配察知のスキルを展開する。

「うーん。なんでもないと言うか、よくわからなかった」

「お前がわからんなら、このメンバーじゃどうしようもないな。ダフネ、一応気に留めといてくれ」

首をかしげるダフネにベルンが肩をすくめて指示を出す。

「わかった。リエのところに急ごう！　焼きたてのパン！」

小走りになるダフネの襟首をダリウスが引っ掴んで止める。


村の中の小鳥がさえずり始め、村に朝日が昇り、辺りがほの明るくなっていく。今日もアルバン村は天気が良さそうであった。

人の動く気配のするパン屋の扉をベルンがノックすると、粉だらけのアマーリエが出てきた。

「おはようございます。皆さん、朝早くからお揃いで？　パン屋の開店はまだですよ」

パン屋の入り口に集まった人数に首を傾げるアマーリエ。

「おう、南の魔女様から差し入れだ」

ダリウスがバスケットを見せる。

「ありがとうございます？」

アマーリエは、ダリウスに似合わない上品な造形のバスケットにさらに首を傾げる。

「芋っ娘にじゃないわよぉ」

後ろからの南の魔女の言葉にアマーリエが納得する。

「銀の鷹に持ってきたんだけど、シルヴァンを帰すついでにね」

ニコニコとアルギスが朝早くから来た理由を言う。

「はぁ。よくわかんないですけど、流れでうちで朝食になったってことですか？」

「まあ、そうとも言う」

「この人数じゃ椅子が足りないですし、庭でいいですか？」

アマーリエは人数を数えて、空を見上げ空模様を確認し、外で食べることを提案する。

「色んなパンの匂い！」

ダフネの声にアマーリエが答える。

「さっきまでパン焼いて、道具の様子見してたんです。食べますか？」

「焼きたてのパン！」

「はいはい。とりあえず庭になんか敷く物持ってきますよ。差し入れだけで足りそうですか？」

「足りないぞ！」

「……ダフネ」

「んじゃ、とりあえずなんかあるもん見繕います」

早々に作りおきの食料が消費される現実に、ちょっと諦めの入ったアマーリエだった。アルギス達は、アマーリエの後についてぞろぞろと中に入っていく。

「シルヴァン、店と厨房に入るときは毛が落ちないように風魔法で体表覆える？　こんな感じ」

獣人族に限らず、食べ物屋を衛生的にやれるように、生活魔法の中に体毛が落ちないよう体表を風の魔法で覆う方法があるのだ。アマーリエはそれをシルヴァンにやってみせる。

「ウォン！」

感じたまま魔法を覚えるシルヴァンに、銀の鷹達は呆れ、南の魔女とアルギスは目を丸くする。

「芋っ娘！　あんたなにやってんのぉ！」

「何って、食べ物屋で動物飼うなら必須なことですが。動物連れでお店に入る人もやりますよ？」

「違うでしょ！　人が飼う動物にすることであって、シルヴァンにさせるんじゃないのよぉ」

「できるんだし、良いじゃないですか」

あっけらかんと言うアマーリエに南の魔女はため息を吐きシルヴァンの方を見る。

「生活魔法を使える魔物なんて……。できちゃうこの子も変よぉ」

「ォン？」

「もう、やだかわいい。あんた、ほんとにお利口さんねぇ」

なんだかんだ言ってシルヴァンを撫でる南の魔女に呆れた視線を向けるアマーリエ。

「ますますシルヴァンが欲しくなった」

目をキラキラさせて言うアルギスに、アマーリエが釘を刺す。

「うちの子ですからね」

「シルヴァン、うちの子にならないか？」

アルギスに言われて、アマーリエの後ろに隠れるシルヴァン。

「……だめかぁ」

「シルヴァン、うちの子はどうだ？」

ダリウスが面白半分に言うが、アマーリエの後ろから出てこないシルヴァンにグレゴールが苦笑を浮かべる。

「胃袋ガッチリ掴まれてるみたいだよ」

「……力より食い物なのかテイムって？」

「料理を覚えたほうが早いのか？」

「……それこそシルヴァンだけだって思いたいんですけど」

ベルンとダリウスの言葉に肩をすくめるマリエッタ。

「うーん、力で脅されるより美味いものでつられる方がいいな」

「……ダフネ」

実感のこもったダフネの言葉にベルンが呆れた視線を向ける。

「食い意地がはってるやつならリエでもテイムが可能ってことだな」

「……絶対テイマーが泣くと思うんだ、そんな話を聞いたら」

ダリウスの言葉にグレゴールがため息を吐きながらこぼす。

「新たな商売の匂い？　テイム用のアイテム開発？」

儲けの匂いに目をキラリと光らせるアマーリエ。

「ちょ、リエ！」

また暴走を始める気かと慌てて止めにかかるベルン。逆にマリエッタがにやりと悪い笑みを浮かべる。

「良いわね。試してみる？　テイム可能な餌の開発」

「おい、マリエッタまで本気になるなよ」

「あら、いいじゃない。私もテイムスキル生えたし、本気でテイムを考えようかしら。アマーリエがその餌作ってくれるなら助かるし」

「……本気でリエに料理を習おうかな？」

「おい、グレゴール？」

真剣に悩み始めるグレゴールに、ちょっと不安になったダリウスが声をかける。

「いや、うまい飯って大事だし。それでテイムできるなら一石二鳥だろ？」

「そりゃ、この先うまい飯が食える方がいいのは俺もだが」

「グレゴールさんは器用だからすぐ料理スキル上がりますよ」

アマーリエがグレゴールの器用さを請け合う。

「よし！　時間のある時にリエに習う。依頼出していいか？」

「はぁ、別に依頼にしなくてもいいですけど。なんなら講習会でもやりますか？」

「なら、私も！」

「え、神官殿もやるのか？」

「はい！　テイムもしたいですが。兄上に美味しいものを食べていただきたいです！」

「いや、皇帝陛下(おにいさん)なら美味いもん食い放題だろ？」

「いえいえ。毒見したり、食堂と厨房が離れているせいで冷めたものが出るんですよ。不味(まず)いと文句を言えば、関係部署の首が飛びますし。身分が高いからと言って、美味しいものが食べられるとは限らないんですよ。私は、この道中で庶民がいかに美味しいものを食べてるのか、実感しました！」

しみじみ言うアルギスに首を傾げるアマーリエ。

「はいはい、考え込まない。ご飯にしましょ」

軌道修正を図るマリエッタ。

「はーい。厨房の棚に焼きたてのパンがありますから、どうぞ」

「おう。どのパンでも良いのか？」

「試し焼きなんで、好きなの食べてください」

そう言い置いてアマーリエが敷物代わりを取りに二階に向かう。

「どれどれ、どんなのがあるんだ？」

ベルン達は厨房の焼きたてのパンを置く冷却棚の前に集まる。

「色々あるわね」

「これ、バターの匂いがする！」

変わった形と質感、香りにつられてダフネが声を上げる。

「ホントですね。バターの香りがします。それにサクサクした見た目もはじめて見ますね」

「この油で揚げてあるのなんだ？　甘い匂いがするぞ」

「砂糖がまぶしてあるんですか？」

「お菓子かしら？」

「うーん。色々ありすぎてリエに聞いたほうが良い気がしてきたぞ」

「差し入れの中身はなんですか？」

ベルンが隣のアルギスに確認し、アルギスがバスケットの中身を説明する。

「なら、パンはそれを挟んで美味いやつか、パンだけでうまいものにすれば良いのか」

アルギスの話を聞いてパンを選ぶ基準を決めるベルンだった。

アイテムリュックを背負い、手に薄い毛布を持ってアマーリエが戻ってくる。

「お待たせしました。あれ？　まだ選んでないんですか」

「あ、リエ。このパンは？」

「クロワッサンですか？　バターと生地を層にして焼いたパンです。外側サックリ中しっとりで、バターのコクが美味しいですよ」

「この砂糖のかかった揚げパンは？」

「あー。最後の村でもらった紅い豆を甘く煮て作ったあんをいれて作った菓子パンですよ。食後にどうぞ」

「……甘い煮豆？」

「豆が甘いの？」

「ああ、好き嫌い出ますけど、甘すぎないので試しに食べてみたらどうですか？」

日本人でもあんこが苦手な人が多かったことを思い出したアマーリエ。

「この端がうずまきでまるっこいのは？」

「バターロールは生地に色々混ぜて作ったふんわり柔らかいパンですね」

「固くないのか？」

「ええ。色々食べてみてくださいよ。それで好みのパンを見つけてください」

「そうする」

「はい、これ。木のトレーとトング。これに好きなパン載っけて持ってってくださいよ。私、保温マグにクラムチャウダー入れてきますから」

アマーリエはリュックを台に下ろすと、焜炉(こんろ)にかけてあった鍋(なべ)に火を入れる。

「おお、ありがとな」

「リエ～、この熊の手形みたいなのは？」

「クリームパンです。生地はバターロールとほぼ変わりませんが、中に卵で作った甘いクリームが入ってます」

「お！　俺は甘いのにするぞ」

甘いものに目がないダリウスが、あんドーナツとクリームパンを皿に載せる。

「俺は、差し入れのパンと後このサクサクするパンか？」

「……ファル、半分こしない？」

棚をじっと睨(にら)んでいたマリエッタがファルに声をかける。

「します！　全種類食べたいです」

こちらもじっと棚を睨んでいるファルが応える。

「いや、流石に全部半分は無理よ」

「俺も、混ぜてよ」

悩むのが面倒になったグレゴールが参加表明する。

「じゃ、三等分？」

「あ、私もいれてください」

こちらは全部食べて兄上が好きそうなものを贈ろうと画策するアルギス。

「四等分ね。じゃ私はこの棚の持ってくわ。神官様とファルとグレゴールも分担して持ってってね」

四人はトレーに分担してパンを一個ずつ取り分けていく。

「この甘いって言ってたのは半分こにしませんか？」

ファルの言葉にアルギスが是非と頷(うなず)く。

「私はァ、クロワッサンとバターロールかしらぁ。他のは開店してからねぇ」

そう言って、南の魔女はクロワッサンとバターロールを一つずつトレーに載せる。

「ぬうう、悩むぅ」

「……ダフネ。とりあえずあるもの食べて、腹具合でまた取りに来たらどうだ？」

ダリウスが呆れたように、ダフネを諭す。

「そうする！　でもこの甘いの一個ずつは確保する！」

「決まりました？　マグにクラムチャウダー詰め終えましたから、庭に行きましょう」

リュックを背負い直したアマーリエに言われて、皆トレー片手に庭に出ていった。


アマーリエとファルが薄手の毛布を日の当たる場所に広げる。どうやら、午前中は庭に日が当たるようだ。ダリウスがバスケットから取り出した皿やカトラリー、具材の入った皿とスライスされたパンを真ん中に並べていく。

各々毛布の上に座り込み、ダリウスから皿とカトラリーを受け取る。アマーリエはリュックから保温マグを取り出してみんなに回していく。

「ムフフン。朝から豪勢だ！　いただきまーす」

ダフネの声に皆それぞれ好きなものを取り食べ始める。

「シルヴァン、はい、お肉」

アルギスが食堂で別注文した肉をシルヴァンに与える。

「あ、どうも。シルヴァン、魔鳥のお肉仕入れるからそれまで塩揚げ鶏待ってね」

「オン！」

「食べていいよ」

アマーリエの許可が出てはじめてシルヴァンは食べ始める。

「どのパンから食べますか？」

「このサクサクしてるっていうのからかな」

「分けますね」

ファルがウキウキしながらパンを四等分していく。

「ん！　このサクッとした外側にしっとりした内側！　バターのコクもあって美味しい」

「このふんわりしたパン、お菓子みたいね」

「甘いのはあとにしようかな。リエ、これライ麦パンだろ？」

黒パンを手にしたグレゴールに聞かれて、口に物が入っていたアマーリエは黙って頷く。

「……粒マスタードありますよ。ソーセージを挟んで食べたら美味しいです」

アマーリエは粒マスタードの瓶とスプーンをリュックから取り出してグレゴールに手渡す。

「ありがと。どれどれ……ん！　美味い！」

「グレゴール、俺も！」

「ん」

ベルンにマスタードの瓶とスプーンを渡すグレゴール。

「リエさん、この粒マスタードってお店で売ります？」

ファルが真剣な顔でアマーリエに尋ねる。

「はい。実家から商業ギルド経由で送ってもらうことになってますよ」

「よし、うちも買うぞ」

ベルンの即決に、ファルがニンマリ笑う。

「ベルン～あたしにもちょうだぁい」

「はい、どうぞ」

「あ、リエさんマヨネーズありますか？」

アマーリエはリュックからマヨネーズの瓶を取り出して、スプーンと一緒にファルに渡す。

「うふふ。これも好きなんですよね」

「あ、卵のソース。朝説明できなくて、頼めなかったんですよ」

「酢と卵と油があればできますよ？」

「それも教えてね」

「はあ、いいですよ」

真剣なアルギスの顔に、それほどあんちゃんはわびしい食生活なのだろうかと内心で首を傾げるアマーリエ。

「ね、リエ。後このサクサクしたパンとふんわりしたパンを兄上に送りたいんだけど。甘いパンは兄上は苦手かなぁ？」

「はいはい。今日はおまけしときますよ。良いんじゃないですか、思うだけ送っとけば。家臣を余ったパンで釣り上げるのもありです」

ろくでもないことをアルギスに吹き込みつつ、アマーリエが貸しを積み上げていく。

「ありがとう、そうする」

爽(さわ)やかな笑みを浮かべて頷く、昨日とうって変わって絶好調なアルギスにアマーリエはげんなりする。

「お、この豆のパン美味い。俺好みだ」

デザートに突入したダリウスがあんドーナツにかぶりついてにやけている。

「ダリウスってホント甘党よね」

マリエッタが呆(あき)れたように言う。

「いいだろ。子供の頃はめったに甘いものなんて食えなかったからな」

「宿のパンも美味しいですね。商業ギルドはパン職人さんも居るんですか？」

他所のものが食べられるときはそっちに注力するアマーリエだった。

「あそこは専任の料理人が確か居たな」

ベルンが首をひねりながら応える。

「あぁ、そうだわぁ。芋っ娘、あんたに話が聞きたいって、その料理人」

「これの用意を頼んだ時に旅の道中で食べた物の話になって、ぜひ会いたいって言われたんだよ」

「はぁ。時間が合えばいつでもいいです」

南の魔女とアルギスから話を聞き、特に問題もなかったので了承するアマーリエ。

「そ？　じゃぁ、伝えとくわぁ」

「お願いします」

「はぁ、このクリームパン美味しい」

ファルが幸せそうにクリームパンを頬張る。

「うん、美味い。リエの作る甘いものは王都や帝都の菓子と違って程よい甘さなんだよな」

「王都の甘いものを食べたこと無いからわかんないですけど、どんなのなんですか？」

甘いもの好きの領主に王都の菓子の話を聞いても、私はアマーリエの菓子が一番好きだからとしか言われず、ダールに尋ねれば、貴女は貴女らしく有りなさいと言われ、先代(フリードリヒ)は領都に帰ってくる度、奥方と一緒に次に王都に持っていく菓子を山ほど注文していくが、王都の菓子は気にするなと言うだけだった。完全に王都のお菓子情報をブロックされていたアマーリエだった。

領主達にしてみれば、王都の流行り(はやり)に毒されて甘く、くどい菓子を作るようになられては敵わないという、防御一徹の姿勢だったのだ。

「甘すぎたり、硬すぎたりかしら」

マリエッタが端的に答える。

「うーん？　砂糖が高価だからたっぷり使ってより高価さを出してるんですかね？」

「それはあるかもな。後、日持ちするようにかなり焼き締めてるかな。だからかなり硬い」

「砂糖入れ過ぎで焼き締めてあったらそりゃ固くもなりますよ。アイテムボックスあるならそこまで焼き締めなくていいのに」

首をかしげるアマーリエに、ハッとしたベルンが物申す。

「そうだ！　あのな、俺達やお嬢はほいほいアイテムバッグやリュックを使ってるが、そこまで手に入りやすいもんじゃないからな？」

「そうよ。あんた、そこもおかしいからね。普通あんたみたいな町娘が、ひょいひょいアイテムバッグやリュック使ってないからね。高価なものなのよ！　冒険者も駆け出しなんか手が届かないんだからね」

「あ～ちょっと前までは領都でもそうでしたね。私は魔道具屋のおっちゃんとあれこれ道具開発して、現金の代わりに現物支給してもらったのが色々あるから、この旅で利用できるってはっちゃけてました」

「ちょっと前ぇ？」

アマーリエの言葉に引っかかった南の魔女が首を傾げる。

「そのリュック気になってたのよね。見せて」

「いいですよ。これも魔道具屋のおっちゃんと鞄屋のおばちゃんと相談して作ってもらった試作君一号です」

アマーリエはマリエッタにリュックを手渡す。

「入れ口が巾着になってて、結構口が大きく広がるのね。ちょっと、こんな大きな拡張魔法なのに、何この省魔力！　ありえない！　外のポケットにも拡張魔法付けてる！　しかもこっちまで省魔力仕様になってるし！　肩紐のところは担ぎやすいように革を当ててるのね。うちも欲しいわね」

「なぁにぃ、魔法陣の仕様が違うのぉ？　気になるわねぇ、あたしにも見せてぇ」

「どうぞ。省魔力ってそんなに変ですか？　領都じゃ、だいぶ前から魔力の量を少なくして最大効果を！　って研究が進んでますよ」

魔道具屋の職人になんでこんなに魔力が要るのか、もっと省エネできねーのかよとアマーリエが突っ込み始まった省魔力研究だった。なんだかんだ領都の古馴染みの魔道具屋の職人、ステファンとヨハンソンによって、領都の魔道具屋界隈に革命が起こったのだ。

「これすごいわぁ。なるほど、この方式にすると魔力の量が少なくて済むのねぇ。考えたわねぇ」

「魔道具屋のおっちゃん達と頑張って考えたんです」

「しかも、この陣の簡素化！　値段下げられたんじゃないの？」

「はい。うちの街だとアイテムトートバッグが一般向けで普及してます。街のお母さん達が買い物に重宝してますよ。その普段の買い物量程度の拡張魔法で、省魔力にして発売したんです。そのせいでナマモノ買っても腐んなくなって、母ちゃん達の世間話が長くなったんだって魔道具屋に苦情来たんですよね」

「町の人レベルでアイテムバッグが普及するって……」

アルギスがサンドイッチを手にしたまま目を丸くする。

「技術の発展っていうのはどれだけ普及するかにかかってますから」

「必要な技術は発展し、必要ないものは淘汰されるんですね」

ファルが、ウンウンとうなずきながらあんドーナツを頬張る。

「それに技術登録特許制になってますから、開発を早くして先に登録すればそれだけである程度お金が得られますからね。みんな、隠すほうが損だって認識になってます」

「そうなの？」

アマーリエの話に首を傾げるアルギス。

「今後会う機会がありましたら先代様に詳しい話を聞いてみられては？　私が子供の頃に領内は各ギルドとも調整して技術やレシピは登録制になりましたよ。その後、すぐ王国内でも登録制になって、管轄のギルドが管理するようになりました。登録技術があちこちのギルドに関連するときは、その関連するギルド全てにレシピを出すことになってますし、それに関する税金とかの税率の話とかもまとまってます」

「帝国はどうなってるんだろう？」

「それこそ、それに関してはあんちゃんに聞いてくださいとしかいえませんね」

「ああ、そうする」

「うーん？　ギルドは基本国の権限と離れた団体だから、帝国であれどこの国であれ、登録制度の話はそれぞれの国のギルド上層部に通ってるはずだと思うんですよね？　うちは領主主導でその上、王様も頑張ったみたいだから、国内の制度は結構早く決まったんです。他の国はどうなんだろ？大隠居様ならご存知かな？」

登録したレシピの特許利用料にかかる税率自体は国で上限と下限を決め、各領地でその範囲内で税率を決めることとなった。最初欲をかいて高い税率に決めた領主のところからは職人が流出し、色々と領主の有り様がわかりやすくなった一件もあって、王自身は家臣を見定めやすくなったとニンマリしたとかしなかったとか。

「ゲオルグ翁ですか？」

「はい。うちのご領主方、わりと代替わり早めにして、老後を楽しんでらっしゃるようですよ？若い時分は領地経営、隠居した後は国内外を見て回ってるみたいですけど」

「そうなの？」

「ゲオルグ殿はよく帝都にもいらっしゃってるわよぉ。私たまに護衛を頼まれてたものぉ」

南の魔女の言葉にアマーリエとアルギスがそうなのかと頷く。

「うちのご領主様しか知らないので他はどうなのか知りませんけど。大隠居様は隠居すぐは王都と外国を見て回ってらっしゃいましたよ。子供の頃は今のご領主様と一緒によく旅の土産話を聞きました。先代様は今王都にいらっしゃって、貴族同士のおつきあいをされてます。たまに外国に行かれる時とか外交で出られる方の代理で、うちのお菓子を注文してらっしゃいますよ」

「アマーリエは領主一族とかなり親しいのかい？」

「うーん、割りと自由にさせてもらってますまで答えになります？」

「ああ。ありがとう、すごくよくわかった」

アマーリエの含みをもたせた言葉に、兄の言った意味を実感したアルギスだった。

「大隠居様はバルシュの子供達みんなのおじいちゃん？　なところがありますからね。よくうちの実家のお菓子を買って、子供に振る舞ってましたよ。その時に他国のお話とかしてくれたんです」

「翁は領民に気安い方なんだね」

「領主は領民の心のそばにあるものだといつもおっしゃってますよ」

「なるほど、心に留めておくよ」

「そうしてください」

二人の真面目な会話に皆少し黙って耳を傾けた。

アルギスとアマーリエの会話が途切れたところでベルンが声をかける。

「リエ、この後はどうするんだ？」

「パンを焼き貯めておこうかと。シルヴァン、明日、村の中を探索兼ねて一緒に散歩しようね」

「オン！」

「パンの焼き貯め？」

ベルンが首を傾げてアマーリエに聞く。

「一人でパン焼くにしても限界がありますから、アイテムボックスに余分に焼いて保存しとこうかと。焼きたてが維持できますし」

「なるほどな」

「村の探索って？」

アルギスは狭い村のどこを探し回る必要があるのかわからずアマーリエに聞く。

「何がどこで手に入るのかの確認ですね。後、魔道具とか作って欲しいものがあるんでその注文を受けてくれる店を探すとか」

「ああ、それは大事なことだね」

「そんな感じで、今日はパン焼きですね。ちなみに明日の朝は広場の朝市を見に行きます。そこで依頼料の携帯食に使うものを見繕う予定です。後は、野菜や肉類、卵や乳製品の仕入先の確保ですね。ユグの村からも、村役場の転送陣を利用して送ってもらうことになってますけどね。流石に量が足りないだろうし、アルバン村近郊の農村の活性化のお役に立てるほうがいいですしね」

「いろいろ考えてるんだね」

感心したように言うアルギスに、違う違うと手を振るアマーリエ。

「皆の現金収入が増えれば、買える物も増えますし、質のいい物も買えるようになります。要は私がちょっと頑張ることで、うちのパンを買ってくれる人が増えればいいなという下心ですねー」

「確かに……利があるからこそ動くんですね。上手い還元ですね。さすがアマーリエ」

ものすごく腹落ちして頷くアルギスと、ため息を吐いてぼやくベルン。

「……お前さんは黙ってればわからん下心をぽろりと」

「黙って待ってたって売れませんからね。いかに売りに行くかです、商人は」

えっへんと胸を張るアマーリエに納得して頷くアルギス。悪影響じゃないのかと首をひねるベルンが話題を変える。

「これから俺達はどうする？」

「一旦冒険者ギルドに戻ってギルドの物件を見ましょう。それから、家具のカタログだったかしら？　商業ギルドに取り寄せてもらいましょう」

「そうだな」

「あらん、拠点作るのぉ？」

「ええ、この村にまず一軒作ろうかと」

「ならあたしも、ここに作っちゃおうかしら隠居……」

「！　素敵な南の魔女様は都のほうが似合ってますよ！」

「そうかしらぁ？」

「ええ！　ここは商業ギルドの宿を利用されたほうが良いです！」

ベルンの必死の訴えは、今のところ南の魔女に通ったようだった。

「アルギスさんはどうするの？」

「神殿に移ります。冒険者ギルドで本登録もしないといけませんし。こちらの神官業務を熟しながら、ダンジョンに潜る準備をします。出来れば私も村を見ておきたいですね」

「なるほど」

「ですがその前に、アマーリエ。今日のパンを包んでほしいです。兄上に送るために名前とどんなパンか説明書きをつけたいんです」

さも重要そうに言うアルギスに投げやりに答えるアマーリエ。

「あーはいはい。それは家に入ってしまいましょうか。ここじゃ書くのが不便ですから」

「ええ、そうしよう」

「リエ、わたしもおやつに甘いパン欲しい」

「こら、ダフネ。店が開いてから買うんだよ。リエに集(たか)りまくるんじゃない」

ダリウス(おとん)がメッとダフネを叱る。

「ぶー。神官様だけずるいー」

「うっ」

「今日はいいですよ。試しに焼いただけですから。次からお代はしっかり頂きます。そのかわりに今日の分に関してはダンジョンでなんか面白いもの見つけてきてください」

「やった！　もちろんだぞ」

「私も何か見つけてきます」

「……高く付いてんじゃないのか？」

ベルンが呆れた顔でアマーリエの方を向く。

「ぼったくるつもりはありませんから、価値があれば上乗せしますよ」

「わーい！　いいもの探してくるからな！」

「期待して待ってます」

やる気満々のダフネに、真面目な顔をして頷くアマーリエ。

「……なら俺もおやつにあんドーナツとクリームパン」

「私も欲しいです」

「……ダリウス、ファル」

「まっ、いいじゃないの。食べた分、何か見つけてくればいいのよ。どうせリエのことだから、美味しいものになる素材なら喜んで甘いパンを山ほど出すでしょ」

「もちろんです」

「「おー！」」

「ウォン！」

「んまぁ、シルヴァンも参戦するのぉ？」

「オン！」

「……採集に気を取られてポカするなよ」

「「「はーい」」」

「オン！　オン！」

　一旦宿屋の食器類を浄化してバスケットに片付けたあと、皆で店に戻る。アマーリエから好きに持ってけと紙袋を渡されて、それぞれにおやつのパンを選んで、満足顔でそれぞれのアイテムポーチにしまっていく。

「さ、ギルドに戻りましょうか」

「おう。南の魔女様、神官様、リエ、朝早くからごちそうになりました」

　ベルンの声に、銀の鷹(たか)のメンバーが声を揃える。

「どういたしましてぇ。皆で食べる食事はおいしいからぁ」

「ですね。ちょっとさっきまで一人で流石に寂しかったですから」

「私も、こんなに賑(にぎ)やかに食べることはなかったからうれしいです。またご一緒しましょう」

「え、ええ。もちろん。それじゃぁ、俺達はこれで。バスケットは宿に返しておきますから」

　アルギスにちょっぴり顔をひきつらせながらも大人の対応を取るベルンだった。

「あ、お願いします」

「寂しいわぁ」

「仕事を頑張ってる貴女は素敵です！」

　なけなしの気力を振り絞って言い切ったベルンだった。アマーリエはこりゃダメだと首を振る。

「！　頑張るわ！　ベルン！」

　銀の鷹の影が見えなくなるまで手を振っている極楽鳥を置いて、アマーリエとアルギスはシルヴアンとともに厨房に入った。

「あんちゃんにどのパンを何個送るんです？」

「うーん？」

「あんちゃんの部屋にはアイテムボックスあるんですか？」

「あるよ」

「なら、思うだけ送っとけば良いんじゃないですか？」

「そうする」

アマーリエは上に筆記具を取りに上がり、店側で追加の紙袋を掴んで厨房に戻る。

「お待たせしました」

筆記具をアルギスに渡して、アルギスが選んだパンの説明を始めるアマーリエ。

「はぁん、行っちゃったぁ。アルギスさん、これ紙袋に入れていけばいいのかしらぁ」

「あ、このそれぞれのメモ書きと一緒にお願いします」

ようやく店先から戻ってきた南の魔女が、アルギスの書いたメモとパンを袋詰していく。

「そうだ！　リエ。あのマグもほしいんだけど、中身入りで」

「二千シリングになります。クラムチャウダーでいいですか？」

「うん。はい、二千シリング」

「まいど！　じゃ、用意します」

「あぁ、そうだわぁ。あたしもぉ保温瓶の方、欲しいんだけど」

「お茶も入れときますか？　二千百五十シリングですけど」

「お願い～」

アマーリエは焜炉に薬缶をかけてお湯を沸かし始め、リュックを漁ってお茶の葉を選ぶ。

「これ、まだ量産できてないのよねぇ？」

作業台に置かれた保温瓶を手にとって、考え込む南の魔女。アマーリエが持っている保温マグと保温瓶は魔道具で、状態維持魔法の魔法陣が彫り込まれている。拡張魔法を入れていないので、魔法同士が反発せず、そのままアイテムバッグにしまえるという便利さがある。ただ、量は見た目の分しか入らないという欠点もある。アマーリエが前世の魔法瓶に近い物をと魔道具屋の職人に頼んで、本当の意味での魔法瓶へと変えてしまったのだ。

「ええ、魔力溜まりの魔道具作る方に手を取られて、遅くなってるって大隠居様が言ってました」

「ねぇ、あたしのアルバンの知り合いの魔道具屋紹介するからぁ、作ってもらわない？」

「え、いいんですか？」

「いいわよぉ。色々便利ですものぉ。ポーション入れとけば劣化しないし、お得でしょ」

「あ、そうですね」

「印をつけて、入れるものを固定してもいいわよねぇ。何入れたかわかんなくならないし」

「おお、そうですね。大きさももっと色々あった方がいいですかね？」

「そのあたりは冒険者ごとに注文すればいいんじゃないかしらぁ」

「あ、そっか」

アマーリエは花茶の束をお湯の沸いた薬缶に入れて、火を消してお茶が出るのをしばし待ち、飲みやすい温度に生活魔法で冷まして保温瓶に入れる。クラムチャウダーの方もやけどしない程度に冷まして入れる。

「はい、アルギスさん、マグ。南の魔女様、花茶にしました」

「ありがとう。保温マグ、見本にいくつかあれば、わかりやすいかもしれないね」

「あらぁ、花茶！　いいわねぇ」

「……保温瓶もお茶入りで追加よろしく」

アルギスが巾着から二千百五十シリング取り出してアマーリエに手渡す。

「まいど！　あんちゃんはどのお茶が好みなんですか？」

「ユーレシアの花茶なら好きだが」

「んじゃ、同じのでいいですね。一番いい茶葉ですよ」

「あらぁ、贅沢ねぇ。ほんとにこの値段でいいのぉ？」

「いいですよ。先代の奥方様から新しいお菓子を渡す時に、お茶の葉分けてもらってるんです。どのお菓子にどのお茶が合うのか知りたいから」

「なるほどねぇ」

「あ、それで思い出した。クリームパンとあんドーナツをダールさんに送っとかなきゃ。村役場の転送陣で送ろうっと。地下の転送陣じゃ、無駄多すぎるし」

うっかり領主のことを忘れていたアマーリエも紙袋にせっせとパンを詰め始める。

「若様に送るんじゃないのぉ？」

「際限なく食べるからダールさん経由じゃないとだめなんですよ」

「あらまぁ。なら、私もぉ弟子にお土産代わりに送ろうかしらぁ？」

「そういえば、魔女様方のお弟子さん達は、今どうされてるんですか？」

「魔力溜まりのぉ消滅にぃ、東へ西へと跳び回ってるわよぉ」

魔女の弟子達は転移魔法を使い、文字通り跳び回っているのだ。

「ありゃ、それは大変だ」

「だからぁ、頑張ってる子にご褒美必要でしょぉ?」

「確かに」

発送する荷物を作り上げたアマーリエと南の魔女、アルギスは明日の午後、一緒に行動することにした。それぞれやりたいことを話し合い、段取りを決めてから別れた後、アマーリエとシルヴァンは開店に向けて必死にパンを焼き始めたのであった。

第5章　一緒にお散歩

翌朝、広場の朝市に行ったアマーリエとシルヴァン。広場の中央にある鐘の塔の周りと村の建物側に分かれて、様々な農作物が積まれた荷馬車が並んでいる。

その荷馬車の間にできた道を村の人々が買い物に出てきている。アマーリエは、近くにいた人に各村のまとめ役の人が誰か尋ねる。教えられた人物を見つけ、小麦を始めとする村の農作物や畜産物について話し合い、買い取りの量など様々なことを決めた。

「さて、シルヴァン。次は自分達用の買い物しようか」

「オン！」

アマーリエは店先を覗(のぞ)き込んで、依頼料の携帯食用と自宅用に野菜や家畜肉、卵などを買い込む。行く先々でシルヴァンに驚かれるが、人懐こさを発揮してちゃっかりおまけを付けてもらっていた。

「愛嬌(あいきょう)って大事よね」

「オン！」

尻尾(しっぽ)をフリフリ答えるシルヴァンに、買い物の時はシルヴァンを絶対連れて行こうと腹黒いことを考えるアマーリエだった。

午後になると南の魔女とアルギスがパン屋を訪れ、そのまま、アマーリエと一緒に広場に向かう。

「んじゃぁ、芋っ娘はベルン達から聞いてるとは思うけど、この村の歩き方の基準ねぇ」

どこの観光協会の回し者かというぐらい流暢（りゅうちょう）に、村の成り立ちを交えて村歩きを説明し始める南の魔女。二人と一匹は頷（うなず）きながら、時々質問をはさみ、その説明を聞いているが、その様子はお上りさんと遜色（そんしょく）なし。二人とも都落ちしてきたのにだ。

「村役場に行きましょうかぁ」

「はーい」

村役場に入った南の魔女とアマーリエは昨日作った荷物を送るため、転送陣の使用許可を取りに受付に向かう。アルギスとシルヴァンはとくに用事がないので村役場の中を自主見学中である。

「それ書いたら荷物渡して。かわりにやっとくからぁ。その間に開業日を連絡してきなさいなぁ」

「ありがとうございます。よろしくお願いします」

見た目はすごいが、中身は気の利く女子力の高い南の魔女であった。アマーリエは南の魔女に書類と荷物を任せて受付に向かい、開店の日を伝えた。

「……今週の黄の日からの営業ですね。休日は白の日。営業時間は鐘一つ半（午前七時）から鐘六つ（午後四時）までですね。では早速村の掲示板で告知します」

「よろしくお願いします。あ、村の掲示板は？」

「村役場の玄関左側の待合室にありますよ。他にも村に関連する告知がありましたら、そちらの掲示板の利用ができますのでご利用ください」

「はい、ありがとうございます」

用事の終わったアマーリエは南の魔女のもとへ行く。

「魔女様、おわりました～」

「おつかれ。それじゃぁ……あの子達はどこ？」

「村役場の中を見てるって言ってましたけど、どこ行ったんだろ？　シルヴァン！」

「ウォンウォン」

アマーリエの声に反応したシルヴァンが、鳴いて場所を知らせる。

二人が向かうと、待合室で村のおばあちゃん達から構われまくっていたアルギスとシルヴァン。

そのまま、アマーリエと南の魔女も噂話に興じていると、役場の人が紙を持ってやってきた。

「あれ、皆さんお揃いで？　おはようございます。どうされました？」

「おはようさん、ヨセフ。パン屋さんが来たって聞いたからねぇ。掲示板を見に来たよぉ」

「おや。皆さんお耳が早い。今から張り出しますよ」

「しっかり読んで、皆に知らせねば」

掲示板に張り出したパン屋の開業と営業日のお知らせに、おばあちゃん達が群がる。

「ふふ、色々美味しいパンがあるんですよ」

アルギスが嬉しそうに教える。

「ほうほう。ジーンは頑固一徹に昔ながらのパンを焼いておったが……」

「私一人なのでいきなり多くの種類は出来ませんが、日替りとか週替り、月替りでいろんなパンを出そうと思ってます。昔ながらのパンは定番品として毎日出しますよ」

「おお、そりゃ楽しみだわ」

「今日も朝市で近くの村の小麦を頼みましたし」

「ほうほう、マチェット、ホーゲル、バーシュクの小麦かね」

「それぞれの村の小麦は特徴があっての。ジーンはマチェットとホーゲルの小麦を仕入れとったの。バーシュクの小麦は、商業ギルドの宿屋が仕入れてパスタにしておるよ」

「ああ、宿屋で出たパスタはバーシュクの小麦粉なんですね」

おばあちゃん達からの情報をありがたく仕入れるアマーリエ。

「そうそう。宿屋の料理人が帝国の出での、お国の料理が出るんじゃわ。お国の料理が作れるとバーシュクの小麦を見て泣いて居ったのが懐かしいのぉ」

「へぇ～。お話する時にでも、いっぱい帝国の料理のこと聞きますね」

「そりゃええ、美味しいものが増えるということだの」

「帝国の料理なら私も教えられますよ」

アルギスが会話に混ざってくる。

「え⁉」

「ただ神殿の質素なものになりますけど」

「作ってたんですか⁉」

「神殿の賄いは見習い神官の仕事でしたから。少ない食料でいかに量を増やして美味しく作るのかを学びました。あれを知っていれば、飢饉(ききん)や災害のときの炊き出しに役立ちます」

「なるほど」

副音声で兄の役に立てるんですと聞こえたアマーリエだった。

「なので、レシピ交換です。絶対リエの料理も教えて下さいね」

「う、はい。よろしくお願いします」

アマーリエはすごい勢いで食らいついてくるアルギスに腰が引ける。

「料理のレシピ交換会をするんかいの？」

「ええ、リエの料理も美味しいんです。国にいる兄に送ろうと思いまして」

「そりゃ、村の女衆も参加できるんかの？」

「別に女衆に限らず男衆でも子供でも場所と時間が合えばできると思います」

美味しいものを広めるチャンスとばかりにアマーリエが安請け合いする。

「それはいいですね！　村の料理講習会ですか！　他にも何か催し事が出来そうなら、ぜひ村役場にご一報を！　仕切らせていただきますよ」

傍で話を聞いていたヨセフが話に乗ってくる。

「あはは、そのときはよろしくお願いします。まだまだパン屋のほうがどうなるかわからないので、落ち着いてからになると思いますが」

「わかりました。商業ギルドの料理人さんにもお願いしてみますよ」

「それもいいですね」

こうして、村を巻き込んでのイベントが勝手に増えていくのであった。

アマーリエ達はヨセフと村のおばあちゃん達に挨拶して商業ギルドに向かう。

「あたし達は、いったん部屋に戻ってゲオルグ殿に挨拶をして、勘定を済ませてくるからぁ、あんたはギルドの用事を済ませてらっしゃい。あとで、宿の支配人と料理人にも紹介するわぁ」

「は～い」

ギルドの前で二手に分かれて、それぞれの入口に向かう。商業ギルドの受付を覗いたアマーリエは女性が一人、ぽつねんと窓口に座っている状態に首をひねる。

そのまま、そっとアマーリエは女性に声をかけるが、用件を言う前に女性の泣き言が始まった。

その長い恨みつらみを要約すると昨日ベーレントと商業ギルドの支部長がゲオルグの元を訪ね、今朝、女性一人を残し、支部長以下職員全員でゲオルグ達と温泉を見に行ってしまったということだった。アマーリエが店の用事で来るだろうから事務仕事で一人残す事になったらしい。

アマーリエは思わぬところからのしっぺ返しと、とばっちりを食らった女性に心底反省した。

「自重しよう。マジ自重大事」

「ちょっとぉ、芋っ娘居るぅ？」

宿屋につながる扉が開いて、南の魔女が顔を出す。

「あ、魔女様こっち」

「ゲオルグ殿と東のなんだけどぉ」

「温泉に行かれたようですね、ここの職員連れて。この方、お留守番だそうです」

受付のカウンターに突っ伏す女性を指差してアマーリエが説明する。

「え……この子一人なのぉ？　商業ギルド大丈夫なのぉ？」

「ほぼ業務停止状態じゃないですかね？　そもそも何人いらっしゃったのか知りませんけど。あ、彼女くじ引きで負けたそうです」

「んまぁ、運のない子ねぇ」

南の魔女のしみじみした言葉に、さらに泣き声がひどくなる受付の女性だった。

「ちょっとぉ、今週の黄の日、開店でしょぉ。この状況で従業員見つかるのぉ？」

心配になった南の魔女が話題をパン屋の開店に変える。

「ここはもう、村の繋がりをあてにするしかありませんね。最初に来た方を軸に他に働きたい方が居るか、あたることにします」

「……狭い村だからできる力技ねぇ」

「ええ、狭いからこそできることもあるんです」

「はぁ、じゃあ応募の子が来るまで、時間があるわねぇ」

「そうですね、一応開店日と求人票だけは出しときます。えっと書類お願いします」

「はい。先程は失礼しました」

涙に濡(ぬ)れた受付の女性から、アマーリエは書類をもらい、必要事項をうめて手渡す。

「「コホン」」

話がまとまったのを見て、アルギスの後ろで控えていた支配人と料理長が存在を主張する。

「あぁん嫌だ、あたしったらぁうっかりぃ。ごめんなさいねぇ、支配人、料理長。アマーリエ、この宿の支配人と料理長さん」

南の魔女が慌てて二人をアマーリエに紹介する。それぞれに挨拶するアマーリエ。

（えっと、コンラートさんが支配人で、ダニーロさんが料理長さん。良し！　覚えた！）

受付の女性が気を利かせて、アマーリエ達を待合室に案内する。

「あ！　パン屋さん応募の方が来たら声かけますね！」

「お願いします、えっと」

「メラニーです、お見知りおきを！」

「はい、こちらこそ、メラニーさん」

待合室では、何故か南の魔女とアルギスに挟まれて座ることになったアマーリエ。膝(ひざ)にリュックを置いて、支配人が話し出すのを待つ。シルヴァンはアルギスの足に挟まれてモフられている。

メラニーが、すぐにお茶を入れたカップを持って皆に配って仕事に戻っていった。

「お話というのはですね、アマーリエさんがこちらにいらっしゃる道中で作られたサンドイッチでしたか、そのことについてなんですよ」

支配人が話を切り出す。

「それに使う卵のソースですか？　それも詳しくお聞きしたい」

ダニーロがぐっと身を乗り出してくる。

「それは私も知りたいんだ」

アルギスにも迫られ、南の魔女に背中を預けるアマーリエ。

「オン！」

シルヴァンに軽くいなされて席に落ち着くアルギスとダニーロ。

「「すまない」」

「マヨネーズのことですよね。一応実家（モルシエン）で瓶詰めで売ってます。はい、これ」

アマーリエはリュックからマヨネーズの瓶詰めとスプーンを取り出す。

「……モルシエン特製マヨネーズソース？」

瓶に貼られたラベルを読み上げる支配人。そのまま蓋（ふた）を開けて、スプーンでマヨネーズを掬（すく）い、料理長と味見する。

「！」

「店売りのものなんですか!?」

「うちで販売してます。レシピは有料登録してあるので、使用料を払えば誰でも商用利用できますよ」

「おお！　すぐ確認を！　ってメラニー君しかいないんだった……大丈夫か？」

支配人が身を乗り出したが、人が居ないのを思い出して椅子に力なく座りなおす。

「あはは。うちは、人手がないから基本的な味の物しか扱ってませんが、領都の食料品屋さんが色々な味のものを開発してますよ」

「料理長、仕入れますか？」

「ン、まずは自分で作ってみます。アマーリエさん、直接教わることは出来ますか？」

「はい、こちらのアルギスさんも知りたいそうなので良かったらご一緒に」

「ぜひ！」

「いつにしますか？」

「今日の夕方、鐘六つ半（午後五時）ぐらいでもよろしいかな？　お客様はお出かけで、明日戻られるようですので時間があるんですよ」

「私は、問題なく。アルギスさん？」

「大丈夫、その後に、神殿に行くから」

「はい、じゃあその時間で。あ、機会があれば帝国のお料理も教えて下さいね」

アマーリエはちゃっかり他所の国の料理のレシピの情報源としてダニーロを選んだ。

「おや？」

「村のおばあちゃん達からダニーロさんは帝国の出身だと伺ったんです」

「いやはや、村のおばあちゃん達にはかないませんなぁ」

困ったようにダニーロが後頭部に手をやる。

「さぁ、もう良いかしらぁ」

きりが良さそうなところで南の魔女がお開きを告げる。

「ええ、魔女様も神官様もお取り次ぎ頂き感謝しております」

支配人が頭を下げるとふたりとも気にするなと言って席を立つ。料理長と支配人に挨拶して、アマーリエも席を立ち、三人と一匹は窓口へと向かう。

「あ、パン屋さん！　応募の方はまだ来てないんだけど、どうします？」

「もし、従業員希望の方がいらっしゃったら、お店に来てもらうよう頼んで大丈夫ですか？」

「ええ、募集の張り紙に追加で書き込んでおきますね」

アマーリエはメラニーに手を振ってギルドを出た。

朝市も済んで閑散とした広場に出て、アマーリエ達は村役場を正面に見て、右側の通りに折れる。

「こっちの通りが日用品専門ね。まずは食料品店かしらねぇ。野菜なんかはみんな朝市で買うのが多いけど、アントーニの店ならだいたいのものが揃うわよ。ここね。何か買うものあるかしらぁ？」

アントーニの食料品店と書かれた扉のガラス越しに、食料品が置かれた棚が見える。

「いちおう、自分用の食料も三ヶ月分は送ってもらってるし、朝市でも買ったところなので大丈夫です。足りなくなったら来ます」

「じゃ次は、肉屋ね。アントーニの隣の肉屋がカルニセロの家畜の肉屋で、その向かいが魔物の肉屋のブッチャーね」

南の魔女が指差す方に、ソーセージがぶら下げられ、状態維持魔法の魔法陣がついた木の箱に肉の塊が並べてあるカルニセロの店があった。その向かいには肉の影すらなく、カウンターにブッチャー魔物精肉店と店名が入り、巨躯(きょく)の親爺(おやじ)が店番をしていた。

シルヴァンがアマーリエの方に顔を向けて尻尾(しっぽ)を振る。

「うん。ほんとお前は賢いね。ブッチャーさんとこで魔物の鳥の肉があるか聞いてみようか」

そそくさと向かいの肉屋に行くシルヴァンを三人が追いかける。

「お⁉　何だこの狼は？　肉か？」

店番をしていた親爺に声をかけられて、シルヴァンは愛想よく尻尾を振る。

「えらい人懐こいなぁ？　大丈夫かぁ、おめぇ？　うっかり皮剥がれちまわねーか？」

親爺の言葉にビクッとして慌てて南の魔女の後ろに隠れるシルヴァン。

「あんた！　いっつも犬や猫に逃げられて泣いてんだから、せっかく尻尾振ってきてくれる子を脅すんじゃァないよ」

店の奥にいた女将さんが自分の亭主をたしなめる。

「お、おう。悪かったなぁ、こいこい。マジックバイソンの骨をやろう」

店から出てきた親爺にちゃっかり骨をもらって、撫でまくられるシルヴァンに三人が呆れた視線を向ける。

「いらっしゃい、あれ、南の魔女様！　おひさしぶり。ダンジョン潜りですか？」

「そうよぉ、あなたも元気そうねぇ。今日はこの村の新しいパン屋と神官さんの案内よぉ」

「あら！　ようこそアルバンへ」

「こんにちは！　あの、早速ですけど、魔物の鳥の肉が欲しいんですが」

「色々あるわよ？」

「うーん昨日食べたマジッククェイルが味がしっかりしてたから……。あります？」

「ええ。どれ位にしましょう？」

シルヴァンのキラキラした目に屈したアマーリエは、丸一羽をまず見せてもらう。女将がニコニコとマジッククェイルの一羽を取り出す。アマーリエは普通のウズラを想像していたのに、鶏の三倍はあろう丸一羽を見て目を見開く。

「うわー、大きい。思ってたのと違ったー」

「あんた、どんなの想像してたのぉ？」

「いやこんくらいの手のひらに乗る、普通のうずら丸一羽」

「それは普通のよぉ。そっちならカルニセロの方よぉ。あーそうねぇ、魔獣になるとだいたい三倍は大きくなるって思った方がいいわぁ」

アマーリエが普通の町娘だったことに思い至り、南の魔女が魔獣の簡単な説明をする。

「え、じゃあこれ更に大きい？」

「そうねぇ、かなり大物ね」

女将が持つマジッククェイルをまじまじと見るアマーリエに、南の魔女も大きく頷く。

「ん？　三倍？　シルヴァンて普通の狼と比べてどうなんですか？」

南の魔女の言葉に、隣で尻尾を振っているシルヴァンを見て首を傾げるアマーリエ。

「あらぁ、そう言われたらぁ？　普通の狼ぐらいねぇ。成体になる前に魔獣化したのかしらぁ？」

「んじゃ、まだシルヴァンて、もしかして子供？」

「かもぉ」

「キュウン」

焦れたシルヴァンが催促するように鳴く。

「え、あ、はいはい。何？　流石に丸一羽は……いや、シルヴァン。そりゃ、アイテムバッグがあるからちゃんと保存はできるけどね」

シルヴァンに訴えかけるように見つめられたアマーリエが諦めて、一羽分の値段を聞く。

「おいくらです？」

「くすくす、マジッククェイルは肉の中でもそんなに高くないよ。これなら、五千シリングさ」

「あ、普通の鶏肉三羽分より安い、よかったぁ。あの解体してもらってもいいですか？」

「大丈夫だよ。あんた、ほら仕事！」

「おう、すぐにバラすから待ってくんな。ガラはどうする？」

「使うんで、分けて入れといてください」

頷いて、作業にはいった店の亭主を待って、アマーリエがシルヴァンに夕飯の相談を始める。

「シルヴァン、夕飯に塩揚げ鶏を食べる？」

「オン！」

はちきれんばかりに喜びを表すシルヴァンに、南の魔女が首を振る。

「あんた、本気でぇ、テイム用の餌付けアイテム作んないでよぉ？」

「えー」

「何がテイムされるかわかったもんじゃないのよぉ！」

「そこまでは。……自己責任？」

「絶対ダメ、絶対禁止、いい？　頼まれても作っちゃだめよ？　アルギスさんにテイムスキル生えなくってよかったわぁ。マリエッタにも釘刺しとかなきゃ」

伊達に名付きの魔女をやってるわけじゃない南の魔女。シルヴァンの様子から色々察して、アマーリエに先に釘を刺しておく。

「は～い」

「え、そんなぁ」

「駄目ったら駄目！」

項垂れるアルギスにもガッツリ釘を刺す南の魔女であった。

「お待ちどお様！」

女将に支払いを済ませ、受け取った包みをリュックにしまうアマーリエに、シルヴァンももらった骨を渡す。

「おう、お利口だなぁ、またこいよ！」

「オン！」

「どうもありがとうございました。また来ますね～」

「さぁ、順に店を紹介するわよ」

南の魔女に教えられて、日用品の通りを一通り回ったアマーリエ達だった。


広場に戻ったアマーリエ達は、今度は反対側の通りへ足を向ける。

「通称『ダンジョン用具通り』よぉ。芋っ娘、あんた魔物の肉買ったけど、そういや、さばく包丁持ってるのぉ？」

南の魔女の言葉にアマーリエは首をかしげる。

「あぁ、やっぱりぃ。魔物の肉は魔力を包丁に通して切るのよぉ。魔物の魔力が高ければ高いほど魔力が要るの。だからぁ、魔力を通しやすくて耐久性の高い包丁が要るのよぉ」

アルギスも南の魔女の隣で頷いている。

「ありゃ。じゃあ魔力も料理スキルも高くないとだめですか？」

「そうねぇ、魔力に関しては、鍛冶屋（かじや）に頼んで、あんたに合った少しの魔力で高い効果が得られる物を打ってもらえば良いんじゃなぁい？　スキルの方はどうかしらねぇ？」

「うーん、植物の方はさして問題なかったのになぁ？　何が違うんだろ」

「魔力抵抗かしら？」

首をひねるアマーリエに南の魔女が考えながら可能性を答える。

「魔物の肉に残ってる魔力を魔石に移せませんかね？」

「……やったことないからどうかしらぁ？　あとで試してみるぅ？」

「いろいろ試してみます。後、魔道具屋さんのあとでも先でも良いです。鍛冶屋さんも紹介してもらっていいですか？」

「いいわよぉ。しかし、あんた、ホント思いもよらない事考えつくわよねぇ。面白いわぁ」

「魔物の肉なんて、領都じゃあんまりお目にかかりませんでしたから。あっても高かったですし。食べるのはもっぱら家畜の肉ばかりでしたよ」

「今は領都の方も討伐されるような魔物が出ないからかしらぁ？　平和になったってことよねぇ。まあ、ここはダンジョンから出る魔物の肉が主流だからねぇ。討伐物は少ないのよ」

ウンウンと実感を込めながら南の魔女が話す。

「リエ、リエ。お肉取ってこようか？」

ニコニコと下心満載でアルギスがアマーリエに話しかける。

「あらぁ、アルギスさん解体スキルあるのぉ？」

「一応。何があっても食いっぱぐれぬようにと前の神殿長様に鍛えられました」

「へぇ〜、なにげにたくましく育てられたんですね」

「まあ、そうだね。あの方が居なきゃ、もっと精神的に弱かったかもしれない？」

首をひねるアルギスをおいて、アマーリエが南の魔女に話しかける。

「魔女様、勝手に魔物のお肉ってやり取りできるんですか？」

「基本的にダンジョンで取ってきたものはぁ、ダンジョンで取ってきた人に所有権があるのぉ。それをどうするかは所有者次第ねぇ。まあ、揉め事にならないようにギルドに依頼を通す方がいいでしょうねぇ」

「はーい、そうします」

アマーリエとアルギスは、どう取引するか決めようとあとで相談することにした。

「はいはい、二人共、次の店よぉ。芋っ娘、ここがあたしお薦めの鍛冶屋よぉ。ここなら日用の品も引き受けてくれるわぁ」

「ありがとうございます。包丁見ていいですか？」

「ええ、良いわよぉ。私は装備を点検してもらうから」

「あれ？　魔女様は魔法職ですよね？」

疑問に思ったアマーリエが首を傾げる。

「魔法剣士でもあるのよぉ。ここの鍛冶屋は魔力を通しやすい剣を作るのが上手いのよぉ」

「へぇ～。アルギスさんは？」

「私は解体用のナイフの手入れをお願いしようと思います。これも魔力の通りが大事ですから」

話をする二人をおいて、南の魔女が扉を開け、店のカウンターの奥に声をかける。

「お邪魔するわよぉ～。シュミット～居るぅ～？」

アマーリエとアルギスは慌てて、南の魔女の後を追う。鍛冶屋の中は、入ってすぐカウンターがあるだけで、何もディスプレイされていなかった。

「あらあら、南の魔女様ようこそ。お久しぶりです。亭主は鍛冶場の方に居るんですよ」

店の奥から出てきたドワーフの婦人がにこやかに南の魔女に話しかける。

「久しぶり、アリーセ。なら、頼んどいていいかしらぁ？　剣の点検ね」

「もちろんですとも」

「わぉ！　そんなところに剣が収納できるんですか⁉　初めて知った！　あ！　ベルンさん達の手甲も同じ仕様なのか！」

左手の魔石の付いた手甲から剣を取り出す南の魔女に、驚きの声をあげるアマーリエ。

「そうよぉ。上級者向けの装備ね。手甲はこれから行く魔道具屋の仕事よぉ」

南の魔女はニヤリと笑って、手甲をアマーリエに見せる。剣を受け取ったアリーセは、ニコニコしながら受取台帳を広げ、記入している。

「ほら二人とも、紹介するわよ」

南の魔女がアリーセに二人を紹介する。挨拶(あいさつ)を済ませると、アルギスは自分の解体ナイフの点検を頼み、アマーリエは魔物の肉用の包丁を頼むことにする。

「あの、魔物の肉を料理する時に使う包丁ってありますか？」

「そうねぇ、手を見せてくれるかしら？」

アマーリエはアリーセに右手を差し出す。差し出された手を取って、アリーセはじっくり観察すると少し待っててくれと店の奥に戻る。

「お待たせしました。あなたの手の大きさに合う包丁はこの三本かしら。どれも肉切り包丁よ。まずは手に持って、刃に魔力を通してみてもらえる？　刃を自分の魔力で覆うようにするのよ」

アマーリエは頷いて、並べられた包丁を手に持ち魔力で刃を覆う。順番に試し、一番無理せず魔力をまとわせやすいものを選ぶ。

「これが一番、魔力を通しやすい？」

「ミスリル製よ。重さはどう？」

「わぁ！　ミスリル⁉　はじめて触ったかも。手にしっくり来ます。それにこれ、刃の重みだけで肉が切れそう」

アマーリエは包丁の背を返して刃を上に向け刃の状態を見る。

「ええ、良いものよ。ただ手入れは鍛冶屋にしか出来ないから、お金がかかってしまうのだけど」

「……おいくらですか？」

「十五万シリングね」

「うわぁ、流石に悩む値段だ。どうしよう？　でもこれから使う頻度が上がりそうだしなぁ」

「私が贈ろうか？　兄上に料理を送ることになるのだし」

悩み始めたアマーリエに懐柔するチャンスとばかりにアルギスが声をかける。

「イヤイヤ、お金がないわけじゃないんです。ただ単に貧乏性なだけ。でも、一生使えますよね？」

「ええ、もちろんよ。手入れは普段は浄化魔法で大丈夫。使用頻度にもよるけど半年から一年に一度うちに持ってくると良いわ」

「買います！　シルヴァンも魔物のお肉食べたほうが良いんだろうし」

「シルヴァン？」

首を傾げるアリーセにアマーリエが周りを見るもシルヴァンの姿が見えない。

「あれ？　シルヴァン？」

「キューン」

扉の外から悲しげなシルヴァンの鳴き声が聞こえる。

「あー、慌てて店に入ったから締め出しちゃったかも。テイムした魔狼なんですけど、お店に入れていいですか?」

「いいわよ。パン屋さんなのにテイマーなの?」

「イエ、テイムは運良く生えたとしか」

カクさんを始め周りに色々言われたアマーリエはお茶を濁すことにし、扉を開けてシルヴァンを中に入れる。クウクウ鳴きながらアマーリエにまとわりつくシルヴァンに、アリーセがニッコリ笑う。

「あら、あなたによくなついているのねぇ。それにとてもきれいな銀狼ねぇ」

「シルヴァン、ご挨拶」

「オン!」

「あら、お利口なのね。よろしくね、シルヴァン。二軒先にテイムモンスター用の道具を扱っているお店があるから、ブラシとか買ってあげたらどうかしら?」

「あ、良いですね。そろそろ換毛期で毛が抜けるだろうし」

「シルヴァンのブラシは、私も買うから!」

「好きにしてくださいよ」

身を乗り出して言うアルギスにアマーリエは呆れたように返す。

アリーセから最初の手入れをおまけしてもらい包丁の包みを手渡され、お代を渡すといそいそリュックにしまうアマーリエ。

「南の魔女様とアルギスさんの分は二日後に仕上がりますから」

アリーセが二人に引換証を渡す。

「わかったわぁ。シュミットによろしく伝えといて」

アリーセに見送られて店を後にした三人は二軒先のテイムモンスターの道具屋に足を向ける。

「シルヴァン、最高級のブラシを買ってやるぞ」

「よかったねーシルヴァン。お気に入りのブラシ買ってもらいな」

「オン！」

「私はぁ、魔道具屋でダンジョンに潜る時に必要なアイテムを買ってあげるからねぇ」

「オン！」

「うちの子、貢いでくれる人がいっぱいだよ」

「あらぁ、可愛いもの、この子。ねぇ」

「シルヴァン、おやつ上げるからって言われて、知らない人にひょこひょこついてっちゃだめだよ。肉屋のおじさん言ってたでしょ？　皮剥がれちまうって」

「キュゥ！」

「芋っ娘！　脅さないのよ」

「へーい」

「いや、シルヴァン。アマーリエが信頼している人以外はホントだめだよ？」

真面目に、アルギスがシルヴァンに言いつける。

「オン」

「やっぱりお前は賢いなぁ」

「はいはい、座り込まない。ブラシ見るんですよね？」

座り込んでシルヴァンを撫で始めたアルギスにアマーリエが先を促す。今度は、シルヴァンもちゃんと店に入れながら道具屋に入った三人だった。

テイムモンスター用アイテム屋に入った途端、アルギスは店主に駆け寄り、ブラッシング用のブラシを見せてもらい始める。

「試してもかまわないか？」

「ええ、後できちんと浄化魔法かけて匂いも取りますから大丈夫ですよ。銀狼なら、このあたりのブラシがおすすめですね」

店主にブラシタイプを二本、櫛タイプを三本トレーに入れて手渡されるアルギス。

「シルヴァンおいで」

呼ばれたシルヴァンはアルギスにブラッシングしてもらって、どれが良いか聞かれている。一方の南の魔女は、店主にアクセサリー系の魔道具を出してもらい、見定め始めた。

「私、一応主なんですけどね。お二人とも、シルヴァンが嫌がらない程度でお願いしますよ～」

「大丈夫～」

「わかってるわよぉ」

ほぼ放置状態におかれたアマーリエは肩をすくめ、店の中に展示してある物を見て回る。店の棚には、様々な道具類が並べておいてあり、手にとって見ることができるようになっていた。

アマーリエは様々な大きさの袋が並べてある棚の前に立って、袋を見始める。

「大型獣用のバッグもあるんだ。シルヴァンに持たせたら、村のお使いぐらいはできるかしら？」

アマーリエはリュックを取り上げて、ちらりとシルヴァンの方を見る。

「う～ん、真後ろに背負う形か？　シルヴァンがつけたら動きが阻害されないかな？　山岳救助犬みたいに首から下げる樽は嫌がりそうな気もするしなぁ？　脇に固定する形のはないのかな？」

動物用の袋物を手にとってあれこれ検討を始めるアマーリエ。

シルヴァンの小さく鳴く声に我に返ったアマーリエが、声がした方を見る。するとシルヴァンが、首に大きめのふんわり可愛い、ピンクのリボンを結ばれていた。

（魔女っ子シルヴァンか⁉）

思わず内心で突っ込んだアマーリエだった。

「可愛いわぁ、でもダンジョンじゃ邪魔にしかならないものねぇ」

残念そうな南の魔女と耳がへタっているシルヴァンに、思わず吹き出したアマーリエだった。

「ぶっはぁ、やばい、可愛いけど、間抜け可愛い感じだよ。はぁ、腹筋崩壊するかと思った。あの、今更なんですけどシルヴァンて雄です雌です？　全然確認してないんですが」

あいにく、可愛いは正義を持ち合わせていないアマーリエは、ジト目でこっちを見たシルヴァンを気遣ってなんとか爆笑するのを我慢しきった。

「尻尾を上げたらわかるよ」

ひょいと、アルギスが尻尾を持ち上げる。

「雄だね」

「キューン」

シルヴァンはアルギスから逃げ出し、南の魔女の後ろに隠れる。

「あ、シルヴァン」

「いきなり尻尾掴んじゃだめよぉ。最悪がぶりとやられるわよぉ。シルヴァンだから何にもなかったけどぉ」

「ごめんね？　もうしないから」

「キュゥ」

「ほら、こっちとこっち、どっちのブラシが良い？」

南の魔女の後ろから顔を出し、前足で欲しい方のブラシをテシテシ叩いて要求するシルヴァンに、顔がにやけるアルギス。

「貢がれまくってるなぁ。魔女様、そのリボンは邪魔になると思うんで勘弁してやって下さい」

「クゥン」

アマーリエの言葉に頷くシルヴァンからリボンを外して、ため息を吐きながら南の魔女が言う。

「わかってるわよぉ。ちょっと付けてみたかったのよぉ」

「着飾らせてみたいと思うお気持ちは重々承知してますが、ほどほどで。店主さんすみません、こう動物の両脇に袋が垂れると言うか固定されるような形の袋はありませんか？」

身振り手振りで袋の形を説明するアマーリエに、顔を輝かせてガッと近づいてくる店主。

「それいいですね！」

「うぉぅ。ってことは今はないんですね？」

「ええ、ありません！　つい人と同じ形で考えてましたよ！　そうですよね、四足なんだから胴体の両脇に垂れるほうが、動きが阻害されにくいし、付けられる方も気持ち悪くなさそうですよね！　すぐ作ります！」

回れ右した店主をアマーリエは慌てて捕まえて、追加で質問する。

「あ、その作った袋に、拡張魔法をつけたりできますか？」

「もちろんです！　これは、また儲かる予感～」

舞い上がった店主を今度はアルギスがなんとか地上に引き止め、南の魔女と一緒に買うつもりのもののお会計を始めた。受け取ったアイテムをアルギスがシルヴァンにつけ始める。

キラッキラになったシルヴァンを見て、頭を抱えるアマーリエ。

「……どんだけ貢ぐつもりですか？　ほんと二人を見てると、初めて下の兄弟ができた子と初孫に貢ぎまくる祖父母みたいで、可愛く見えます」

アマーリエの言葉にシルヴァンが深く頷くと、二人は文句を言おうと開けた口を閉じ、ちょっぴり反省したが買うのはやめなかった。

「はぁ、他にも貢ぎそうな人がいっぱいいるから、やっぱりバッグは必須かねぇ。おやつをもらうまま食べてたら、お前あっという間に危険水準になるよ。どうも皆、子供代わりに可愛がろうとする傾向があるんだよねぇ」

「キュゥ」

アマーリエの言葉に頷いて同意するシルヴァン。シルヴァンになんやかんやと言い訳しながら南の魔女とアルギスは、ダンジョン用のアクセサリーをシルヴァンから外し始める。

それを苦笑いしながら見ていた店主にアマーリエが声をかけ、バッグの話の続きを始める。

「店主さん、すみませんがこの子の寸法測って、バッグ作ってやってもらえませんか。あと紐の部分は調節できるようにしたいんですが」

「え、なになに？　魔法使わないで調節できたりするの？　それなら安くできるわよ！」

「あれ？　調節って魔法でするんですか？」

「魔道具だからね」

アマーリエと店主は思わずお互いを見つめ首を傾げる。

「……あなたテイマーじゃないの？　あの子あなたの従魔よね？」

お互いの話の噛み合わなさに、店主が慌てて認識の齟齬を改め始める。

「イエ、ただのパン屋がうっかりテイムしただけです」

どこのパン屋がうっかりテイムするんだとベルンが突っ込みそうなことを、アマーリエは口にする。

「まぁ！　どうやってテイムしたの！」

「美味しいものをあげたとしか……」

「興味あるわ！　お話ししない？」

「いや、あの、まだこの後用事があるし、開店準備もあるから時間が出来たらでいいですかね？」

掴みかからんばかりの勢いの店主にさすがのアマーリエも腰が引ける。

「あっ、ああ、あなたが新しいパン屋さん？」

テイムの方に意識が向いていた道具屋の店主が、漸くアマーリエをパン屋と認識した瞬間だった。

「ええ、そうです。アマーリエ・モルシェンです。よろしくお願いします」

「あ、名字も捨ててないのね。じゃあ、ほんとパン屋さんねぇ」

「名字を捨てる？」

「冒険者は、名字を名乗らないの。腕一本で食べてく決意の表れね。ああ、なら確かに開店の準備もあるわよねぇ」

話が通じる相手でよかったとほっとするアマーリエ。

「お休みはいつ？」

「白の日ですね。後、普段は鐘六つ（午後四時）に店を閉めますから、それ以降ならいつでも家にいると思います」

「わかったわ。パンを買いに行く時にでもあなたのあいてる時を確認するわね」

「はい、お願いします。えっと？」

「ああ、マーサよ。マーサ・ナサニエル。よろしくね、アマーリエ。あなたとは色々面白そうな話ができそうで楽しみだわ！」

「ちょっとぉ、その話、あたしも同席させてもらっていいかしらぁ？　あんたを野放しにすると危険な感じがするのよねぇ」

　横で話を聞いていた南の魔女は、危険を察知して釘（くぎ）を刺しにかかる。

「うっ、テイムに関してはわかってないことがいっぱいだから否定できないです」

「テイムだけじゃないでしょぉ。魔物の料理もでしょぉ？」

ただ、南の魔女もまだリエの危うさ認識は甘い方であった。アマーリエは真面目に頷いておいた。

「あはは、嫌だ、魔女様。そんな危ないことしませんよ」

店主が笑いながら大袈裟（おおげさ）すぎだと止めに入る。

「ふっ、冗談じゃぁないのよぉ？　色々とこの子はやらかしてるのぉ。魔法バカのあたしでもぉ、危ないと思うくらいにね？」

　南の魔女の静かな威圧に店主はコクコクと首ふり人形と化した。

「ということでぇ、シルヴァンのバッグ作り及びテイムアイテムに関しては、あたし立ち会いのもとで話をすることぉ。いいわねぇ？」

「「はい」」

こうして、テイムアイテム開発については開発顧問(南の魔女)がつくこととなった。あとで話を聞いたベルンが胸をなでおろし、マリエッタが参加表明したのは言うまでもない。

「そう言えば、芋っ娘、あんたはブラシ買わないの？」

「もう、アルギスさんが毛づくろい担当でいいですよ。ずっとここにいるんですよねー？」

ニヤリと笑って意地の悪いことをアルギスに言うアマーリエ。

「なっ⁉　帰る時はリエにブラシを預けて帰るよ！」

「早く帰れるといいですねぇ〜」

「リエ⁉　聞いた？　シルヴァン！　やっぱりうちの子になりなよ、リエって意地悪だよ！」

「シルヴァンには意地悪してませんから。ね〜シルヴァン？」

そそくさと南の魔女の後ろに隠れたシルヴァンだった。

「二人共ぉ、シルヴァンを困らせないのよぉ。じゃあ次は魔導具屋ね。ほら、行くわよぉ〜」

「はーい。じゃあマーサさん、また今度！」

「ええ、よろしくね！」

三人と一匹は店を後にして通りに戻る。

「あんまり人通りないですね」

「こんなもんよぉ、アルバンは。ダンジョンが発見された当時はまだ規制がなかったから人がいっぱいだったけどねぇ」

南の魔女の話に、二人は頷きながら魔女の歳が気になったのは言うまでもない。

「今度またダンジョンの話も教えてあげるわぁ。ちゃんと話しとかないと、行きたくなるでしよ？」

「えへへ」

「まあ、あんたがAクラス以上の冒険者を護衛に雇えるならぁ、行けなくもないけどぉ」

「銀の鷹の皆さんには速攻でダメ出しされました。シルヴァン、代わりに良い物見つけて来てね〜」

「オン！」

シルヴァンのその自信満々な様子に、南の魔女が顔を綻ばせる。

「ほら、あそこの角が魔道具屋よ」

魔女の後について、店へ入った二人と一匹だった。

魔道具屋に入ったアマーリエは店員からすぐに声をかけられた。

「やあ、アマーリエ。着くの遅かったね。僕のほうが早く着いちゃったよ。また道中で何かやらかしただろ？」

エプロンに袖カバーを付け、柔和な雰囲気のアマーリエのよく見知った顔の男がカウンターから顔を上げて手を振っている。

「えー⁉　ヨハンソンさん⁉　なんで？　なんで居るの？　ステファンのおっちゃんはアルバンに行きたいけど、若い職人さん達が育つまでは行けないって言ってたのに⁉」

アマーリエはカウンターに慌てて駆け寄って、顔なじみの道具職人にまくし立てる。ヨハンソンはアマーリエが頼りにしていた魔道具職人の一人で、魔導焜炉やアイテムバッグ、魔法瓶やマグなどなどアマーリエの要望に応えて、領都で色々やらかしてきた仲間でもある。

「ふふふ。ここの道具屋の主人に弟子入りしたから。ああ、そうだ。絵の具の話は聞いてる？　金属に塗れたり書けたりできる、剥げにくい塗料の話」

「あっちを出る時におっちゃん達から作ってもらう宛てが出来たって話はちょろっと聞いたけど、ヨハンソンさんが居るってことはもう出来たの？」

アマーリエのアルバン行きが決まった時に別れを言いに来た、ヨハンソンより古馴染みの魔道具職人ステファンは、金属細工の若手育成のためにしばらくは店を離れられないと愚痴っていたのだ。金属系の魔道具は金属に直に魔法陣を彫り込むため、魔道具職人が育ちにくかったのだ。

それを聞いたアマーリエが、金属に直接書ける絵の具があればいいのにねと言って、それにステファンが食いついたのだ。絵の具が開発され、当然、領都の魔道具職人の間では大騒ぎになっている。

「そういうこと。絵の具で魔法陣が金属に書けるようになって技術の取得が簡単になったからね。若い職人でも出来て、量産できるようになったわけ。修理もしやすいしね。そんなわけで僕は自分の腕を磨くためにステファンさんをおいて、泣く泣くこっちに来たんだ」

「うはー、おっちゃん達頑張りまくったんだ。絵の具そんなに早くできるなんて思わなかったよ。でも、ヨハンソンさん、泣く泣くおいて来てないでしょ？　どっちが行くかで揉めて、アルバン行き勝ち取っておっちゃん踏み台にしてこっちに来たんじゃないの？」

アマーリエは、ヨハンソンとステファンの力関係を熟知している。ヨハンソンが、泣いて別れを惜しむようなたまじゃないとよく知っているのだ。

「あはは〜やっぱり分かる？」

「そりゃぁねぇ？　どう考えてもおっちゃんよりヨハンソンさんのほうが要領いいですもん」

「まあね、ステファンさんの悔し泣きを見せたかったよ」

遠慮のないやり取りを交わすアマーリエ達に口を挟むスキもなかった南の魔女達。

「うっへー。あ、南の魔女様、アルギスさん。こちらヨハンソンさん。領都で頼りにしてた魔道具職人さんの一人です。腕は確かです。発想も柔軟で私の思いつきをさらに改良してくれる人ですね。ヨハンソンさん、後この子私がテイムした魔狼。シルヴァンていうの。かなりお利口さんなのよ」

「はじめまして、南の魔女様、アルギスさん、でシルヴァン？」

南の魔女達はヨハンソンと挨拶を交わす。

「アルギスさんはここの神殿に派遣されてきた人なの。新しい穀物の研究をするんだよ。その関係で魔道具頼むかもしれない」

米作りに必要な道具、米を籾摺り、精米する道具も要るとあれこれ頭のなかで忙しく算段を始めるアマーリエ。

「わかった。けど、無茶ぶりだけはしないでくれよ。僕はステファンさんと違って嫁持ちだからね」

「えー！　とうとう結婚したの⁉　あの付き合ってるって言ってた人？　おめでとう！」

「ありがとう。こっちに来ることになって、結婚したんだよ。だから新婚家庭に気を使っておくれよ？」

「はーい。自重しろって言われてるし、無茶ぶりはしないよ。それでさ、お願いがあるんだけど」

「話聞いてる？　アマーリエ。まあ、これ頼みに来たんだろ？」

ヨハンソンはそう言って、保温瓶と保温マグをカウンターに置く。

「おお！　それです！　なんでわかったの？」

「わからないはずないでしょ。君とは嫁より長い付き合いなんだぞ？　どうせ、こっちでもお昼代の節約とか考えただろ？」

領都の職人街の主婦達が昼の外食代を節約できないかと話していたのを聞いて、安易に弁当持ちゃいいじゃないかと考えたアマーリエ。その考えから、日本の保温弁当を参考にして出来上がったのが、保温マグである。

が、しかし弁当を持てばいいという考えはいろいろな問題を浮き彫りにし、結局サンドイッチのバリエーションを出す程度しか、今はまだ解決策がでていないのである。

その諸問題を領主に愚痴ってトバッチリが魔道具職人のもとに飛び火したところでアマーリエは隔離となり、結局、保温マグも餞別で無理やり作ってもらったような状況で止まっているのだ。

「お昼節約の話はまだまだ色々問題がありすぎて、今は停滞中です。その話は置いといて。保温マグね、ダンジョンの採取にも使えるって話になってさ、私が冒険者ギルドに出す依頼の報酬にしようかと思ってるんだ」

「……一体何個作るつもり？」

「いーっぱい」

「アマーリエ？」

「南の魔女様もアルギスさんも欲しいよね？　銀の鷹の人達も欲しいって言ってたんだよねー。ちなみにそこにいるシルヴァンも、ちゃんと開けられるからもうちょっと口が大きく開く、自分専用のが欲しいんだよね？」

「オン！」

「「いつの間に……」」

元気良く答えるシルヴァンに南の魔女とアルギスは、呆れた視線を向けつぶやく。

「なんか色々突っ込みどころ増やしてくれてるけど、かなり需要が高まってるってこと？」

眉間（みけん）をもみながら、ヨハンソンはアマーリエの言い分を一応聞く。

「急務です！」

「親方と相談だな。あとは他の魔道具屋も巻き込むか？」

アマーリエが数をぼかして曖昧（あいまい）に問題を話す時は大概、大事になる前兆であると悟っているヨハンソンは、深くため息を一つ吐いた後算段を始める。

「また詳細詰めに来るねー。今は南の魔女様とアルギスさんの用事のほうが先かな」

「はい、すみません、おまたせ致しました」

営業スマイルを浮かべてヨハンソンは南の魔女とアルギスの方を向く。

「大変になりそうだけどぉ、その前にお願いね。あたしはこの手甲の手入れをお願いしたいのよぉ」

ヨハンソンは手甲を受け取り、南の魔女と細かいところを詰めていく。そして、預り証を渡して事務処理をする。

「あとはぁ、この保温マグと保温瓶の相談ねぇ。取り敢えず、今ある形のを一個ずつ作ってもらって使用感を試した後で、あたし専用に作ってもらおうかしらぁ」

「私もその保温マグと保温瓶がほしいですね」

「一応、今この店にある売り物はこちらになりますね。あと、やっと余裕が出てきてこの店独自のものを今開発中です」

そう言ってヨハンソンが見本を二人に手渡す。

「余裕って？」

アマーリエがなんかあったかと首を傾げてヨハンソンに尋ねる。

「親方衆や職人達は、ちょっと前まですごく忙しかったんだよ。魔力溜まり用の魔道具の開発と量産のせいで。魔力溜まりの話はホント衝撃だったからね」

やっと現場の人間の実感のこもる話を耳にしたアマーリエだった。

そこから次々こぼれ出る三人のそれぞれの立場での現場レベルの愚痴話に、ちょっとどころでなく大変なことになったんだと、漸く実感したアマーリエだった。

「大変だったんですねぇ」

ただただ聞くだけのアマーリエの言葉に、事の始まりを知っている南の魔女はアマーリエに氷の微笑を浮かべて皮肉を漏らす。

「今もぉ現場のほうが大変なのよぉ。芋っ娘、あんたはパン屋でよかったわよねぇ」

パン屋以外をやるつもりのないアマーリエは顔をひきつらせ、慌てて話題転換を図る。

「あはは、そうですね。美味しいパンを作って応援するしか無いですしー。ヨハンソンさん、もう魔力溜まり用の道具作りの方は落ち着いたの？」

「うちの方は一山越えたかな。店ごとに作る数が決まってて、それを納めたところだし」

「なるほど。じゃあ、保温瓶の量産に取り掛かれるか」

「そんなわけ無いだろ。これと領都で売られ始めた主婦向けに作ったアイテムトートバッグのせいで、ここの親方、今も引きこもり続行中なんだよ」

半笑いで話しかけるヨハンソンに、訳が分からず首をひねるアマーリエ。

「あのね、領都の魔導具屋では省魔力構造の生活魔導具が当たり前になりつつあるけど、まだこっちは、生活魔導具そのものの開発に力入れてないからね？　色々発見があるみたいだよ」

「技術革新は必要から生まれるもんなんです」

ドヤ顔で言い切るアマーリエにヨハンソンがため息をつく。

「いいかい？　アマーリエ。魔物が出る辺りじゃ、魔物対策用の魔道具のほうが重要なの。命懸かってるんだからね？　生活改善の為にってのはまだまだこれからなんだよ」

「まぁ、そうなりますよね」

「それに省魔力はどっちにも必要な技術だし、それを先に生活魔導具で先にやっちゃったから色々物議醸してるんだよ？　今までは、魔物対策用の魔道具から生活用に技術が流れてたけど、逆になっちゃったからね」

「あー、思いつかなかった自分に腹を立てたか、下に見てたのが偉くなって妬んだか？」

直截に物を言うアマーリエに肩をすくめるヨハンソン。

「職人心は複雑なんだよ。そんなわけで、盛り返すために親方連中、君のこと手ぐすね引いて待ってるから、気をつけてね」

「えー、まじで？　困ったなぁ」

アマーリエはわざと面倒くさそうな声を上げるが、カモネギキタコレ！　と内心でほくそ笑む。

ダールに対する言い訳ができたとにやけそうになる顔を引き締める。

そのアマーリエの微妙な表情を浮かべた顔にヨハンソンは懐疑的な視線を向ける。

「アマーリエ、ぜんぜん困ってないだろ？　むしろ今、腹黒いこと考えなかった？」

「キノセイ、キノセイ」

「……親方衆が死に体になる前に、関わるなら自己責任でって釘刺さないとだめっぽいな」

これから起こる面倒ごとを想像して頭痛がし始めたヨハンソンに、アマーリエがにやっと笑う。

「親方衆が自分からやるっていうことを止めちゃァだめですよぉ」

「アマーリエ？　君、完全に親方達を巻き込むつもりで居ないかい？」

「鉄は熱い内に打てって言いますしー、水をさしちゃァだめでしょ」

「それ鍛冶屋で言ってよね。うち魔道具屋だから」

「まあ、一応自重はしますよー」

そう言いながら次々親方衆に振るネタを考え始めるアマーリエ。

「こりゃだめだ。自衛しなきゃ」

アマーリエの碌でもないことを思いついた時の表情を見て、色々諦めたヨハンソンは、南の魔女とアルギスの方を向いて、商売に戻ることにした。

「コチラの方は、魔法陣を書くことでお安くなってます。こちらは金属細工で彫り込んでありますので長持ちしますが、その分お高くなってます」

色々、保温瓶の説明を受けた二人は二種類とも買って使い勝手を試すことに決め、ヨハンソンに数を注文するかもしれないと伝える。

ヨハンソンは二人の会計を済ませると、アマーリエの興味を魔導具開発からそらすために他の人間（主に冒険者）を生贄に出すことに決めた。

「そうだ、アマーリエ。うちの店の裏にダンジョンから出たわからないアイテムを売る、万屋があるから覗いてみたら？　ほんとの物好きが、利益度外視でやってるからガラクタばかりみたいだけどね」

「へぇ～、南の魔女様、見てみたいんですが……あ、時間」

そこで辺りに鐘六つの鳴る音が響き始めた。アマーリエ達は店の場所だけ確認してから、商業ギルドに行くことに決めて魔道具屋の店を出た。

第6章　夕食時の料理講習会

ヨハンソンに教えられたとおりに、店の角を折れて裏路地に入る。【万屋】と看板の出た店の入口にたどり着くと、ちょうどそのタイミングで店主が出てきて、看板をしまい始めた。

「こんにちは～？」

アマーリエが思わず声をかける。

「おや、こんにちは。お客さんかね？」

頭の天辺が禿(は)げた白髪の、もみあげと髭(ひげ)の立派な初老の店主が答える。

「もう閉店ですよね？　明日、また来ます。お店は鐘六つ(午後四時)までですか？」

「ああ、そうじゃよ。これから商業ギルドの宿屋の食堂に夕飯を食べに行くんじゃ」

「あ、そうなんですか。私も行くところなんですよ」

「ふむ、お嬢ちゃん達がよければ一緒に歩かんかね？」

アマーリエが南の魔女とアルギスを見ると、二人は問題ないと頷(うなず)く。

「じゃあ、ご一緒します。お店のお話を聞かせてください」

「良いとも。ちょいと戸締まりしてくるから、待っといてくれ」

店主は慌てて看板をしまい、戸締まりを済ませてアマーリエ達のもとに戻る。

一人増えたアマーリエ一行は、商業ギルド目指して歩きはじめる。

「魔道具屋さんから変わった物があるって伺って来たんですけど……何を取り扱ってるんです

か？」

「おお、そうかい。うちはアルバンのダンジョンから出た、冒険者ギルドや商業ギルドで引き取られない、価値のわからんものを置いてるんだ」

「価値のわからないものですか」

「わしはこれでも鑑定士でな。絵心もある。持ち込まれたアイテムの絵と、鑑定できた部分の説明書きを本にしておるんじゃよ。アイテムは全てアイテムボックスで保管しておる」

「その本を見て、欲しいものを買うんですね」

「そうじゃよ。ただ値打ちがわからんから交渉になる」

「ご亭主、お店はいつからやってるのぉ？」

「南の魔女様、つい最近じゃて。店を息子に譲って、ご領主様と王様にお願いしてこの村に店を出させてもらったんじゃ」

「あらぁ、王様に顔が利くなんてぇ、かなり有名なお店（たな）のご隠居なのぉ？」

南の魔女の言葉に、アマーリエとアルギスは店主をまじまじと見つめる。

「ほほ、ベレスフォード商会じゃよ。おかげさまで繁盛させてもらっとる」

「んまぁ、大店（おおだな）も大店じゃァないのぉ。ん⁉　あの商会の竜と有名なアーロンさぁん⁉」

「わー、商売のことはこの人に聞けって言われてる商売の神様だ！　領都にも支店あるよ！」

「いやいや、嬢ちゃん。商いは買いたい人に教わるもんじゃぞ？」

アマーリエの言葉に少し照れて茶目っ気たっぷりにアーロンが答える。

「商会の支店がない国はないとまで言われたベレスフォード商会の元会頭が、なぜこんなところに？」

アルギスがよそゆき笑顔で尋ねるとアーロンはにっこり笑って答える。

「お若いの、道楽じゃよ。うんと若い頃の夢を叶えたんじゃ。わしゃ、ずーっとダンジョンから出る、こういった価値が有るのか無いのかわからん物達を扱ってみたかったんじゃ」

「あらぁ！　素敵ねぇ。いいわぁ、そういう生き方！」

「そうじゃろ？　それにな、昔なじみもこちらに来ておるんじゃよ」

「まぁ、お友達も居るならいいわねぇ」

アーロンの話を聞きながら広場まで戻ってきたアマーリエは、商業ギルドを見て首を傾げる。

「芋っ娘、どうしたのぉ？」

「ダニーロさんと時間決めたけど、場所を何処にするか決めなかったような気がします」

アマーリエに言われた南の魔女とアルギスは思い出すように宙を睨む。

「ああ、そう言えば言ってなかった」

「もう時間だし、宿の食堂でいいんじゃないのぉ？　ついでに食堂で夕食を食べていかない？」

「キュウ、キュウ」

耳をへたれて、ささやかに自己主張するシルヴァンに南の魔女が首を傾げる。

「あらぁ、シルヴァンどおしたのぉ？」

シルヴァンはアマーリエに塩揚げ鶏の画像を念話する。

「ああ、夕飯に塩揚げ鶏作るって約束したもんね」

「オン！」

「あらぁ、そうだったわねぇ。だったら料理長に作り方教えて、作ってもらえばぁ？　あんたはぁついでに魔物の肉の捌き方のコツでも覚えてきたらぁ？」

「あ、それいいですね！　どうせ塩揚げ鶏は無料レシピにしてますし」

「じゃぁ、いきましょぉ！　アーロンさんも一緒にどぉ？　夕飯。私がご馳走(ちそう)するわよぉ」

後ろで話を聞いていたアーロンを振り返って、南の魔女が食事に誘う。

「いやいや、魔女様。これでも一応稼ぎのある男。奢(おご)られたとあっては名折れですの。ここはわしが持ちましょう」

「おおー、かっこいい！」

「あらん！　素敵ぃ！」

「オン！　オン！」

二人と一匹の褒めようにアルギスが、こういう場での振る舞いを気にし始める。

「ぬ、ここは私が奢るほうが？」

「若造は奢られとけー」

アマーリエがニヤニヤ笑いながらアルギスをからかう。

「リエ！　君より年長者だ！」

「シルヴァンに慰めてもらう程度にね～」

「ぐぅっ」

「はいはい、そこぉ、行くわよぉ」

一行は高級宿屋に入り、食堂を目指す。

「……お客さん居ないですね。時間が早いからかな？」

食堂に入ったアマーリエが中を見渡すと人っ子一人居なかった。

「まぁ、高級食堂だからぁ。宿のお客はいま温泉に行っちゃってるわけだしぃ」

「え、宿のお客さんて大隠居様達だけなの？　他は？」

内心で赤字経営にならないだろうかと思ったアマーリエ。

「ええ、そぉよぉ。普段ここの食堂は泊り客が主だものぉ」

「冒険者は実入りが良かった時にしかこないし、村の人は身内のお祝い事の利用が殆どらしいよ」

「へー。なら、ダニーロさん呼んでもらって大丈夫かな」

「大丈夫だと思うよ」

「いらっしゃいませ、お席にご案内いたします」

給仕に連れられて席に着くアマーリエ達。その給仕にアマーリエが尋ねる。

「すみません、料理長とお話がしたいのですが、呼んでいただいても？」

「はい、かしこまりました」

暇だったらしいダニーロがすっ飛んできた。

「お待ちしてましたよ！」

「ダニーロさん、すみません。夕方の件でお話が。場所を決めてなかったなと」

「おお、そう言えば！　ここのつもりで居ましたよ。このままいかがです？」

「芋っ娘、マヨネーズのついでに塩揚げ鶏だっけぇ？　それも今作っちゃえばぁ？」

南の魔女が二人の会話に割って入る。

「あ、ダニーロさんがお手隙ならそれでもいいのか」

「塩揚げ鶏？」

首をひねるダニーロにアマーリエがそのまま言葉を続ける。

「ダニーロさん、すいません。マヨネーズの作り方はもちろんやるんですが、この子のための料理をお願いしたいんです。よろしいでしょうか？　あと夕飯も」

「マヨネーズの方はもちろんですよ。塩揚げ鶏というのが、この魔狼用の料理でしょうか？」

「人ももちろん食べますよ。うちの子が特に好きなだけで」

「新しい味を体験できそうでワクワクしてきましたよ。厨房に行きましょうか。神官様もどうぞ」

「よろしくお願いします」

「わしも気になるんじゃが、料理長がじゃまにならなければ入れてもらえるかの？」

「ええ、今日は他にお客がないでしょうから皆さんどうぞ。遠慮なく」

「あらぁ、私もいいのぉ？」

「ええ、南の魔女様もぜひ。昨日の風魔法でのパンの薄切りは感心致しました。ぜひ私も覚えたい。あれは生活魔法程度の魔法ですよね？」

ニコニコと笑顔でダニーロは南の魔女に教えを請う。

「そぉよ。魔力量調節が難しいだけなのぉ。魔法なんて器用さとぉ魔力量だけですものぉ」

「なるほど。ではこちらへ」

料理長の後をぞろぞろついていくアマーリエ一行。

「ああ、そちらの銀狼は魔法で覆って頂けますか？」

料理長の言葉にシルヴァンは一声鳴いて、アマーリエに教わったとおり、風の魔法で自分をコーティングする。その様子に、料理長とアーロンが目を丸くする。

「こりゃすごい。さすがは魔狼ですな！」

「ホオ、こりゃすごい。こんな従魔、初めて見た！」

「それこの子だけだからぁ。ものすごく優秀なのよぉ。ねぇ？」

「オン！」

「リエが、生活魔法を教えたせいですよ」

呆れたようにアルギスが言う。

「「教えたんですか！」」

「まぁ、普通はぁ、教えないわよねぇ。基本戦闘や支援要員だものぉ」

「いいじゃないですか。私、パン屋ですし」

「「「確かに」」」

「戦闘に必要な魔法は、お二人がしっかり教えてやってくださいよ。私じゃてんで無理ですから」

アマーリエの言葉に二人が力強く請け負った。

「あはは。では、厨房にようこそ」

そう言って料理長が厨房に皆を入れる。領都のお屋敷よりも小ぶりな厨房に、アマーリエはお客が少ないんだなぁと思う。

中で作業をしていた青年が、入ってきた人達に戸惑い料理長に声をかける。

「料理長？」

「ああ、パトリック。今日はお客様から新しい料理を教わるよ」

「はぁ。そうっすか。あれ？　リエちゃん？」

「あ！　さすらいの料理人さん！」

「なぁにその渾名？」

「なんか格好いいですね」

「二人はお知り合いですか？」

首を傾げてダニーロがアマーリエに尋ねる。

「領都のお屋敷の厨房でたまに見かける料理人さんです。あちこちの料理を覚えてきては、お屋敷の料理長さんと色々料理研究してました」

「ええ、辺境伯の料理人さん達には良くしてもらってるんすよ」

「おや！　そうでしたか。パトリックは少し前に雇ったんですよ。すぐにローレンの新しい料理を教えていただきました」

「へっ？　ローレンの新しい料理って？」

素でわからなかったアマーリエが首を傾げるのを見て、パトリックが肩をすくめながら言う。

「かつおのたたきとパエリアってのがローレンで出来たんだ」

料理名を聞いて少し焦るアマーリエ。表向きには、アマーリエは温泉村まで騎士と一緒に来て、温泉村から大隠居や銀の鷹と一緒に来たことになっているのだ。

賊は捕まって安全は確保されたが、ここで真相を話していいのかどうか判断がつかず、知らないふりをするしか無いアマーリエだった。

「港町に来た銀の鷹の料理番の女の子が、あたらしい料理を作ったって噂になってんだよなぁ」

「噂になってるの？」

(情報伝達の遅いこの世界で、なんでこんなに早く拡散されてるの⁉　それともパトリックさんの情報収集力がすごいってこと⁉)

ダールの顔を思い浮かべて背中に冷たい汗が流れるアマーリエ。

「面白い調理法と新しい食材ですからねぇ、噂になるのもわかります」

「そう！　今、ダニーロさんともコメだっけ？　アレの料理を開発中だよ」

「へ～、楽しみにしてます」

もはや当たり障りのない返事をするしか無いアマーリエだった。

「その顔！　怪しいなぁ。なんか、色々作ってそうだな？　ちゃんとレシピ登録してるか？　お屋敷の熱血料理長にちゃんと伝わってるのか？」

パトリックに言われ、さらに冷や汗をかき始めたアマーリエ。領主を慮ってお菓子のレシピは非公開で登録したが、アマーリエは、料理に関してはその場その場のことでローレンで登録をお願いしたもの以外ほぼレシピは登録していなかったのだ。

「や、やばい？　領都を出る時は、料理長さん王都のお屋敷行っててお留守で、他の料理人の方からくれぐれも忘れないでレシピを送ってほしいって言われてたんだった……いや、でもアルバンに着いたらって感じだったし⁉　大丈夫か⁉」

その時の下っ端料理人さん達の必死な顔を思い出して顔が引きつり始めるアマーリエだった。

「あーあ。リエちゃん、なんでもいいから商業ギルドでレシピ登録してこいよ？　でないとあの熱血料理長ここまで追っかけてくるぜ？」

アマーリエの焦り具合に、パトリックが煽りだす。

「や、流石にダールさんが止めるでしょ⁉」

「どうかなぁ？　ご領主様も来たがってて、ダールさんはそっちを止めるのに手一杯だったぞ？」

「王都の方の仕事もあるでしょ！　社交の季節とか！」

「社交の季節は終わったぞ。俺の予想じゃ、来年辺り来そうな気がする。今まで以上に必死で下の料理人を育て始めてたし」

パトリックは難しい顔をしてアマーリエに言うが、口元が笑いを堪えるようにヒクヒクしている。

明らかに、焦るアマーリをからかって面白がっていた。

「うおーどうしよ？　ダールさんにまた叱られる⁉　明らかに負担増やしちゃったよね⁉」

「それは今更だろ～」

「辺境伯の料理人がいらっしゃるのかい？　それはすごく楽しみなのだが」

「いや～、あくまでも俺の予想っすよ」

かなり期待感あふれるダニーロの表情にパトリックが苦笑を浮かべてごまかす。

「いや、きっと来る～。間違いなく来る気がしてきたぁ」

わりと動じない父親すら引け腰にさせた、辺境伯の屋敷の熱血料理長を思い浮かべ、アマーリエは動揺する。

「芋っ娘ぉ、来るか来ないかわからない人間気にしてないで、料理始めたらぁ？　その料理長さんとやらが来てから対応すればいいでしょうにぃ」

「はっ！　そうでした。でもレシピ、ギルドで登録しとこ。色々やること増えてる気がする⁉」

「はいはい、深呼吸。焦らないで一個ずつよぉ」

「す～はぁ。はい。そうですよね。まずは、目の前のことからですよね」

南の魔女に言われたとおり深呼吸をして、アマーリエは皆に調理台の周りに集まってもらうように言った。

アマーリエはリュックから必要なものを取り出し、調理台に並べていく。シルヴァンもちゃっかり調理台に頭を載せてみている。

「芋っ娘、村に着いてから、リュックの中身の整理しなかったわねぇ？」

南の魔女から女子力チェックを受け、エヘッと笑ってごまかすアマーリエ。

「引っ越しの荷物片付けるのと、パン焼くのに気を取られててそのままなんですよ！　すみません、ダニーロさん、大きめのボウル一つと小さめのボウル三つ貸してください」

「わかりました。これぐらいでよろしいか？　ところでその匙はなんでしょう？」

ダニーロが計量スプーンを指差す。

「これはですね、調味料を量るためのスプーンになります。中くらいのが大きいのの三分の一、一番小さいのは中くらいのの半分の量が量れます。こっちに計量カップもあります」

「ほうほう」

「粉物は、こうやってスプーンの柄を使ってすり切り一杯がさじ一杯分。液体は縁ギリギリまで。コレで調味料の分量の比率をわかりやすくするんです」

「素晴らしい！　今まで目分量でしたが、これなら味を一定に保てますな！　後は味を見ながら微調整すれば済む」

「そうなんですよ！　レシピを説明するのにも、規格があれば、皆同じように作れますからね」

「大発明ですな！　私も取り寄せてもらうことにします」

「あ、料理長、俺の予備で良ければ譲りますよ」

「いいのですか！　パトリック！」

「ええ、普及させてこいと言われてますから、お屋敷の料理長に。これがあると、他所の料理も覚えやすいんですよ」

「ええ、ええ、たしかに。説明しやすくなります！」

「それほど便利なら、うちでも取り扱おうかの」

「『ぜひ普及させて下さい！』」

料理人の切なる願いに、アーロンは領都の支店に連絡しておくと約束したのだった。

「お話はまとまりました？　料理に移りますよ。まず、マヨネーズを作る前に、このマジッククェイルの肉に下味をつけるのとジャガイモから粉を取ります。ダニーロさん、この肉を一口大でカットしてもらって大きい方のボウルに入れてもらっていいですか」

そう言ってアマーリエは肉の包みから腿の塊肉を取り出し、料理長に手渡す。アマーリエはおろし生姜を作りはじめる。

「もちろん。これぐらいかな？」

肉包丁に魔力を通して肉を切っていくダニーロの手元をアマーリエが見て頷く。

「はい。で、ここに、ちょっぴり魚醤、これ多すぎると魚臭くなるのでほんとちょっぴりです。そしてこのおろした生姜、塩少々に胡椒少々、白ワインを入れまして、フォークでちょっとお肉に穴を開けながら、揉み込んでいきます。そして、他の作業の間ほったらかしです」

そう言ってアマーリエは手を浄化し、ボウルを調理台の端に避ける。

「ジャガイモから粉を取るとは？」

「まず、拳ぐらいの大きさのジャガイモ二個を皮を剥いて布巾にすりおろします。そして、ボウルに水を出し、水の中でしばらくこのジャガイモをすりおろした布巾をもみます」

「まぁ、白いのがでてきたわねぇ」

「これがジャガイモの粉になります。で、この粉が沈殿したところで水を消し、さらにこの粉から水分を完全になくします。触ってみて下さい」

アマーリエは生活魔法を使って水分を消して乾燥させる。

「なんか小麦粉に似てるけどもっとサラッとしてて、つまむと固まりやすい？」

「はい、これがポテトスターチ（片栗粉）になります」

「ほうほう。でこれは何に使うのです？」

「あとで、塩揚げ鶏を作るときに使いますのでこれも置いておきます。色んな使い方があるので、機会があったらその時に教えますね。残ったジャガイモのすりおろしも捨てずに一品作ります」

　アマーリエは布巾に残ったジャガイモのすりおろしを別のボウルに入れる。

「ではマヨネーズに移ります。まず、ボウルに卵を一個黄身だけを割り入れます。こんな感じ」

卵の殻を使って、白身はジャガイモのボウルに入れ、残った黄身を空のボウルに入れる。

「そして、ここに塩ひとつまみ、そしてこの計量スプーンの一番大きなのでお酢を一匙分入れて、なるべく泡立たないように生活魔法を使って撹拌（かくはん）します」

　アマーリエは子供の頃、世の中に泡立て器がないと知った日、魔法があるじゃないか！　で済ませたのだ。

　済ませられなかった問題だけ、魔道具屋で道具を作ってもらうことで解決した。その結果がアマーリエの現状ではあるのだが。

　ただ、魔力が少ないため、長時間魔法でかき混ぜることが出来ないことに気付き、後から泡立器を作ってもらっていた。

「「「「生活魔法？」」」」

「風で混ぜてもいいし、卵液を水とみなして渦を起こすイメージでもいいです。こんな感じです」

　ボウルの縁を掴（つか）んで、風を使って混ぜる方法と液体として魔力を流し込み混ぜる方法を見せる。

「ほんとに器用なことするわねぇ」

南の魔女が目をパチクリさせる。

「まあ、フォークで混ぜてもいいですけどね」

そう言ってフォークを使って人力で混ぜてみせるアマーリエ。

「え、何？　シルヴァンも混ぜるの？　んじゃぁちょっと待って、下に濡れ布巾敷くから。こうするとボウルが安定します」

「オン、オン」

そう言ってアマーリエは魔法を使って布巾を濡らし、ボウルの下に敷く。卵液をこぼすことなく風で混ぜ始めるシルヴァン。

「上手！　シルヴァンそのまま混ぜてて。そしてオリーブオイルをこんな感じで細く垂らしながら、混ぜていきます。このぐらいの硬さになったら油を入れるのをやめます。一度にたくさん入れると油とお酢が混ざりあわず分離するので気をつけて下さい。シルヴァンもういいよ」

見事に乳化したマヨネーズの入ったボウルを調理台の中央において皆に見せる。

「シルヴァンもやるわねぇ」

「……どこから何をどう突っ込んでいいのやら？」

アーロンは呆然と出来上がったものを見ている。

「ダニーロさん、私にもボウルと材料を下さい」

アルギスの言葉に我に返ったダニーロが、自分の分とアルギスの分のボウルと材料を揃え、二人でマヨネーズを作り始めた。

「こんな感じでしょうか？」

「ええ、バッチリです、さすがダニーロさん」

「混ぜるのが難しいね、シルヴァン手伝ってくれるかい？」

アルギスはシルヴァンに応援を頼んでマヨネーズを仕上げる。

「お、なるほど。出来たぞ！　リエ、どうだ？」

「いいと思いますよ。このソースでいろんなものを和えたり、さらに材料を足して風味の違うソースにしたり、色々使いみちがあります。もちろん油やお酢の種類を変えるだけでも風味が違ってきますので、使う料理によって変えるのもありです」

「ふむ。色々研究しないとですな。このジャガイモのすりおろしと卵の白身はどうするんです？」

「まあ、見てて下さい」

そう言うと、アマーリエは玉ねぎを四分の一にカットしてみじん切りし、ジャガイモのボウルに入れる。さらにリュックからハムの塊を取り出し、それも刻んで入れて、塩胡椒（しおこしょう）してかき混ぜる。

「うーん、もう一個卵入れるか。これをフライパンで焼きます」

「フリッタータに似てますな」

「お国の料理に似てますか？」

「ええ、帝国の卵料理の一つですな。私が焼きましょう」

そう言うとダニーロがボウルを持って移動する。その後を皆でぞろぞろついていく。

「おお！　料理長！　これは最新の魔導焜炉（こんろ）ですな！　手に入れられたんですか？」

アーロンが目を輝かせて聞く。

「ええ、支配人とギルド長が必要だと入れてくださったんですよ。これは本当に便利なんです。火の調節がすごく楽になりました」

「うちも扱いたいんじゃが、なかなか作れる魔導具屋がなくてのう。他の国にも売り出したいんじ

「やが、難しい」

「そうなんですか？」

魔導焜炉を頼んで作ってもらい、その後は改良しか首を突っ込んでいないアマーリエ。売れ行き具合は、職人からしか聞いておらず、流通を司っている商人の話は初めてだった。

「ああ、お嬢ちゃんそうなんだよ。戦闘専門の魔導具屋は星の数ほどあるが、生活魔導具屋はなかなかいいところが少なくてねぇ。領都のベルク魔道具店から少しずつ仕入れているんだが、あちらも職人が足りないとぼやいてて」

アマーリエはアーロンの話に、パン屋の厨房で料理教室をしなくてよかったと胸をなでおろす。ダニーロやアーロンがいろんな見たこともない魔道具を見て、間違いなく大騒ぎになっていただろう。

「アルバンの魔道具屋さんに生活魔道具を作るの頼んだら叱られます？」

「はて、どうじゃろ？　アルバンの魔導具職人は戦闘専門だが、村の生活魔道具も扱うからのぅ」

「魔導焜炉のレシピは有料公開してますから、レシピを買って作ってもらうのもありかもですね」

「一考の余地ありじゃの、ふむ」

二人の会話をよそに料理長はフライパンを温め、ボウルの中身を弱火で焼き始めていた。

「その魔導焜炉？　すごく便利そうですよね？　こんな弱火に出来るんですか？」

アルギスが目を丸くしてダニーロに尋ねる。

「ええ、火を強くしたりも出来ますし、一定の火力が続きますから焼きムラがないんですよ」

「私も欲しい……。いくらでしょうか？」

今後神殿の食事担当になるであろうアルギスは、この料理を楽にしてくれる魔法のアイテムに魂が持って行かれそうになった。

「その最新の型じゃと気持ち安くなっておってな、それでも三十万シリングするのぉ」

「三十万ですか。それなら問題なく買えますね。アーロンさん都合はつきませんかね？」

痩せても枯れても帝国皇弟アルギス。懐は温かいらしく、フンスと鼻息荒く、アーロンと交渉を始める。アマーリエの場合、発案者特典とモニターということで、最新型の焜炉は人には言えない値段で買っている。

もっとも、最初に魔導焜炉を作った時、アマーリエは魔道具屋の主人に、職人ともども、生活魔道具というのは手に入りやすい値段じゃなきゃ意味が無いだろうと、こんこんと説教を食らったが。


「この魔法陣だったらそれぐらいになるわねぇ」

南の魔女が横から覗き込んで、魔導焜炉の魔法陣を確かめる。

「うむ。まず火口四つ分の魔法陣じゃがこれの凄いところはのう、魔石がいらんところなのじゃ」

「そう言えば、魔石が何処にもついてない？」

「裏側にもついてないのぉ？」

「ついてませんの」

アルギスと南の魔女が驚きのあまり口をパカーンと開ける。今までの魔道具は動力に魔石がついているのが当たり前だったからだ。

「空気中の魔力を自動的に取り込む仕様になっておっての、その上省魔力で動く。魔法陣を四つ刻む分、高くはなっておるが、魔石を使わないぶん最初に出来た魔導焜炉よりも格安なんじゃわ」

「ダニーロさん、ちょっとどいてぇ、その魔法陣もっとよく見せてぇ」

「ちょ、魔女様危ない！　火がついてるんだから落ち着いて」

慌てて、アルギスとパトリックが止めに入る。

「うん、南の魔女様も間違いなく魔法バカだわ」

「当たり前でしょぅ！」

呆れた目で言うアマーリエに、鬼のような形相で吠える南の魔女。

「保温マグや保温瓶も、金属に彫り込んである方の動力源は空中の魔力ですよ。魔法陣が絵の具で書いてある方は絵の具に魔石混ぜ込んでるみたいだから、その魔法陣ありませんでしたけど」

「「ええ!?」」

「あれ、お店で気がついてなかったんですか？」

「省魔力なのは見て取れたわよぉ！　わからない陣が一つあるなって思ってたのよぉ！」

アマーリエは自分の保温マグを取り出して、南の魔女に見せる。

「これでしょ？　ここが空気中の魔力を取り込む陣です。絵の具で書いてある方のは、その魔法陣がなかったですよ。でも、この空気中の魔力を取り込む陣って、思ったより魔力を取り込めなくて、複雑で大きな力が要る魔法陣には使えないんですよね。何かが邪魔してるって魔道具屋のおっちゃんが言ってました。私は詳しくないんで、ヨハンソンさんに詳細聞いて下さい」

「わかったわぁ、そうするぅ。領都の生活魔道具屋、侮りがたしねぇ」

「すごいでしょ。ベルク魔道具店の生活魔道具は、魔石無しで稼働できる程度の魔力で動く魔法陣は皆、この空気中の魔力を取り込む方式になってますよ。アイテムバッグや木のアイテムボックスなんかは昔ながらの魔石を砕いて入れた絵の具使ってるからこの魔法陣使ってませんけど。って言うか拡張魔法って魔力喰うらしくって自動魔力吸入の魔法陣だけじゃ起動しないんですよね」

自分がわかる範囲で説明するアマーリエに南の魔女がジタバタし始める。

「なんてことぉ！　それにさっき魔道具屋で何にも気にしないで流しちゃったけど、金属に書ける絵の具って何⁉　今までなかったわよねぇ？」

「ありませんよ！　兄上にも知らせないと！」

「なんですと⁉　金属に書ける絵の具⁉　ものすごい発明じゃあないか！」

「ついこの間出来たところみたいですよ。それも詳細はヨハンソンさんに聞いて下さい、私は詳しいこと知りませんから」

「かぁ！　こんな商機見逃すわけにはいかん！　息子に連絡取らねばぁ！」

新しい情報にアーロンまでもが我をなくしはじめ、アマーリエが流石に不味いと思い、引き戻しにかかる。

「いや、流石に領都の支店から連絡いってるんじゃないですか？　新しい商品の情報を集めるのも商売人の仕事ですよね？」

「はっ、そうか。そうじゃな。一応確認するようにだけ言うておくか」

「パトリック、お皿を取って下さい」

「はい料理長」

料理人二人は、周りの騒ぎをよそに自分の仕事をこなすのであった。

ダニーロが焼いたフリッタータを人数分に分け、皿に盛る。

「ふむ、フリッタータとちょっと違った焼きあがりですな」

ダニーロは焼きあがったすりじゃが入りのフリッタータの表面をじっくり見て言う。

「すりおろしたジャガイモと卵の割合が少ないせいですね。もっとすりおろしたジャガイモの量を増やすともっちり感が増しますし、卵が多いとフリッタータになると思います」

「ふむ、確かに。では一口……もっちりですか？　新しい食感ですな」

ひとくち食べて食感を確認するダニーロ。それを見て、アルギス達も食べ始める。シルヴァンは、食べやすいように、アマーリエに小さく切って口に入れてもらっている。

「いろいろ具が入ってて、美味しいね」

「オン！」

「腹持ちも良さそうよねぇ」

「きのこやチーズを入れてもいいですし、この手の料理はあるもので美味しく出来ますよ」

「確かに。兄上はチーズ入りで作ったら喜んでくれそうだな」

アルギスが色々味を想像しながら、やんごとなき方に何を作るか考える。

「後はそうですね、トマトソースとこのマヨネーズを一対一で混ぜたものを付けて食べたり、うちの実家のこのソースなんかを付けても美味しいと思います」

アマーリエは作ったマヨネーズにトマトソースを混ぜ、ダニーロに渡す。そしてリュックから中濃ソースの瓶を出し、パトリックから小皿を受け取り、そこにソースを入れて、これも渡す。

「どうぞ、少しずつ付けて食べてみて下さい」

ダニーロ達はフリッタータにそれぞれソースを付けて食べ比べる。

「これはトマトの酸味と卵のコクが合って美味しいですね」

「サンドイッチに使っても美味しいですよ。パンに塗って、このフリッタータを挟むんです。ボリュームがあるので、満足感が得られますよ」

「それはうまそうじゃのう」

「こちらの茶色いソースは香辛料がきいていて複雑ですなぁ。これは？」

「実家で作ってる中濃ソースです。作るのに少し時間がかかります。野菜や果物、香辛料を煮詰めて作るんです。その材料やスパイスの比率と煮詰め方でソースの味や粘度が変わってくるんです。レシピは基本になるものを公開してます」

「なるほど。色々使えそうですな」

「このソースは嬢ちゃんの実家で売ってるのかね？　うちでも取り扱いたいんだが」

　気に入ったらしいアーロンがアマーリエに確認する。

「うちでの取扱は、商品に使う分だけなのでソース単体は売ってないんですよね。売ってるのはこのマヨネーズと後この粒マスタードソースです。実家の隣の食料品店で、この茶色いソースを三種類の濃さで作って売ってもらってます。まだあんまり広まってないんですよ。自炊率低いから」

「ほうほう、ならうちで取り寄せて、開発してみようかのう」

「それもいいですね。いろんな店の味がある方が好みの味が見つかると思いますし」

「リエ、このソース全種類ほしいんだけど。なるべく早く」

　アルギスが真剣な顔でアマーリエに言う。

「売り物はパン屋が開いてからでも。他は隣の食料品店から送ってもらいましょうか？」

「頼む」

「わかりました。他に何方（どなた）か入用ですか？　取りまとめて注文しますけど」

　その後、アマーリエがソースの種類と数を取り揃えて、注文することになった。

「それじゃ、シルヴァンお待ちかねの塩揚げ鶏をつくりますね。まず、このポテトスターチ（片栗粉）に同量の小麦粉を混ぜます」

「小麦粉だけではないんだね」

「油で揚げるんですが、揚げたあとの食感が使う粉によって変わるのと、時間が経つと衣の硬さが変わってくるんですよ。好みなんで、これも要研究ですね。他にもいろんな素材で衣が作れますし」

「ふむふむ」

「この時点で、油を温めときます。今回は数が結構ありますので、多めの油で揚げます。このお鍋借りますね」

「どうぞ」

「大体、三分の一ぐらいまで油を入れ、加熱します。その間にこの粉をまぶします。溶き卵を先にまぶした後に作る場合もあります。それもまた食感が変わります。今回は塩味のものなので、溶き卵なしにしました」

「ふむふむ」

「この、衣の残りを落として、こんな感じで泡が立つぐらいまで油の温度が上がったら衣をつけたお肉を入れて揚げていきます。入れすぎると油の温度が下がり過ぎちゃうので、これぐらいの量を揚げます。一旦、火を弱火に下げて、じっくり揚げます。途中、ひっくり返して下さい」

アマーリエはフォーク二本で肉を挟んでひっくり返しながら、揚げていく。

「なるほど、火力が強いと外は焦げるが中に火が通らないんだね」

「そうなんです。それで、これぐらいの色目がついたら、一旦引き上げて、フォークを刺して、できた肉汁が透明なら、火が通ってるってことですので」

「なるほどなるほど」

「中火にして油の温度を上げ、もどします。これぐらい派手に泡が上がってぱちぱち音がするぐらいですね」

「すごい音だねぇ」

揚げ物油の音に皆が目を丸くして、視線を鍋に向ける。

「これで、衣の水分が抜けて、カラッと揚がるんですよ」

周りは興味深げに相槌を打ち、アマーリエは次々と揚げていく。

「はい、リエちゃん」

パトリックが金網を載せた皿を手渡す。

「あ、ありがとうございます。こうやって金網に載せて、油切りします」

「よし、じゃあ私が続きを揚げるよ」

「お願いします。あ、まだ熱いからいきなり食べるとやけどしますよ」

皿に伸びてきた手に気がついて、アマーリエが注意するが一足遅かったようだ。

「アルギスさんたらぁ、お行儀悪いわよぉ」

「ありゃりゃ。パトリックさん、お水」

「はいよ～」

パトリックからカップを渡され、アルギスは慌てて水を飲む。シルヴァンがその様子を目を丸くして見ている。

「ふぐっ、ふぐっ……はぁ、ありがとう。助かったよ」

アルギスは自分の舌に無詠唱で回復魔法をかける。

「大丈夫かの？」

「はい、なんとか。美味しそうでつい」

「揚げたては危険なので、気をつけてくださいね」

「うん。でも美味しい。あれ⁉　隠形の効果がついたんだけど！」

「あらぁ！　確かに気配が薄くなってるわよぉ」

「「「え⁉」」」

「ちょっとぉ、皆、あっち向いてぇ、アルギスさんはあの戸の陰に隠れてみて」

「わ、私もですか⁉」

「料理長はぁ、危ないから鍋見ててぇ」

「はいはい」

皆、南の魔女に言われたとおりに動く。

「いいわよぉ。皆、こっち向いてぇ。ほら、わかるぅ？」

「「「あれ？」」」

「見にくくなってるでしょぉ」

「確かに。居るってわかってるからなんとなく、居るのかなってわかりますけど」

「意識してなかったら、わからんのじゃないかの」

「えー、これまずいんじゃないの？」

パトリックが頬をかきながら突っ込む。

「ダンジョンの攻略にはいいけどねぇ」

「暗殺者向けの食べ物になってしまいましたのう」

「ちょっと物議醸しそうですなぁ」

ダニーロも困ったように揚げ上がった塩揚げ鶏を見つめる。

「これ、お肉から魔力抜いて作ったら問題ないのかな？」

アマーリエの言葉を南の魔女が肯定する。

「空の魔石を買わないとダメなのか。何故こうなったし？」

「うぅん〜？　マジッククェイルに隠形スキルがあるからかしらぁ？」

南の魔女が思い当たる点を上げてみる。

「じゃあ、今度作る時は普通の鶏にしよ。石化鳥なら石化耐性とか付いちゃうんだろうか？」

「それはいいわねぇ！　是非欲しいわぁ」

「これ、効果の持続どれ位でしょうか？　一日、付くんでしょうか？」

「それぱっかりはねぇ。皆でこれひとつずつ食べて、確かめてみるぅ？」

アルギスの疑問に南の魔女がニンマリ笑って提案する。

「いいんですか？」

「完全隠形じゃないから、大丈夫よぉ。一応見えてるもの。どれぐらい続くかぁ、体型によっても変わるかもしれないしぃ、確かめとかなきゃぁ」

「魔女様、明らかに面白がってますよね」

「ふっふん、魔女ですものぉ」

「……私が以前から作ってるマジッククェイルの料理にはそんな効果は付きませんでしたよ？」

ダニーロが腕を組み、首を傾げている。

「あれ？　確かに。昨日食べたマジッククェイル、何もなかったですよね。料理法のせい？　それともこれ大きな個体だったから、なんか魔力強かったのかな？」

「あぁん、そうねぇ。個体差の可能性は否定出来ないわぁ」

「取り敢えず、ダニーロさんが揚げてくれたやつも試してみましょうよ。私が作ったからそうなったとか嫌だし」

「そうねぇ。一度効果を解除しましょうか」

南の魔女が、効果を魔法で消した後に、皆でダニーロが揚げた方を食べる。

「あ、付いた付いた。隠形だ！」

「今日は影の薄い人になるのかー」

「あはは、パトリックさん面白いこと言うねぇ」

「それじゃぁ、皆いつ、隠形の効果が切れたか報告お願いねぇ」

南の魔女の言葉に一斉に頷く。

「残りのお肉どうしよ」

まるまる一羽買ってしまっただけに、どうしたものかと首をひねるアマーリエ。

「料理法のせいじゃないかぁ、確認した方がいいわねぇ。それはまた時間のあるときにしましょぉ。あたしとぉ料理長監督のもとでねぇ？　アイテムボックスあるんだし、置いときなさ～い」

「そうします。一人で作ってシルヴァンになんかあったら、流石に怖いし。何か、料理の講習会が違う方向に行ったような気がしますが、とりあえず、今日はこのへんで」

「フフフフ。確かにとんでもないことになってしまいましたね。でもなかなか意義のある時間でした。ありがとうございます、アマーリエさん」

「いえいえ」

「ありがとう、リエ。また、今度、違う料理を教えてほしいな」

「はい、いいですよ。んじゃ、ダニーロさん、夕飯におすすめのパスタお願いします」

「任せてください。皆様は何になさいますか？」

いつものごとく、ちょっとした騒動を起こしながらも、料理講習会は幕を閉じた。

そして、皆それぞれ、ダニーロに夕飯を注文をすると食堂に戻って夕食を済ませ、明日はアーロンの店の開店時間に合わせ、店の前で待ち合わせすることにしたアマーリエ達だった。

第7章　仕事は人に任せよう

朝起きたアマーリエは先に特製携帯食を作り終えると、予備のアイテムトートバッグに携帯食を詰めて、ベルンに念話する。

『ベルンさ～ん。今、念話しても大丈夫ですか？』

『ちょっと待て！』

『はい～』

アマーリエはベルンから念話が返ってくるのを暫し待つ。

『おい、アマーリエ』

『はいはい』

『何の用事だ？』

『そう警戒しなくても。引っ越しの手伝いの依頼料代わりの携帯食が出来たんで、持っていこうかと』

『そうか！　俺達は鐘五つ（午後二時）過ぎまで、それぞれ各自の用事でギルドの宿に居ないんだ』

念話からベルンのホッとした様子が窺（うかが）え、苦笑するアマーリエ。

『そうですか。冒険者ギルドの受付に預けときますね』

『そうしといてくれ、じゃあな』

話し終えたアマーリエは、シルヴァンとともに昼まで在庫のパンを作ったのだった。

パンを焼き終えたアマーリエは昼食後、シルヴァンと一緒に冒険者ギルドに向かう。

冒険者ギルドに着くと閑散とした依頼発注窓口へ向かう。

「こんにちは～」

「あら、パン屋さん、こんにちは」

「依頼した引っ越し手伝いが完了したんですけど、報酬の携帯食料を預かってもらってもいいですか？」

「わかりました。中身の確認して預り証を出しますね」

アマーリエはカウンター越しにトートバッグを受付嬢に渡す。受付嬢はアマーリエにも見えるようにバッグの中身を出していく。その後ろには暇なギルド職員が集まりだしている。

「えっと、紙の包みが十二個に、金属の筒が十二個ですね。あの、中身も気になるんですが、この金属の筒も気になるんですけど」

「金属の筒については、一応、商品名は保温マグと。売ってるのは魔道具屋さんの……あ、ヨハンソンさんに気を取られて店の名前、確認するの忘れてた」

「ご夫婦で来られた魔道具職人の方が居るお店ですね？　ベルク魔道具店ですよ。村の老舗ですね」

受付嬢がなんでもないように答える。

「あれ？　領都の魔道具屋さんとおんなじ名前だ」

「ええ、領都のベルク魔道具店は、ここのベルク魔道具店のご主人の下の息子さんが出してるんですよ。繁盛してるそうですね」

「そうだったんだ。ああ、そのつながりで、ヨハンソンさんがここの魔道具店に来たんだ。あ、領都のベルク魔道具店は王都に支店出すほど繁盛してますよ～」

「まあ！　生活魔道具の店を作るんだって言って、ご実家を飛び出されたって聞いてましたから」

「ありゃ、親方ってそうだったんだ。初耳～」

「そうなんですよ～」

田舎らしいすべての家族情報が筒抜けな話に、受付嬢と盛り上がったアマーリエだった。

「オン！」

「あっ！　時間。もう行かなきゃ」

「あら、お出かけですか？」

「魔道具屋さんの裏の万屋さんに」

「ああ！　うちや商業ギルドで引き取りをしないアイテムを扱ってるお店ですね！　冒険者の方も助かってるみたいですよ」

「そうなんだ！　冒険者ギルドに所属してなくても、ダンジョンのアイテムとかが載ってる本を閲覧できますか？」

「ええ。依頼人の方用に、アイテムを網羅した本がありますよ。依頼の時にお申し付け下さい」

「ありがとうございます。じゃぁ、また！」

アマーリエは、シルヴァンを連れてアーロンの店へ向かった。このあとギルドの中で起きる携帯食料騒動に関しては開店準備で忙しかったせいで、アマーリエは後から知ることになる。

「おまたせしました～」

アーロンの店の前にはアルギスと南の魔女が既に待っていた。

「お〜そ〜い〜」

「冒険者ギルドに寄り道してたら長くなっちゃって」

「オンオン」

「世間話してたんでしょぉ！　う〜ん、シルヴァンはかわいいわねぇ」

早速シルヴァンをモフりはじめる南の魔女だった。

「冒険者ギルドに用事ですか？」

「ええ、銀の鷹(たか)の皆さんに引っ越し手伝ってもらったんで、その依頼料代わりの携帯食を納品に」

「携帯食ですか？」

「昔ながらの味も素っ気もないのじゃなくて、モルシェン印の特製携帯食です！」

「それは、私も注文できますか！」

ドヤ顔するアマーリエに負けずにマジ顔になったアルギスがアマーリエの肩をがっしりつかむ。

「……時間があるときには可能かと」

アルギスの勢いに目をそらし、小声で答えるアマーリエ。

「ほらぁ、店に入るわよぉ」

「「はーい」」

カランコロンと扉に付いたベルが音を立てて来客を知らせる。

「おう、いらっしゃい」

「こんにちは〜」

「ほい。これがわしの作った冊子じゃよ」

出された冊子をアマーリエとアルギスが見始めると、シルヴァンもカウンターに乗り出して覗き込んでくる。

「おや！　シルヴァンも見るんじゃの」

「あ、すいません。シルヴァン、だめだよ」

「クゥ～」

「何？　見たいの？　肉屋さんの時並みの食いつきなんだけど？」

目をうるうるさせて訴えてくるシルヴァンにアマーリエが首を傾げる。

「あはは、汚さんじゃろ？　かまわんよ」

「オン！」

「ありがとうございます」

そう言うと二人と一匹はページをめくり始めた。南の魔女は二人をよそにアーロンと世間話をはじめる。しばらくして、アマーリエは他にも冊子があるのか気になって、アーロンに尋ねる。

「アーロンさん、この冊子、分類とかしてますか？」

「ふむ。ダンジョンの階層と部屋ごとに分かれとるよ」

わかっていない様子のアマーリエに店主はもう一冊本を出す。

「これは、今のところ踏破されてるダンジョンの内部構造図が載っておるんじゃ」

「え、すごい貴重？」

「かなり貴重よぉ！」

それまで反応の薄かった南の魔女までカウンターに身を乗り出す。

「と言うてもな、ダンジョンの階層によっては変動がある部分もあってなかなか難しいんじゃよ。

それになぁ、まだ来たばかりで浅い階層までしか描けとらん」

おどけて笑うアーロンに三人も笑みが漏れる。

「見てもいいですか?」

「ああ、まずは一階層目じゃ。降りてすぐ丁字の通路になっとっての、真っ直ぐ進むと、すぐ次の階層に向かう階段なんじゃ」

描かれた図を指差しながら、アマーリエ達に見せるアーロン。

「は? そんなあっさりなんですか? 魔物とか出ないんですか?」

「お芋ちゃん、五階層までは構造一緒なのよぉ。だから皆そのまま五階層まで一気に抜けるの。一~五階層はこの丁字の奥側の通路を入った各扉の最初の部屋で魔物が出るのよぉ。さらにその奥の部屋に魔物がでないフィールドがあるのよねぇ。あたしなんてぇ、最初に一階層目の通路入ってすぐの部屋に一度試しで入ったきりよぉ」

そういうものなのかと頷きながら話を聞くアマーリエ達。

「その部屋をこうして手前から順に番号を振っておるんじゃ。本はこの部屋ごとに分類されとるよ。今わかっとるのは階層ごとに季節が分かれとること。例えば一階層目は春じゃな。それで各部屋は様々な場所の春になっとる」

「初めて聞いたわぁ、そんなこと」

「そりゃ、中も見ないで下の階に行ってればそうなりますよ」

南の魔女の言葉に思わず突っ込むアマーリエ。

「まぁそうよねぇ」

「それでの、今充実しとるのは一階層目の部屋五つに、二階層目から四階層目は三部屋ずつじゃ」

「へーへー。あれ？　五階層目は？　どうなってるんですか？」

「まだ、そこに行った冒険者にわしが会ってないんじゃよ」

「ああ、話を聞かないと駄目ですもんね」

アマーリエの言葉に頷いて、アーロンは冊子の説明を始める。

「今見とるのは春の部屋じゃの。一番手前の部屋じゃ。ヨーランへの海のような明るいサンゴ礁の海があっての……」

「え！　海があるんですか！」

「あらぁ、ベルン達から聞いてないのぉ？　階層まるごと海辺なところもあるわよぉ」

「聞いてないです。すんごいびっくりです」

「オン」

アマーリエとシルヴァンは目をパチクリさせて南の魔女を見る。そんな一人と一匹を見て、南の魔女はおかしそうに笑う。

「これは、その海で取れたサンゴの欠片。まあ、ギルドで買取不可程度のものじゃがの。これは釣れた魚。後、植物もこうやって……」

「ちょっとまった！　そのページ！」

「おお、これか？」

アーロンが広げたページの短い説明文をアマーリエが読み出す。

「【ハルウコン：別名キョウオウ。春にピンク色の花が咲く。アキウコンやムラサキウコンと同属】間違いない。これ姜黄だ。これがあるということは……。アーロンさん秋の部屋でこれと似たようなのありませんでしたか？　花が白いやつ」

「ちょっと待て、各階の部屋はそれぞれ同じ場所の季節違いでのぉ、ほれこれじゃ」

アマーリエはアーロンから手渡された冊子をせわしなくめくって、目的のページを開く。

「あった！　【アキウコン：ウコン。秋に……】鬱金だ！　やっと見つけたぁ！　白い花だし間違いない。冬の部屋に同じので根っこありますか？」

「オン⁉」

「何？　アマーリエ。そんなに大事なものなのかい？」

アマーリエの食いつきっぷりに驚くアルギス。

「ええ、大事なんです。アーロンさん。これいくつあります？　買います！」

「ホホ。はじめての購入者だの」

「おいくらですか！」

「さていくらにするか？　嬢ちゃんがそんなに欲しがるってことは値打ちもんだろ？」

茶目っ気いっぱいに言うアーロンにアマーリエが固まる。

「言うたじゃろ。価値がわからんものと。さて、嬢ちゃん交渉じゃ」

「いくらで仕入れました？」

「一律百シリングじゃ。購入者と交渉して増えた分をさらに販売者に還元するんじゃよ。まあ、ここで言う販売者はダンジョンに潜った冒険者じゃがの」

「うーん、価値はどんどん上がると思う。アーロンさんなら、さらに価値を上げられると思うし。どうしたもんか？」

前世情報を持つがゆえに、頭のなかで鬱金の価値が錯綜するアマーリエ。

「そんなにたいそうなものなんかの？」

若い娘をからかうつもりだったアーロンは、アマーリエの真剣な様子に目をパチクリさせる。

「むしろ、アーロンさんに差配頼んで、私はちょっと卸してもらえればいいぐらいなんだけど……。話が長くなりそうだし、この後神殿にも行くし。パン焼かないとだし。わーん、自重するつもりでも自重させてもらえないこの環境が悪いー」

ジタバタし始めたアマーリエの肩をがっしり掴んで、南の魔女が落ち着かせる。

「ちょっとぉ、芋っ娘、落ち着きなさいよぉ。何もすぐ買わなきゃいけないわけじゃないでしょぉ。取り置きでもなんでもすればいいじゃないのぉ。あんたここに三年は居るんでしょ？」

「あ、そうでした。う～でもすぐ食べたいしなぁ」

「オン！」

シルヴァンも尻尾をはちきれんばかりに振ってアピールしている。

「これ食べるの？　なんでシルヴァンまで食べたそうなの？」

生姜のような根っこが描かれたページとシルヴァンの反応を見て首を傾げるアルギス。

「それ、香辛料や薬剤、染料とか色々使えるんですよぉ。だから、アーロンさんに差配頼んだ方がいいって話になるし、価値をつけるのが難しいんですよ」

「そんなに希少な用途があるなら、値上がるのぉ」

アマーリエの言葉に目を輝かせるアーロン。

「んまぁ！　染料ぅ⁉」

「薬効が気になるんだけど」

アマーリエの言葉にそれぞれの気になる分野に食いつく南の魔女とアルギスだった。

「それじゃぁ、嬢ちゃんこうしちゃあどうじゃ？　今ここに、冬の部屋のアキウコンは五つある。

これを手数料込で千シリングで買わんか？　で、どう使うのか見せてくれんかの？　そして、その後さらにどうするか決めようじゃァないか」

「あー、じゃぁ、大隠居様――じゃないや、ゲオルグ様もつれて来て良い？」

自分一人で大事になりそうなことをまとめるよりも、信頼できる大人を同席させてダールの雷を回避する作戦に出たアマーリエ。

「なんじゃ、大将も来とるんかいの？」

「大将って呼ばれてるんだ。いま温泉に行ってて留守だけど、帰ってきたら一緒に来ま……あ」

アーロンがゲオルグと親しい仲だと見てとったアマーリエはつい口が緩んでしまう。

「オンセン？」

「ポロリと言っちゃった。あー、もういいか。大店のアーロンさんなら大丈夫だろうし。隠居されてるならむしろ文官代わり？　あのですね、アルバン村に来る途中の村にお湯が湧いてて、そこに行ってらっしゃるんですよ」

「おお、あの温泉か。ならそれほど珍しくはなかろう？　大将は何しとるんじゃ？」

「そうか、アーロンさんなら商売で色んな国に行ってるから温泉のある所とか知ってるか」

「おお、知っとるぞ。でその温泉がどうした？　何かに使うのか？」

「あれー？　他所の国だったらお風呂(ふろ)になってるところもあるかと思ったのに」

「オフロ？　なんじゃそれは？」

「もう面倒になってきたし。今、商業ギルドの人達とゲオルグ様は温泉に行ってるんですけど、詳しい話は帰ってきてから聞いて下さい。儲(もう)け話ですし」

説明が面倒になったアマーリエはいつものごとく出来る人や偉い人に丸投げすることに決めた。

「おう、分かった！　儲け話なら息子も呼び寄せとくぞ？」

「そのあたりは、お任せします」

「それで嬢ちゃん、これは買ってくのかの？」

アマーリエはアーロンに代金を渡して秋鬱金を包んでもらう。

「ほいよ。それで嬢ちゃん達は今から神殿に行くのかい？」

「ええ」

「じゃあ、わしも馴染(なじ)みに会うために今から一緒に行こうかの」

「うわ～、商売っ気があるんだかないんだか……」

「道楽じゃもの。それに知り合いの冒険者はダンジョンに潜っとるから、今日は誰も売りにこんじゃろ。まして買いに来たのは嬢ちゃん達が最初じゃし」

「えー。それ赤字じゃないですか？」

「そうでもないぞ？　今日は嬢ちゃんが大きくなりそうな商いの種をくれたからのぉ。ほら、商いは買う人に聞くもんじゃったろ？」

「あー店としては赤字でも商会としたら黒字になるかぁ」

「ホホ、そういうことじゃぁ。ほれ、行こう行こう」

アマーリエ達を外に出したアーロンは、店の戸締まりをして、一緒に神殿へと向かった。

広場まで来たアマーリエは、商業ギルドを見て顔を青ざめさせる。

「どうしたのぉ？　顔色が悪いわよぉ？」

「忘れちゃいけないことをまた忘れてました。昨日は遅かったからメラニーさんも帰っただろうと思って……」

「「「？」」」

「料理のレシピ登録してない！」

「そう言えば、昨日厨房で騒いでたよね」

「みんなから注文受けたソース類も頼まないと！」

「そりゃ大事じゃの」

「アルギスさん達、先に神殿に行っててもらっていいですか。シルヴァンも連れて。いや～、米の炊き方だけでもレシピ登録しとかないと、ほんっとに、お屋敷の料理長さんが来そうで怖い」

パトリックは冗談半分に言ったのだろうが、アマーリエは料理長のバイタリティーをよく知っている。間違いなく冗談ではすまないだろう。

「ぶはは」

アマーリエの怯えように、アーロンが思わず笑い出す。

「わかったわぁ。でもシルヴァンもいいのぉ？」

「神殿に着いたら、今度、私を迎えにこさせて下さい」

「ああ、シルヴァンならできそうだね、道案内」

「オン！」

「それじゃぁ、シルヴァン迎えよろしくね。着いたら商業ギルドの扉を念話してみて。こうよ」

アマーリエは念話で商業ギルドの扉の映像をシルヴァンに送る。

「オン！」

「誰かに拐われたり退治されちゃまずいから、イヤーカフつけようか、シルヴァン」

いそいそと買ったばかりの魔道具をシルヴァンにつけるアルギスだった。

「誘拐はないと思いますが、退治の可能性は否定できませんね」

「キュウ」

「あの馬鹿げたリボン買えばよかったかなぁ」

「んまぁ！」

「いや、あれを見たら戦おうとか思わないでしょ」

シルヴァンは一生懸命いやいやと首を横に振る。

「あんたも大概ねぇ。ちょっとまってぇ。魔道具じゃないけどリボンならあるわよぉ」

そう言うと南の魔女はきれいな空色の、やや細めのリボンをシルヴァンの首に巻いた。

「ああ、それなら似合ってるよシルヴァン。流石〜魔女様！」

「ふんっ、当然よぉ〜」

「オン」

「さ、いくわよ〜」

南の魔女達は神殿へと向かい、アマーリエは商業ギルドの受付に行った。


「メラニーさ〜ん」

「は〜い」

「すみません、料理のレシピの登録をお願いしたいんですが」

「わかりました。公開しますか？　非公開ですか？」

「無料公開案件で」

「はい、ではこちらの方に記入お願いします」

手渡された書類に記入していくアマーリエ。そこに、ほんわかした一人の村娘がやってきた。

「すみませ〜ん、新しいパン屋さんの店員募集を見に来たんですけど」

「あ、ブリギッテ！　ちょうどいい！　今、そのパン屋さん来てるから」

「え⁉　メラニー？」

「初めまして、ブリギッテさん。新しいパン屋のアマーリエ・モルシェンです」

「ああ！　あなたがおばあちゃん達が話してた！　初めまして、ブリギッテ・アッカーマンです。実家は薬草園をしてます」

「おお！　薬草園！　それはいいこと聞いた！」

アマーリエの良くもあり悪くもある、使えるものは寝てても使え主義が発動した瞬間だった。

「え？　え？」

「取り敢えずうちの従業員募集を見に来たんですよね？　張り出してあるんで、まずは見てきて下さい。その後、質問して下さい」

「わ、わかった、見てくるね」

アマーリエの勢いに押され、募集案内を見に来たブリギッテはギルドの求人掲示板に向かう。

「薬草園に御用なんですか？」

「ちょっとね」

「ぬ？　何やら儲けの匂いが！」

「あはは〜もうアーロンさんが食らいついてますよ」

「えええ⁉　あのベレスフォード商会の元会頭⁉　それって大儲けの話じゃないですか！　ギャーなんでこんな時にギルド長いないかな⁉」

「やっぱり、まだ帰ってきてないのか。ふむ、メラニーさん、ここは出世の足がかりですよ？　仕切ってみませんか？」

　アマーリエの言葉にゴクリと喉を鳴らすメラニー。残念ながらここには、アマーリエを止められるだけの人材がいなかった。

「これは、逃しちゃいけない機会ですよね？」

「儲け話なの⁉」

　募集要項を見終わったブリギッテが戻ってきて会話に参戦する。

「ええ、ブリギッテさんとこも利益が出ると思います。今から薬草園の責任者呼んでこられます？　神殿に行くんで、そっちに向かってもらえたら儲け話の方もしましょう。うちの手伝いの話もしたいですけど」

「わかった！　お父さんと一緒に神殿に向かうわ。そこで、お手伝いの話も聞くね！　神殿で！」

「お願いします～」

　商業ギルドを飛び出したブリギッテに、アマーリエは手を振っておいた。

「こうしちゃいられない。アマーリエさんレシピ出して下さい。さっさと処理しちゃいましょう」

　アマーリエは作っておいたレシピをメラニーに手渡す。

「はい、これは無料公開要請なので、レシピの審査が済み次第公開されます。よろしいですか？」

「はい、お願いします」

「では戸締まりしてきますね！」

「そう言えば、ギルド長達はいつお戻りに？」

「昼過ぎには帰ってくる予定でしたけどまだですね」

「じゃぁ、書き置きしてもらえますか？　ゲオルグ様も神殿に来てもらえるように」

「任せて下さーい」

「ファルさんも呼んじゃお」

そうつぶやくとファルに念話を飛ばし、銀の鷹も巻き込んだアマーリエ。

「よし、コレで人材はほぼ揃ったな。なんか自分で自分の首を絞めてる気がしないでもないけど、一応パンの在庫はそこそこ焼けたし大丈夫でしょ……」

こうして、アマーリエの自分も含めた無差別の容赦のなさが、遺憾なく発揮される事態へとあいなったのである。


アマーリエが商業ギルドで騒動の種をまた新たにまいていた頃——。

神殿についたアルギスは神殿の広場にいた老神官に抱きついてむせび泣いていた。

「あ、あ、あ、ヴァレーリオ様！」

「うぉ⁉」

「ありゃなんですかいの？」

アーロンがアルギスとヴァレーリオを指差して南の魔女に聞く。

「ああ、アルギスさんが神官下っ端の頃、お守りしてたのがヴァレーリオなのよ。アルギスさんのおじいちゃんがわりみたいなものね」

「なるほどの」

「昨日はぁ、居なかったのよね～？」

昨日、南の魔女とアルギスが神殿に来たときには年若い神官が居ただけだった。朝も、その神官が居ただけだった。

「おいこら、首が締まるだろうが！　離れんかい、アル坊！」

でかい図体でがっしり組み付かれたヴァレーリオは抜け出そうともがきながら喚く。

「あ痛！」

ヴァレーリオにげんこつを落とされ引き離されるアルギス。

「おひさぁ～、元気ぃ？　ヴァリー」

「よう、南の！　お主も相変わらず元気そうだな。いくつになった？」

「あぁん？」

今にも上級魔法をぶちかましそうな南の魔女にシルヴァンが慌てて距離を取る。エルフと巨人族のハーフである南の魔女に歳を聞くのはご法度なのである。

「……グスッ、生きてらっしゃったんですね」

「勝手に殺すな、バカモン！」

「ヴァリーって帝国の今の神殿長から更迭されただけじゃぁないの？」

「そうだ。今は此処の神殿長だぞ」

「なんでアルギスさんは、死んだと思ったのぉ？」

南の魔女が首を傾げてアルギスを見る。

「今の神殿長にもう今生では会えませんなって言われたんだ」

「あー、大陸の端っこにまで追いやったからァそう言ったわけねぇ。まさか皇帝陛下があなたをぉこっちに隔離するとは思わなかったんでしょぉ。このジーサンはしぶといからあの神殿長程度じゃ殺れないわよぉ」

「……なんだ。泣いて損しました」

「おまえ、相変わらず泣き虫のくせに言うようになったな？」

「うーん、リエのせい？」

「人のせいにしよるな！　バカモン！」

「痛っ！」

「違うわよぉ、ヴァリー。対等に言い合える存在が出来たってことよぉ」

「なんだ、そうか、殴ってすまなんだな」

「殴られ損ではないですか」

イタタと頭を抱えるアルギスに、一応、回復魔法を試みるシルヴァンだった。

「ところでヴァリー、昨日はどこに？」

「隣の村にな。留守番を頼んだやつはもう村に戻ったぞ」

「あら、そうだったのぉ」

「オン！」

愛想よく尻尾を振るシルヴァンに、視線が集まる。

「あぁ、シルヴァン」

「何だぁ、そのもふもふは」

手がワキワキしているヴァレーリオに危険を感じたシルヴァンは、南の魔女の側に引っ付く。

「新しいパン屋のお嬢さんの従魔じゃよ」

「は？　今度のパン屋はテイマーなのか？」

「いえ、パン屋がたまたまテイムしただけです」

「はぁ⁉　パン屋が魔狼をテイムするとか常識はずれなこと言うなよ？」

常識はずれなのではなく、面子が濃すぎて常識のほうが恥ずかしがって逃げていくだけなのだ。

「嫌だ、ヴァリー。歳取って頭固くなったんじゃないのぉ？」

「わしゃ、お主より遥（はる）かに若いわ！」

「うるさいー！　それからこの子は、ちゃんとパン屋の娘がぁテイムしてるから。それをあなたにスキル鑑定してもらうために来てるのよぉ」

「それでその肝心要のパン屋の娘っ子は？」

「シルヴァン、道大丈夫ぅ？」

バッチリと言うように尻尾をピンと立てて返事するシルヴァンに南の魔女がデレる。

「そぉ！　じゃぁ、迎えに行ってきてちょうだいなぁ」

一声鳴いて、来た道を駆け戻るシルヴァンに、目を丸くするヴァレーリオだった。

「なんでお主の言うことを聞くんだ？」

「あの子は基本、その場に居る、パン屋の子の信用がある強い人の言うことを聞くの。ちなみにアルギスさんじゃ言うこと聞くかどうか状況によっては微妙なところね」

引き合いに出されたアルギスが弟分扱いされたことを思い出し苦い顔をする。

「はぁ～、わしの常識がどっかにとんだぞ」

「ふんっ。常識なんてコロコロ変わるもんよぉ」

「お主みたいに長生きなら余計にだな！」

「歳のことは言わないでくれるぅ？」

「はいはい。とにかく中に入りませんか」

アルギスに促されて高齢集団は神殿の中へ入った。

商業ギルドの側の玄関についたシルヴァンがアマーリエに念話を飛ばす。

「ん、シルヴァン戻ったか。メラニーさん戸締まりいいですか？」

「大丈夫です、後は表の扉を閉めるだけです。宿の方の玄関から出ましょう」

「じゃあ、うちの子が迎えに来てるから入れていいですか？」

「どうぞ。ついでに閉めちゃいますから」

アマーリエはシルヴァンを入れ、メラニーは表の扉に閉館中の札を下げ鍵を閉めた。

「お迎えご苦労様。はい、昨日の隠形付きの塩揚げ鶏」

「オンオン！」

ご褒美をもらってごきげんなシルヴァンだった。

「隠形付きって⁉」

「食べます？　普通に居ると、影が薄い感じなんですけど。物陰に隠れたらわかりません」

「そう言えば、最初に会ったときより、シルヴァンちゃんの存在感が薄くなったような？　私も一個下さい」

「どうぞどうぞ」

「ん！　美味しいこれ！」

「オン！」

シルヴァンが同意するように鳴く。

「じゃあ行きますか」

シルヴァンを先頭に二人は宿屋の方の玄関から神殿に向かう。

「神殿て北ですよね？」

「ええ、パン屋の前の通りをまっすぐ北に行くと神殿前の広場につきますよ」

「なるほど。これで村の中の用事のあるところは大体の位置を把握したかな」

「領都はもっと広いんでしょぅ？」

「まだ、行ったことのない場所もありますよ。メラニーさんが、この儲(もう)け話に絡んだら領都に出張とかあるかもしれませんね」

「それは楽しみ！　薬草園に用ってなんですか？」

「アーロンさんのところで売ってるダンジョンのアイテムを今日見たんですけど」

「ああ、価値のわからないものですね。うちでも持ち込みのものを鑑定するんですけど、まるっきり価値がわからないものが多いんですよね」

　メラニーがあのダンジョンのアイテムは曲者(くせもの)が多いとアマーリエに話す。

「へ～変なのが多いんだ。で、その中の植物の根っこが結構価値があるんですよ。香辛料、薬剤、染料に使えるんです」

「え、それどれも希少価値が高いものじゃないですか」

「そうなんですよね。ダンジョンの物は魔力が付いてるからさらに何か効果が付きそうなんですけど。他の魔物の素材を染めたらなんか付加効果とか付きそうだし」

「ふむふむ」

「でも、魔力付きだとさらに希少価値が高くなって、庶民じゃ手が届かなくなります」

「確かに」

アマーリエの話に頭のなかで計算しながらメラニーが頷く。

「普通に栽培できたら、手に入りやすくなるでしょ。魔力は付かなくなるかもしれませんが」

「あーそうですね。それで薬草園ですか」

「ええ。私が下手にやるより専門家に任せたほうが、早いし確実でしょうから」

「うんうん。それでアーロンさんはどう絡んでくるんです？」

「各国にお店をお持ちですから、それぞれの国でも栽培してもらうのと流通と商品開発ですね。いろんな職人さんや各神殿、薬師の方とお付き合いありそうですから商品化が早く進むかなと」

「そうですね。うちは？」

「ダンジョンから出る魔力付きのものを扱う方向で。稀少性が高いでしょうから。あとは元になる植物の管理ですね」

「それは大事ですね。わかりました」

「ま、そういったお話を神殿でまとめてやっちゃおうかなと。神殿で薬効に関してきちんと調べて貰う必要がありますし。商業ギルドはメラニーさんが居るので面子立ちますし。後はゲオルグ様が戻ってきたらいろんなことの調整してもらったりとかする感じです」

「なんか楽しみです！」

「ええ、頑張りましょう」

メラニーはこうして底なし沼に引きずり込まれていくのであった。

アマーリエ達が神殿に着くと、すでに銀の鷹も居て、ヴァレーリオにスキル鑑定をされていた。皆一様に首をひねっている。

「お待たせしました～」

「おっ！　来たな、リエ。シルヴァン連れて早くこっちに来い！」

　ダリウスがアマーリエに気づいて声をかける。

「？　はーい。メラニーさん、すいません。シルヴァン行くよ」

「オン！」

　アマーリエはメラニーに断りを入れ、大きな水晶玉の様なスキル解析用の魔道具のところに行く。

「ほら！　リエもシルヴァンも早くスキル鑑定してもらって」

　マリエッタに急かされながらも、魔道具の側に居たヴァレーリオの神官服を見て、アマーリエが挨拶する。

「初めまして、神殿長様。新しく来たパン屋のアマーリエ・モルシェンです。こっちがテイムした魔狼のシルヴァンです」

「おうおう、よろしくの。わしが此処の神殿長のヴァレーリオだ。待ちかねておったぞ。ほれ、魔道具に手を置くんだ」

　アマーリエは素直に水晶玉に手を置く。

「その次に、シルヴァン、お主もだぞ」

　ヴァレーリオの眼力に、一声鳴いて腹を見せるシルヴァン。

「な⁉　わしにまでテイムスキルが生えたではないか⁉」

「ヴァレーリオ様ずるい！」

「アル坊は黙っとれ！　ほれ、アマーリエ、お主のスキル解析書だ。読んでみろ」

　そう言って、ヴァレーリオは魔道具から出てきたスキル解析された白紙の紙を、アマーリエに手渡す。アマーリエは手渡された紙に魔力を通す。すると、文字が浮かび上がる。これは、解析された本人しか読めない仕様になっているのだ。自身が感知できるスキルの詳細をこの解析紙から読み取ることができる。テイムされた従魔に関してはテイマーが読むことが出来るようになっている。

「いつも思うんですけどこの魔道具不思議ですよね～？」

「これは、創造神様から贈られる魔道具だからの」

「え？　そうだったんですか？」

「おう。帝国の神殿が総本山でな。最古のスキル解析の魔道具がある。新たに神殿が建つとその魔道具から新たなスキル解析の魔道具が出てくるんだ」

「はじめて知りました」

「おう、ほとんど誰も知らんだろ」

「えっ⁉　それ聞いちゃまずいことなんじゃぁ」

アマーリエの言葉に周りの人間も頷いて同意する。

「いや。不思議に思う者が居たら、そう答えることになっとるぞ」

「そう答えるって、じゃあ真実かどうかわからないんですか？」

「調べられんからな」

「？」

「調べようとこの魔道具を鑑定すると拒絶されるし、しばらく魔力が使えんようになる」

「うわー。って神殿長様は調べたんですか？」

「おう。アマーリエ、様はくすぐったいからいらん」

「あ、はい」

「あんたも魔法バカじゃァないのぅ」

思わず南の魔女が突っ込む。

「ほっとけ。ほれ、シルヴァン次」

シルヴァンは台座に前足を片方引っ掛けるように伸び上がり、もう片足で水晶に触れる。しばらくすると紙が出てくる。

「ほれ、アマーリエ読めるか？」

「え、魔力通せばいいんですよね？」

「ああ」

「……通らないんですが」

白紙の紙を首をひねりながら、アマーリエは答える。

「む、やはりおかしなことになっとるな。お主、自分の解析紙のテイムの項目きちんと読んでみろ」

「え、あ、はい。……友誼(ゆうぎ)？？？」

その言葉に、テイムスキルが生えた面子はそれぞれ難しい顔をしたり、呆(あき)れた様子をする。

「今までにない状況だな。さて困った。どうしたものか」

「実験するしか無いでしょぉ」

「魔女様、私、いまいちよくわかってないんですが」

「スキルの公開なんて基本的にしないもんなんだけどぉ、今回はもうしょうがないわねぇ。シルヴァンがテイムスキルを生やした人にはぁ、テイムスキルのところにシルヴァン【降伏状態】ってあるのよねぇ」

「降伏ですか」

「そうなのぉ」

「わしも、見とかねば」

　ブツブツ言いながらヴァレーリオも解析し始める。

「……わしも降伏状態だな。普通はな、アマーリエ。服従なんだ、テイマーと従魔の関係は。つまり、テイマーの言葉は従魔にとって絶対なんじゃ。友誼は、まあ言葉通りだろう。お前さんがなにか言っても、必ずしもシルヴァンが言うことを聞くとは限らんだろうな」

「あ、そうか」

「うむ。問題は降伏の状態がどういうことかと、結果としてシルヴァンをきちんと管理できるかどうかわからんということなんじゃ」

「あー、私だと普通に犬や猫を飼ってる状態ってことですね」

「ああ。躾がされておらなんだら、嚙み付いたり引っ掻いたりするだろうな」

「ということでぇ、降伏状態がどういうことかきちんと調べるわよ。はっきりさせとかないとシルヴァンを鎖で繋がないといけなくなるわぁ」

「あーそうですよね」

「それじゃぁまず、皆あっちに一列に並んでぇ、シルヴァンはここで待てよぉ？」

「オン！」

「わ、私もですか？」

　理解の追いついていないメラニーが南の魔女に確認する。

「お嬢ちゃんは一般人枠参加。アルギスさん達スキルの生えて無い組も参加よぉ。あらゆる可能性を調べなきゃぁ」

そんなわけで、南の魔女指導の元、皆ぞろぞろと祭壇の前に一列に並んだ。

様々な条件下でシルヴァンが試され、結果として人懐こさが証明されただけだった。

最後に南の魔女に言われるまま、皆が強い意志を見せシルヴァンを呼ぶ。するとシルヴァンは南の魔女の前で腹を見せて降参のポーズを取る。場の中で一番誰が強いのか判明した瞬間だった。

「魔女様、シルヴァンにやっちゃいけないこと言い含めといて下さい」

あっさり南の魔女に躾を頼んだアマーリエだった。

「……そうねぇ。シルヴァン、い～い？　嫌な感じの人にはぁ、大人でも子供でも近づいちゃダメ。あなた反撃したら問題になるからぁ。いい？」

「オン！」

「美味しいものをあげるって言われてもダメよ？」

「ブフッ」

その瞬間グレゴールが吹き出す。グレゴールにじろりと視線を飛ばして、シルヴァンは南の魔女に大丈夫と深く頷いて返事をする。

「あと、あんたを怖がる人間を面白がって追いかけ回しちゃダメよぉ？」

「オン！」

「何かあっても反撃しないでぇ、リエや降伏した人のところに助けを求めに行くことぉ！」

「オン！」

「はぁ、あなたやっぱりお利口さんねぇ」

そう言って魔女はシルヴァンを撫でくり回す。ダリウスが羨ましそうに見て、つい意思を込めてシルヴァンを呼ぶと、シルヴァンはダリウスの傍に行きお腹を見せて、撫で回されている。

「ほんとにわかっておるのか？　あれは？」

シルヴァンの状態を見て首をひねるヴァレーリオ。

「わかってますよ。リエに脅されたら南の魔女様の後ろに隠れてましたから」

「アルギスさんが尻尾握ったら、南の魔女様の後ろに隠れてましたから、わかってると思います」

アルギスとアマーリエは同時にヴァレーリオに答え、ムッとした表情でお互いを見合う。

「そうか。なら、シルヴァンは村の連中が慣れるまでは一匹で行動させん方がいいな。村の連中にも通達しとかねばな。特に子供らに無茶をするなと、言いつけておかんと」

「よろしくお願いします。あ、今ここにいる人で一番強いのが南の魔女様って判明しましたけど、ゲオルグ様や東の魔女様が居たらどうなるんだろ？」

「それは、いらっしゃった時に試せばいいんじゃないの」

アマーリエの言葉にマリエッタが答える。

「ゲオルグ様は一応お呼びしたんですよね、ここに」

「ああ、薬草のお話ですね」

「お～い、皆で何をしておるんじゃ？」

「お、噂をしたら影！」

中に入ってきたゲオルグ達がアマーリエ達に声をかけた。

「……シルヴァン？　あなた存在感が薄くなっていませんか？」

ゲオルグの後ろに居た東の魔女が小首を傾げる。

「……言われてみれば？」

ボソリと呟くベルンだった。

「さっきマジッククェイルの塩揚げ鶏をご褒美にあげたんですよ。隠形効果がつくんですよね」

「なんじゃと⁉」

「隠形ですか！」

アマーリエの言葉にグレゴールが思い切り食いついたが南の魔女が手を振って答える。

「ま、それはまた後でねぇ。今、最優先はシルヴァンなの。申し訳ないんだけどぉ、シルヴァンからテイムスキルを生やされたゲオルグ殿達は、シルヴァンに来いって命令してちょうだいなぁ」

東の魔女様最強伝説が、確立した瞬間であった。

まあもっとも、爺様世代にはさもありなんという納得の頷きがあったらしいが。アマーリエは詳しい話を聞きたいと思う好奇心を本能でねじ伏せてお口にチャックした。


シルヴァンの問題が一段落すると、アーロンがゲオルグに声をかけた。

「いやぁ、大将久しぶりですのぅ」

「アーロン！　もう来ておったか！　そなた、こんな鄙びた場所で隠居しようとか酔狂じゃの」

「なかなか面白いもんですぞ」

アーロンはちらりとアマーリエを見る。それを見てゲオルグがため息を吐きながら言う。

「そりゃ、この騒動の種がそばに居れば、暇なんぞしとる場合じゃないがの」

ゲオルグに指さされたアマーリエは、今からまた巻き込むのでごまかし笑いを浮かべる。

「ははは、そうですのぉ。昨日は宿屋の食堂で、それ、その隠形がつく食べ物だ。今日はわしの店でやらかしおって、他に温泉だったかの？　それも気になるんで、一枚噛ませてもらいますぞ。息子を呼んで構わんですかの？」

　にこやかに告げるアーロンにゲオルグが片手で顔を覆い、もう片手で了承を示した。

「ほほっ、大将も楽隠居ならずといったところですのぉ」

「言ってくれるな」

　爺様二人の会話をよそに、東の魔女がアマーリエに声をかける。

「まぁ、アマーリエ。アーロンさんの所で何を見つけたの？」

「東の魔女様、香辛料や薬、染料に使える植物の根です。正しくは根茎？」

「あらあら、それは凄いわね。染料が気になるわねぇ。護符を作る時に使えそうかしら？」

「気になります？　東の魔女様も混ざりましょうよ。関係者は多いほうが面白いですから」

「ちょっ、関係者って俺達もか？」

　ダリウスが焦ったように声を上げる。

「ファルさんは必須ですね。神官だし、薬師でもありますし。銀の鷹の皆さんは冒険者ということで、この植物の収集をお願いすると思います、多分。もし染料が護符にも使えそうならマリエッタさんも食いつきそうですし」

　膝から崩れ落ちたダリウスを慰めにシルヴァンが近寄っていく。

「まあ、面白そうよねぇ」

　マリエッタは魔法バカらしく、アマーリエに乗ってもいいと考えている。

「そんなわけでヴァレーリオ神殿長、すみませんが皆で話し合える場所がほしいんです。アッカーマンさんとこの薬草園の責任者の方もお呼びしたので、その方の分の席もほしいです」

「遅くなってすみません！」

ブリギッテが中年男性の手を引いて神殿の中に駆け込んでくる。

「あ、来た来た。ブリギッテさん！　大丈夫ですよ、ちょうど今揃（そろ）ったところですから」

「ふむ、この人数なら食堂が良かろうな」

そう言うとヴァレーリオは、皆を神殿の食堂へと誘った。

ちなみに、温泉計画のためにこの場へ足を運ばなかった、商業ギルドのギルド長とベーレントは、あとでメラニーから報告を受けて歯噛（はが）みしたとかしなかったとか。


「うわ～広い食堂！　ここ田舎なのに神官さん、沢山居らっしゃるんですね。食事作るの大変そう」

食堂に入ったアマーリエは中を見て感嘆の声をあげる。百人は余裕で入りそうである。

「いや、今はわしとアルギスだけだ。おまけで南の魔女殿が泊まるがな」

「んっまぁ！　おまけですってぇ⁉」

「「は？」」

アマーリエの感想にヴァレーリオが答え、そのあり得ない答えにアマーリエとアルギスが目を剥（む）く。ヴァレーリオは騒ぐ南の魔女を無視している。

「こんな広いところに神官二人って⁉」

「今朝までいらっしゃった方は⁉」

「ありゃ留守番を頼んだんだ、もとの任官地に戻ったわ。神官の数が少ないのは、帝国中央神殿の神殿長の嫌がらせだの。まあ、もっとも常時でも十人ほどしか常駐しとらんぞ、この神殿は。広いのは魔物の暴走（スタンピード）なんかの有事の際のためだわ。広いこの神殿を掃除すると浄化魔法が上手（うま）くなるぞ

～、アル坊」

どうやら、ヴァレーリオは一人でせっせとこの広い神殿内の掃除をしていたようだ。

他に居た神官達は魔力溜まりの探索という名目で、それぞれ別の場所へと帝国神殿長から移動命令が出て、それに仕方なく従ったのだ。もっとも帝国の神殿長が失脚したらすぐ戻ってこられるよう根回しは済んでいる。

神殿の総本山は帝国の中央神殿ではあるのだが、今では各国の中央神殿がそれぞれの神殿を統括するようになってしまっている。

そして、本来なら帝国皇帝が祭祀の長であり、神官の長であるのだが、何代か前の皇帝のヘマによってその権限が帝国の中央神殿の神殿長に移ってしまっている。

「えっ、いくら神殿が独立組織といえども、それ外交的にまずいんじゃ？　魔物の暴走とか二年後にあるんですよね⁉　回復する人が居ないと大変なんじゃ？」

思わず突っ込むアマーリエ。

「おう、まずいぞ。頭越しに異動命令を出されて王国の神殿がブチ切れそうだが、王様が抑えてるところだ。わしも一応、王国の中央神殿長には静観しておくようにと返事をしておるがな。帝国の神殿長はまずさに気が付かん残念なオツムの出来なんだ。そのくせ、狭い範囲の政治力には力を発揮するから質が悪い」

さして差し迫った様相も見せずにやりと笑うヴァレーリオに、アマーリエはやんごとなきお方の差配に懸かってるのかと腹落ちした。

「……あんちゃん大変そうですね」

「……早くコメの栽培方法確立して帰らないと」

最愛の兄が関わると思考が鈍るアルギスは、顔が青ざめている。

「大丈夫だろ。証拠集めて物理的にアヤツのクビが飛ぶだけだ。お主の兄は有能だからの」

「心配なんです！」

「お主のほうが余程心配だろ、泣き虫小僧が。頼まれた仕事はちゃんとやれんのか？」

「うぐっ、やり抜きますとも！」

「アルギスさん。今からする話は帝国にも利益ありますよ。参加してくださいね～」

深呼吸してアルギスは意識の切り替えを図った。

「さて、お集まりいただき感謝します。まずは、現物をお見せ致します」

そう言って、アマーリエはテーブルの一つに皆を呼び集める。アイテムリュックから手に入れた鬱金（うこん）の根茎をテーブルに置く。

「これが、鬱金と言いまして香辛料、薬剤、染料に使えます。今回は買っていませんが、もう一つ似た種類で姜黄と言うのもありまして、そちらも薬効があります。そちらからは精油成分がとれます。えーっとダンジョンの四階層の手前の部屋から出るそうです」

アマーリエの言葉にアーロンがウンウンと頷く。

「ふむ。それでお主がここに皆を集めた理由は？」

ヴァレーリオがアマーリエに聞く。

「それぞれにお願いしたいことがありまして」

「わしは調整役じゃの？」

ゲオルグが頭痛を堪えるように眉間（みけん）を揉（も）む。後ろに控える二人の護衛も深いため息を吐いている。

「エヘッ、お願いします。私が仕切るより大隠居様が仕切るほうが話が早いんで、ね？」

「やること増やしすぎじゃ！」

「適当に人を見繕って役割分担お願いしまっす！」

「かーっ。そうそう人は育たんのじゃぞ！」

「習うより慣れろです」

「職人の台詞じゃの！」

「は～い、生粋のパン職人ですから」

軽い調子で頼むアマーリエに、ゲオルグのこめかみに青筋がたつ。魔物の退治などで武官は多くいるが、安定してきた現在、アマーリエのせいもあって辺境伯領には文官が不足しているのだ。

「リ～エ～」

「まあ、ゲオルグ殿そうカッカなさらずに。私もお手伝いいたしますわ」

「東の、すまん」

「それで、ダンジョンから出た鬱金ですが、これの流通管理はここの商業ギルドにお願いしたいです。メラニーさん？」

「はい！　任せてください。買い取りと流通先の管理ですね。他に何かありますか？」

「村の染色職人さんに、ダンジョンから出た鬱金で染を試してもらって下さい。何か支援効果が付く可能性もありますから」

「わかりました」

「香辛料としての使い方は私が責任を持って確認しますので」

「承りました。出来たらその香辛料もうちで流通を取り扱いたいのですが」

「ダンジョンから出たので作った物に関して、支援効果が出た場合はお願いしたいと思います」

「任せて下さい」

「アッカーマンさん。初めまして、私パン屋のアマーリエ・モルシェンと言います。これからよろしくお願いします」

「はじめまして。ブリギッテの父親のチャールズです。それでうちは？」

「村での栽培をお願いしたいんです。ダンジョンから出る鬱金は料理に使うと支援効果が付く可能性があって、うちのパンにそれを使うのもどうなんだろうかと思いまして」

「パンに使うんですか？」

「パンそのものにではなく、中に詰める食材に使います。他にも食品の染料としても使えるのでそのあたりはぼちぼち」

沢庵を漬ける気満々のアマーリエだった。

「なるほど。ウコン？　でしたか。それの生育環境がわかると嬉しいのですが」

「それは私達、銀の鷹が調べます！」

ファルがまっさきに手を上げて主張する。

「銀の鷹の皆さんが？」

チャールズが驚いたように声を上げる。

「コメの方もですが、ウコンの方も調べてきますね。あと、元になる植物も必要ですよね？　採取してきますから。チャールズさんでしたか、なるべく早く調べてきますから」

ファルの言葉にチャールズが力強く頷く。

「ま、そうなるよな。いいぞ。ただ、それを採集してきた冒険者も噛ませてやれ。冒険には金が必要だからな」

ベルンが苦笑いしながらフォローを入れる。

「あ、ベルンさん、皆さんすみません、勝手に」

銀の鷹のメンバーは気にするなというように笑ってファルを見る。

「わかりました。アーロンさん、鬱金を持ってきた冒険者の方紹介して下さい」

「おう、明日には戻ってくるじゃろ」

「この香辛料、ベルンさん好みの美味しいものになりますから！　採集の方もついでいいのでよろしくお願いします」

「わかった！」

「美味しいものなのかのぅ？　この生姜(しょうが)のような見た目のやつが？」

「大隠居様も好きかも」

これまでのゲオルグの食の好みを考えてアマーリエが答える。

「しょうがないの、しっかりやるんじゃぞ」

ゲオルグの後ろの二人は顔を背けて笑いをこらえている。

「はい。アーロンさんは、各国に住む染色職人さん、農家の方の伝手を使っていただいて商品の開発と生産の方をお願いしたいんです。流通量が増えないと安くならないですから」

「アッカーマンさんのところである程度栽培方法が確立してからにしたほうが良さそうだの。栽培レシピと栽培できた物を購入しようかの。それからだの」

アーロンの話にブリギッテの父親の手に力が入る。

「それでわしは、薬効の方か？」

「はい。ヴァレーリオ神殿長を始めファルさんやアルギスさん、この村の薬師の方には薬効の確認をお願いしたいです」

「ちなみに期待できる薬効は？」

「えっと、肝の機能の向上です。ただ副作用もありまして、肝臓がすでに何がしかの病気にかかってますと無理やり肝臓を働かせることになって逆効果になるんですよ。摂取しすぎないのが一番なんですけど、これはどんな薬にも言えますから」

「まあ、そうだな。薬は毒になる。毒もまた薬になる。さじ加減だ。解った、調べよう」

「あとは二日酔い防止です。飲む前に摂取するとお酒の消化が良くなったはずです」

「それは素晴らしい！」

完全やる気になったゲオルグであった。

「大隠居様！　飲み過ぎはダメです！」

「わかったわかった」

「お願いしますよ～。それで使い方なんですが、普段からの薬としてですが、生姜と同じでおろしてお湯割りや水割りして飲みます。飲みにくい場合ははちみつを混ぜたりします。薄切りにしてお酒に付けたもの、乾燥させて粉末にしたりと、用法は色々です」

「ふむ、ならばそれぞれでの状態で効能がどうなるのかも調べんとな」

「はい、お願いします。香辛料の方ですが、粉末にして使います。他の香辛料と混ぜて使うことがほとんどですが、単品で食材に色を付けたりします。米を黄色くしたりとかですね。それはこれから私が頑張ります。ただ、ダンジョンから出た鬱金がどんな支援効果を出すのかが心配で……」

「昨日もやっちゃったもんねぇ」

南の魔女が面白そうに笑いながら突っ込む。

「魔物の肉調理してたら隠形付いちゃって、下手なことが出来ないってしみじみ思いましたんで」

「それじゃ。何を食べたらそうなったんじゃ？」

ゲオルグは普段より気配が薄くなっているシルヴァンを見て首を傾げる。

「普通のマジッククェイルよりも大きなやつを塩揚げ鶏にしたら、隠形の支援効果が付いちゃったんですよ。使ったお肉が特殊個体のだったのか、調理方法のせいだったのか、料理人のせいなのかわかんないんですよねー。一番高い可能性は特殊個体だと思うんですけど、調理方法も可能性がありますし。二人で一緒に料理したからそのせいかもしれないし」

「それはぁ、またねぇ。料理長さんと放浪の料理人？　の彼も一緒に実験しましょうかぁ」

「ですよね。自分でやること増やしてる気がする～。なるべく他の人に丸投げしようっと」

「芋っ娘！　あんたねぇ！」

「えへへー、私、パン屋ですから！」

「リエ！　その塩揚げ鶏食べたいぞ！」

「いいですよ～。はい、ダフネさん」

リュックから塩揚げ鶏を取り出してダフネに渡すアマーリエ。早速一口で頬張るダフネ。

「んぐ、んっ！　美味い！　隠形がついた！　シルヴァン！　今から隠れんぼだ。どちらが上手く隠形を使いこなせるか勝負だ！」

「オン！」

「神殿内のみでやるぞ、来い！」

あっという間に一人と一匹の気配がなくなる。突然始まった隠れんぼに周りは唖然呆然(あぜんぼうぜん)である。

「すみません！　ほんと申し訳ない、うちのダフネが！」

真っ先に我に返って、平謝りを始めるベルン(おかん)だった。

「いや、シルヴァンも乗っちゃいましたから、止められなかった私のせい？」

「友誼(ゆうぎ)を結んでるあんたじゃ、無理でしょうが」

マリエッタが呆(あき)れたように言う。

「いいじゃありませんか、楽しくスキルの効果を実験できて。二人に任せましょう」

「東のぉ、甘いわよぉ」

「大事でしょ？　効果」

「はぁ。それでぇ、グレゴールあんた、ダフネとシルヴァンの気配、辿(たど)れそう？」

おっとり言う東の魔女をジト目で睨(にら)んだ南の魔女は、グレゴールに話を振る。

「え⁉　俺ですか？」

「索敵はあんたの分野でしょうがぁ」

「は、はい！　……一瞬捉(とら)えられる時がありますが」

慌てて気配察知のスキルを使って気配を探るグレゴール。が、眉間にしわがより始める。

「隠形を意識して解いてる時ねぇ。隠形を意識して使ってる時は難しいってことねぇ」

「そのようです」

疑問に思ったアマーリエが南の魔女とグレゴールに質問する。

「普通の隠形スキルだと、発見された時点で隠形の効果は切れるんですか？」

「相手に認識された時点で切れるよ、普通」

グレゴールが何言ってるんだという表情でアマーリエを見る。

「魔女様、昨日の隠形、鐘一つ分継続しっぱなしでした。これ食べ物の支援効果だからですか?」

「あー……変よねぇ」

目が虚ろになる南の魔女だった。話を聞いている他の魔法職達も首を傾げている。

「あはははー。私は、専門外なんで考えるの放棄していいですか」

「考えなくていいわよぉ。ただぁし！　料理手伝ってもらうからぁ。任せたわよぅ。でもぉこっちは、考える方ねぇ。はぁ、この食べ物の支援効果とスキルの支援効果、魔法の支援効果の違いをきちんと調べ直さないとダメねぇ。研究してる子、居ないかしらぁ?」

「一応、魔法ギルドに問い合わせましょうか。それに研究する者が他に居てもいいじゃないの。南の、あなたもやれば?　この所、暇だ暇だが口癖だったでしょ」

うふふと笑って口元を押さえる東の魔女を南の魔女がじろりと睨む。

「東のぉ、それ長命種に対する皮肉なのぉ?」

「人より長生きなんですもの。やることいっぱいある方が飽きなくていいでしょ」

「やってやるわよぉ！　こんちくしょう！」

「リエ、すぐに料理に隠形効果がついた理由を調べるんじゃ。調理した素材のせいなら問題なし。調理のせいならその調理をしないようにすればいいがの、料理人のせいならここに永住じゃぞ」

考え込んでいたゲオルグが、難しい顔で発言する。

「え」

「暗殺者に、こんなもん食わせられんじゃろうが！　料理人のせいとなったら、そなたまた様々な場所から追い掛け回されるんじゃぞ」

「ごもっとも」

「よぉっし！　芋っ娘！　今から商業ギルドの宿屋の厨房借りてまとめて実験やるわよぉ！　どうせ客はそこの二人なんだものぉ！　厨房借り切ったって問題ないわぁ！」

拳を振り上げて宣言した南の魔女に、アマーリエが速攻でツッコミを入れる。

「えええええ！　今からって⁉　私、パン屋の開店準備！」

「死に物狂いでやんなさぁい！」

南の魔女の言葉に思わず机に突っ伏すアマーリエ。

「アマーリエさん大丈夫？」

アマーリエの様子に慌てて助けに入るブリギッテ。

「ダイジョバナイ。ブリギッテさん、開店の日にもう最低二～三人は人手が欲しいです。短時間で交代も構いません。単純計算が出来る人なら問題ないです。集めてもらってよろしいですか？」

「わかった、任せといて。店番ならほとんどみんな出来るし。手が空いてる人駆り出すからね！」

「お願いします～。できたら明後日の午後に集まって、開店当日どう動くのか相談しましょう」

「うん。大事よね。絶対、開店の日は人が多いと思うの。うちの村って他に娯楽無いんだもの！」

「……娯楽なのか。ですよね～」

「うん！　頑張ろうね！」

娘二人、互いの両手を握りあって気合注入である。周りはそんな二人を微笑ましげに見ている。

「ほれ、隠形の話はギルドの宿の厨房で続きをするとして、ウコンの話の方じゃ」

毎度のこととあっさりゲオルグが話を元に戻す。

「はい～。手元に鬱金は五つあります。私は二つあれば問題ないので三つをどうしましょ？」

「ダンジョンから出たものとしてまずは、ヴァレーリオに二つ渡して薬効を調べてもらえばいいじゃろ。一つは商業ギルドから染色職人へ。銀の鷹にはわしから指名依頼を出して栽培環境を調べてもらおうかの。採集してきた冒険者も一緒に行けばどこで採集したかわかるじゃろ。ついでに、採集も頼んどけば良い。銀の鷹はそれでいいかの？」

「ええ、うちは問題ないです。相手次第ですね」

ベルンが頷いて承諾する。

「うむ。アーロン、あとで採集してきた冒険者を教えてくれ」

にっこり笑ってアーロンが了承する。

「それでじゃ、栽培に関してはわしからアッカーマン薬草園へ栽培依頼を出そう。確立した栽培レシピは領名義で登録、栽培者名をそなたらで登録で良いかの？　栽培に掛かる資金も出すゆえ。そのほうがそなたらの身の安全も守りやすいからの」

「はい、そのようにお願いします。ありがとうございます、大隠居様」

「栽培できれば色々助かる者が増えるからの。頼んだぞ？」

「はい！」

「それで、商業ギルドのほうじゃが冒険者ギルドに常時依頼を出して採集を頼むように。買取価格については低めに設定しておいて、徐々に価格を上げるようにすればよかろう」

「わかりました、その方向でギルド長と相談いたします。集まったウコンはまずは神殿と染色職人に流す方向でよろしいですか？」

「ああ、そうしてくれ。銀の鷹が生育環境を調べてからアッカーマンの方に卸すようにな。代金はわし宛にしてくれ」

「はい、畏まりました」

話が一区切りつき、アマーリエがアーロンから聞いたダンジョンの四季に別れた階層の話をする。

「そうなんですか！　それなら短い時間で調べることが出来ます！　アルギスさん良かったですね、早く調べが付けばお兄様のもとに帰れる日が早くなりますよ」

ファルが手を打って喜びアルギスに話しかける。

「ああ、そうだな。私も一緒に潜るから、よろしく頼む」

「ええ、もちろんです」

「栽培法が確立したら、そっちの方の薬効の確認も頼むぞ、ヴァレーリオ」

「おう、任せとけ」

「それで、アマーリエの言う香辛料の方だが」

「取り敢えずは、魔女様を手伝って食事から付く支援効果の実験を先にします」

「どうせじゃ、その香辛料の方も何が付くかわからんのじゃ。一緒にやってしまえ」

「わかりました。なんとかします。初日に売るパンの種類を減らせばなんとかなるはずですから」

がっくり項垂れながらアマーリエがゲオルグに答える。

「よし、ウコンについてはまとまったかの。それじゃあ、一度解散じゃの」

「オンオンオン！」

皆がゲオルグの言葉に頷いているところにシルヴァンが駆け込んできた。アマーリエの側にピタリと引っ付く。

「あ、シルヴァン！　戻ってきた。隠形が切れたのか」

「リエ！　この隠形なかなかいいぞ！」

「ダフネぇ？　あとで効果についてゆっくりお話しましょうねぇ？」

すかさずダフネの後ろ襟首を掴んで、オハナシする南の魔女だった。

「う、わかった南の魔女様」

掴まれたダフネは耳と尻尾がピンと立ってしまっている。

「ダフネ！　いきなり神殿の中で鬼ごっこなんか始めるんじゃない！　シルヴァンもだ！」

躾が大事とばかりにベルンが雷を落とす。

「ハゥ、済まないベルン。つい気になってしまったんだ」

「キュゥ」

うるうるした目で見つめられ、ベルンはつい許しそうになるがぐっと堪えてしかめっ面を続ける。

「まあまあ、ベルンさん、落ち着いて。ダフネちゃんもシルヴァンも反省してるわよね？」

「もちろんです！」

「オン！」

ダフネとシルヴァンは調子よく東の魔女の助け舟にしがみつく。それぞれのわかりやすい尻尾と耳の動きに、ベルンは頭痛を堪えるようにこめかみに手をあてる。

「それじゃ、お開きにするか。アッカーマンはいきなり呼び出してすまなんだの」

「いえいえ、私どもも新しい薬草の栽培は期待してます。先々代様、御前失礼致します」

ブリギッテがアマーリエに話しかける。

「アマーリエさん、明後日の朝市に行く？　そこで落ち合わない？　集まった人を紹介するから！」

「ありがとう！　その時に開店日にどうするか、相談の時間も決めようか」

「うん！　じゃあ、明後日ね！」

先に帰るアッカーマン親子を見送ると、アマーリエはゲオルグを振り返って頼む。

「大隠居様、店に寄って必要なもの持って行きますから、先に宿に戻っていて下さい」

「わかった。東の、戻るかの？」

「ええ」

「面白そうだからわしも行くぞ」

「わしもじゃ」

「俺らも行くか？」

「興味あります」

結局、皆でまた商業ギルドの宿屋の食堂に行くことになったのだった。

第8章　実験タイム

パン屋に戻って必要な食材や香辛料をリュックに詰め込んだアマーリエは、ギルドの宿屋の食堂に向かった。なんだかんだで興味を持った人（被験者）が増えたため、ジャガイモからポテトスターチ（片栗粉）を作るのは必要量が多すぎて無理だと判断したのだ。

食堂に向かうとすでに貸し切りの札が下がっている。給仕係に連れられて食堂の厨房へと向かうとアマーリエは厨房に居たダニーロとパトリックに声をかけた。

「すみません、巻き込んじゃって！」

「ああ、アマーリエさん。大丈夫ですよ。先々代様と南の魔女様からお話は伺いました。南の魔女様も料理をなさるということでお待ちしているところですよ」

「あ、そうなんですね」

「お・ま・た・せぇ～」

淡いピンクのハート型の胸当て付きフリルエプロン（レベルアップ）をした南の魔女の登場にアマーリエは一歩、後ずさった。

「……エプロンすごくお似合いです」

そうなんとか絞り出して、南の魔女の機嫌を維持したアマーリエだった。

「当然でしょぉ！　さ、やるわよぉ！」

「ポテトスターチ（片栗粉）が足りないといけないと思って持ってきました」

アマーリエはリュックから片栗粉の袋を取り出して調理台に置く。他に買ったマジッククェイルの肉なども取り出す。ダニーロ達も普通サイズのマジッククェイルの肉を用意した。

　こうして南の魔女監督の元、マジッククェイルを使った料理実験が始まったのであった。調理の前に、アーロンに肉を鑑定してもらい、個体差があることを確認し、アマーリエの買ったマジッククェイルは特殊個体と鑑定された。

「作るのはいい？　普通の大きさのマジッククェイルを使った塩揚げ鶏。アマーリエが買った大きな個体の塩揚げ鶏。同じようにソテーもよ。皆で一品ずつ作るわよ？」

　それぞれ、肉の下揃えと下味付けを始め、肉を調味液に漬けている間にソテーから作ることになった。疑問の対象アマーリエが一番手だ。その間にダニーロとパトリックは前菜を仕上げていく。

「んじゃ、モモ肉のソテー作ります！」

　簡単に塩胡椒(しおこしょう)した特殊個体のモモ肉を焼き上げていく。焼いたものは誰が作ったかわかるようにして南の魔女が用意したアイテムボックスに保存していく。普通サイズのマジッククェイルは骨付きモモ肉を一人四本ずつ焼いて、食べる前に一口ずつに切り分けて食べさせるのだ。

　焼き終えたアマーリエは、ダニーロに代わり前菜づくりの手伝いに入る。南の魔女がソテーに入った時点で、アマーリエが塩揚げ鶏の衣を付けに入る。ここで肉を取り違えないように気をつける。

「陶器のお皿ってどこから手に入れたんですか？」

　アマーリエが気になっていたことをダニーロに聞く。

「帝国からです。王国では上流階級は銀器が主流ですが、あれは磨きなど手間がかかりますから」

「いいなぁ～。王国も陶器や磁器の土が見つかったらいいのになぁ。木の器も好きだけど、やっぱり土の器もいいよねぇ」

「帝国では陶工は保護されておりますからなぁ。王国で庶民の方が焼き物を手に入れるのは難しいでしょうな。大事な輸出産業ですからなぁ」

ダニーロの言葉にがっかりするアマーリエ。

「アマーリエは焼き物のこと知ってるのか？」

パトリックも衣付けに入り、話に入り込む。

「んー、詳しくは全然。土のことや焼き窯とか規模が違いすぎて、さっぱりだよ」

「リエちゃんなら知ってるのかと思ったよ」

「流石に、器までは無理ですねー」

「はい！　ソテー終わったわよ！　次、揚げ物！」

次々と揚がる塩揚げ鶏は誰が作ったのかと素材の区別がつくよう、皿を替えて載せていく。揚げ終わったアマーリエはカレー粉を作るために、鬱金（ターメリック）を入れるところまで調合してある香辛料の瓶を取り出す。追加で入れるために予備の香辛料も取り出した。

「すごい香辛料の数ですな」

「これを調合して独自の香辛料を作るんですよ。今から作るのは米に合うものなんですけどね」

アマーリエは、鬱金をギフト（天恵）スキル【錬金術】で粉末に変える。そしてボウルに小さじ三杯入れ、すでに調合していた香辛料の瓶の中身もきれいに混ざり込むよう混ぜ合わせる。

「揚げ終わったわよぉ～」

「南の魔女様は、実験試食始めてて下さい。私、鬱金を使った香辛料を作って料理しますから」

「わかったわぁ～」

南の魔女はアイテムボックスを持って、食堂へと向かった。

食堂では皆席につき、今か今かと待っていた。

「おまたせぇ～。あぁら～？　人増えてなぁいぃ～？」

メラニーから話を聞いた商業ギルドのギルド長とベーレントが混じっていたのだ。

「魔女様、こんばんは。面白いことをすると聞きましたので、是非参加させて下さい」

「そりゃぁ、試してくれる人が増えるのはいいんだけどぉ。んじゃ、実験試食始めるわよぉ」

給仕に手伝わせて、アイテムボックスから皿を取り出し並べ始める南の魔女。それぞれの前に取り皿も並べる。

「南の魔女様！　付いた支援効果が重なったらわからなくなるのでは？」

「マリエッタ、大丈夫よ。支援解除の魔法をかけますから」

おっとりと東の魔女がマリエッタに答える。

「え、いつの間にそんな魔法を!?」

「ねんねちゃん、魔法士は日々精進あるのみよぉ！」

「うぐっ」

「最初はぁ、普通個体のソテーからねぇ。それぞれ調理人が違うから、四つの皿から一口ずつよぉ」

ソテーが盛ってある皿から肉を、それぞれ自分の取り皿に乗せる。

「さっぱり塩コショウで、肉の旨味がわかりやすいですな」

「味の方は今日はいいのよぉ。効果は付かないわねぇ」

特に変化がないとその場に居た人々が口々に話し始める。

南の魔女はアイテムボックスから次のソテーの皿を取り出して並べる。

「次は特殊個体のソテーねぇ。どうかしらぁ？」

「！　弱い隠形がついたぞ」

ダリウスがまっさきに声を上げ、皆それに同意するように頷(うなず)く。

「まずは特殊個体の可能性ねぇ。東のお願いぃ」

「【解除】」

「さすがは伝説級。単詠唱ですか」

ギルド長が目をむいて効果の切れた自分の体を触る。

「無詠唱でもいいのですけど、わかりにくいでしょ？」

のんびり凄(すご)いことを言う東の魔女に、爺(じい)様達以外は目を白黒させる。

「はいは〜い、次は塩揚げ鶏よぉ。普通の個体のからぁ」

皆ワイワイと盛り上げてある塩揚げ鶏を一個ずつ取っていく。

「今度は微弱ですが隠形がつきました⁉」

ベーレントが声を上げるが、皆はじっくり味わって食べている。

「エールが欲しくなる味だ」

「はぁ、美味しい。揚げ物は癖になりますね」

ファルが美味しそうに塩揚げ鶏を噛(か)みしめる。

「だ・か・らぁ！　効果のほうよぉ！」

「微弱ですが付きました」

「なぜだ？」

「調理法のせいでしょうか？」

「衣をつけてあげることで魔力が逃げにくくなってるとかかしらぁ？」

　南の魔女が料理の違いを分析する。

「南の。調理中に【魔力感知】を使わなかったのですか？　アマーリエが使ってた、目に魔力を通すやつですよ」

「嫌だぁ。忘れてたわぁん」

「では、今度は【魔力感知】をしながら作りましょうね」

「あんた料理はぁ、からっきしでしょぉがぁ」

　ニコニコ言う東の魔女を半眼で睨んで、ブゥっと頬を膨らます南の魔女。

「私は食べる方専門ですもの、食べる方は任せてくださいな」

「はいはい。じゃぁ解除お願い～」

「ええ」

　あっさり今度は無詠唱で解除した東の魔女だった。

「はい！　最後よぉ。特殊個体の塩揚げ鶏。まぁ結果はわかってるけど、食べてねぇ」

　どの料理人が作ったものも隠形の支援効果が付いた。皆は物足りなそうに空になった皿を眺めている。

「結論ねぇ。料理人は今のところ関係なしでいいと思うのぉ。考えられるのはぁ、材料の魔力残量と調理法による魔力残量によって効果が変わるらしいってところかしらねぇ。効果は材料が持つスキルが反映されてる可能性が高いわぁ」

「魔法士ギルドに報告して、料理スキルのある者に研究を続けてもらいましょうか？」

「それがいいわねぇ」

魔女二人の言葉に皆がうなずく。そこに、パトリックが厨房(ちゅうぼう)から出てきて南の魔女に声をかけた。

「南の魔女様、結果出ましたか？」

パトリックに南の魔女が結果を伝える。

「そうですか、良かった。それじゃあ前菜をお持ちしますね」

パトリックは給仕達に前菜を運ぶよう伝え、厨房に戻る。

「ところで、南の。厨房からいい香りがしてくるんじゃが、リエかの？」

「そうよぉ、さっき神殿で話したウコンを使って調理してるわよ。出来たら持ってくると思うわぁ」

「ホウホウ、楽しみだの」

「ほんとお腹の空く刺激的な香りですよね」

ファルがお腹の辺りをさすりながらつぶやく。

「いろんな香辛料の香りがするな。ふむ、馬芹(クミン)、小荳蔲(カルダモン)、肉桂(シナモン)、丁子(クローブ)、月桂樹(ローリエ)ににんにくかの？他に柑橘(かんきつ)系の香りも少し入っておるのか？」

「ヴァレーリオは流石じゃなぁ」

「当たり前だ。調薬士は鼻も利かねばだめだからな」

「そんなにたくさんの香辛料を使って何が出てくるんでしょう？」

東の魔女が可愛らしく小首を傾げる。

シルヴァンはキュウキュウ鳴きながら厨房の扉の前でウロウロしている。一緒に中に入るつもりが、邪魔になるから食堂で待ってなさいと言われたのだ。

「シルヴァンがものすごく食いついてる気がするんだが」

ダリウスが首を傾げて、シルヴァンの様子を窺(うかが)い見ている。

「アーロンさんのお店の時からああでしたよね？」

「そうねぇ、わざわざ一緒に本見てたわよねぇ」

アルギスと南の魔女の言葉にアーロンも頷いて同意する。

「魔狼が本ですか？」

目をむいてマリエッタがアーロンに話しかける。

「そうなんじゃよ。わしが鑑定したアイテムをすべて冊子にして置いとるんじゃが、それをお嬢ちゃんと神官さんと一緒に興味津々といった様子で見ておりましたのう」

「なんか匂いがしたんですかね？」

「うーん、わからん。シルヴァンも謎が多すぎだ」

「あー、結局シルヴァンの鑑定結果誰も見てませんよね？」

「この場合、東の魔女様か南の魔女様に見せろって命令してもらえばいいんじゃないか？」

「命令なんていやよぉ、嫌われたら嫌だものぉ。見せてって頼むわよぉ」

ブーッと頬をふくらませる南の魔女に、東の魔女がうふふと笑って突っ込む。

「あなたになつく動物なんて貴重ですものね」

「巨人族はねぇ、動物になつかれ難いのよぉ！　ねぇ！　ダリウス！」

「ええ。同意します。俺も嫌われたくないんで、シルヴァンには命令したくないな」

「……シルヴァンの躾はどうするんだよ」

「ベルンがやってよぉ」

「ベルンでいいと思うぞ」

南の魔女とダリウスに振られたベルンが、自分より強い判定をシルヴァンから受けたマリエッタの方に投げる。

「マリエッタ?」

「私は犬より猫派なの」

「わかったよ」

子供が増えたベルン（おかん）であった。


食堂で実食が行われている頃、厨房では――。


「「気になるんですけど！」」

様々な香辛料の入ったボウルを指差して、ダニーロとパトリックがアマーリエに突っ込む。

「あ～、この最後に入れた鬱金（うこん）が普通に栽培できるようになってからになりますよ、レシピの公開は。ダンジョンから出たのって支援効果付くんですもの。隠形みたいな世の中に出回ったら不味そうな支援付くと怒られるんで、今日、食べた結果次第ですね」

「そこをなんとか！」

「う～ん。私はこれを作るのに基本になる一二種類の香辛料を使ってます。全て粉状にしてます。キメが細かいほどなめらかな舌触りに仕上がります」

「ふむふむ」

「まず辛味のもとですね。胡椒（こしょう）、唐辛子、生姜（しょうが）です。唐辛子は使う種類によって辛味が違うので量が変わりますから注意して下さい」

「これは？」

「赤唐辛子です。で、今日手に入れたのが鬱金で、色になります。なのでなくてもいいんですが、ある方が体にいいので入れます」

「どのように？」

「消化を助けてくれるんですよ」

「それは良いですな」

「あとは香りのもとです。馬芹（クミンシード）、小荳蒄（カルダモン）、肉桂（シナモン）、丁子（クローブ）、月桂樹の葉（ローリエ）、三香子（オールスパイス）、胡荽（コリアンダー）、そして大蒜（ガーリック）ですね」

　それぞれ粉状になった瓶を並べて、アマーリエはダニーロに見せる。

「香りの元をそんなに？」

「もちろん香りだけでは無いんですよ。それぞれに作用して旨味になったり、薬効があったりします。まあ、美味しく食べられて、過剰摂取にならない薬といったところですね」

「凄いですな。混ぜる量は？」

「最初に作る分量を決めて、その中での比率をざっと決めます」

「最初に作る量からなんですな」

「はい。今回は色を付けるところまで作っちゃってますので比率だけ。香り四割、色四割、辛味二割ぐらいですね。香りの元をその比率の中でさらに調節しますが」

「なるほど、好みのものが作れるわけですな。やはりこの計量スプーンは重要ですな」

「手持ちのものを使ってできますけどね。カップに、この匙（さじ）だと何杯分、というふうに比べて量るためだけに固定しちゃうんですよ」

「ふむふむ、比率を見るならそれで十分ですな」

「ええ。それに慣れれば見たり持つだけでおおよその分量がわかるようになりますし」

「確かに。それでこれはこれからどうするんです？」

「フライパンに入れて弱火で乾煎り(からいり)します。香りが立ってきたら完成ですね。あ、その間に玉ねぎみじん切りしてもらっていいですか。その後バターできつね色になるまで炒(いた)めてほしいんですが」

「ええ、もちろんです。二個分でよろしいかな」

ササッと玉ねぎをみじん切りしたダニーロは、アマーリエの横で玉ねぎを炒めだす。

「ホウホウ、さらに香ばしい、香辛料の複雑な香りがしてきましたね」

「これくらいでいいと思います。で、これを一ヶ月ぐらい冷暗所で保存したほうが馴染(なじ)むんですけど、ここは私のスキルを使っちゃいます。時間経過っと」

アマーリエは自分のギフト(天恵)スキルである錬金術を使ってカレー粉の時間を促進させる。

「便利ですなぁ」

「重宝してます。それで、次は炒めてもらった玉ねぎにー……しまった！　まだ料理人のせいかどうか実験結果でてないのに頼んじゃったよ⁉」

「どうなったか聞いてきてやるよ」

パトリックが食堂に向かい、実験結果を持ってすぐに戻ってきた。そして、給仕達には前菜の皿を渡して持っていくよう頼む。

「食べ終わってた。隠形の支援効果については調理方法と、材料個体の魔力残量のせいみたいだぞ」

「「？」」

「塩揚げ鶏の方は普通の個体の方も微弱だけど隠形がついたってよ」

「へぇ～。なんでだろ？」

「南の魔女様いわく、衣をつけることによって魔力が逃げにくくなってるんじゃないかって。特殊個体の方のソテーも弱い隠形がついたってよ。こっちは魔力が多いせいだろうって。四人が作った料理に同じ効果がついてるから料理人は関係ないそうだ」

「良かったぁ」

「で、早く次の作ってこいだそうだ」

実験が少量だったため、物足りなそうだった食堂の人々を思い出し、パトリックが代わりに催促する。

「はーい。でも、米は今から炊くのは時間無いし……やっぱりパン？」

「たくって言うのか？　コメならレシピ通りに煮たのがあるぞ」

パトリックの気負いのない返事にアマーリエが固まる。

「帰ってきた商業ギルドの職員から無料公開のレシピが回ってきて、審査用にすぐ作ったんですよ」

そう言って、ダニーロが炊いた米をアマーリエに見せる。反応の速さに、言葉の無いアマーリエ。

「そっちは普通に微弱なリジェネが付いたぞ。しかし白いままってのは味気ないなぁ。パエリアは味がついててうまかった」

「慣れれば白い米も美味しいから。んじゃぁ、普通の家畜の鶏肉を出してもらっていいですか？　鬱金の効果を知りたいので魔物の肉は使いたくないんですよ」

ダニーロに材料提供を頼むアマーリエ。

「よろしいですよ。どこを使います？」

「もも肉で」

「わかりました。パトリック、用意をお願いします」

ダニーロに頷（うなず）いてパトリックが鶏もも肉を出してくる。

「私の方は？」

　フライパンを持って待っているダニーロにアマーリエが慌てて指示を出す。

「えっと、その中に小麦粉を振り入れてダマにならないよう炒めて下さい」

「了解！」

「俺は～？」

「玉ねぎ四個を八等分、鶏もも肉を一口大に切って軽く炒めて下さい。私が場所変わります。ダニーロさんそれぐらいでいいです、火を消して調理台にフライパン持ってきて下さい」

　アマーリエは布巾（ふきん）を水魔法で濡（ぬ）らし調理台に置き、その上に小麦粉が絡んだ飴（あめ）色玉ねぎの入ったフライパンを乗せてもらう。

「ちょっとかき混ぜて温度を下げ、さっき作った香辛料を混ぜ込みます」

「リエちゃーん、炒めたぜ！」

「鍋（なべ）に鶏の出汁（スープストック）と一緒に入れて塩（しお）胡椒（こしょう）して弱火で煮て下さい！」

「わかった～」

　フライパンの中で香辛料と小麦粉と玉ねぎがきれいに混ざったところで、アマーリエはそのフライパンを持ってパトリックの側に行く。

「玉ネギが透き通ってきたらいいんですが、時間がないのでここでも時間経過っと！」

　パトリックがアク取りをしている鍋にアマーリエが錬金術の時間経過を使う。

「ふむふむ」

「ここに、フライパンの中身を入れ込みさらに煮ますが、先にこの鍋の出汁（だし）でのばして溶けやすくしとくといいですよ。そのままだと溶けにくいので」

「なるほど」

「小麦粉はとろみを付けるためなので、煮て水分が飛べば飛ぶほどとろみの付いたものになります」

「先程の小麦粉を多くしてもいいんですね？」

「ええ、好みです。私はとろみが多いほうが米に絡みやすいので多めにしてます。サラサラにするなら小麦粉なしで」

「ふむふむ」

鍋をかき混ぜ、パトリックから小皿を受け取った味見するアマーリエ。

「くぅう、夢にまで見たカレー！　できた！」

「出来ましたか！」

「あれ？　虫型魔物の攻撃耐性がついた。鬱金のせいかな？　他のは魔力のない材料だったし……」

「いいんじゃないの？　ダンジョン潜るのなら、階層によってはありがたい効果だし」

パトリックが肩をすくめて言う。

「これぐらいの効果なら問題ないか」

ダンジョンに潜らない料理人二人は、大丈夫大丈夫と無責任にアマーリエの言葉を肯定している。

「すごく、香ばしくていい香りですねぇ」

「色がすごいけどな」

「味見する？」

「「するする」」

小皿に取って、それぞれ味見する。

「なんと複雑な香りに味！」

「もうちょっと俺は辛くてもいいなぁ」

「辛くするなら唐辛子を増やすといいです。まろやかにするならはちみつを入れたり、すりおろしたりんごを入れたりするといいです。というわけで、いくらか鍋に分けてもらっていいですか」

「「？」」

「辛いのが苦手な人が居るか聞き忘れたので、まろやかな方も作るんですよ」

「なるほど。パトリック、お鍋」

「はいはい。あとすりおろしの林檎（りんご）と蜂蜜（はちみつ）ね」

ササッと必要なものを用意するパトリック。アマーリエは分けた鍋の方にすりおろしの林檎と蜂蜜を加え、いわゆる甘口レベルのまろやかさに味を調える。

「こんなものですかね」

「はい小皿」

パトリックが渡してきた小皿にカレーを少し取る。スプーンを持ったダニーロが味見する。

「ふむ。まろやかになりましたな。これなら辛いのが苦手な方でもいけそうですな」

「これはこれでありなのかな。俺は辛いのが好きだな」

「そこは選んでくださいな」

「それでコメは？　これどうするの？」

パトリックが皿に盛った米を持ってくる。

「これにかけて食べるの。パンを浸して食べてもいいけど」

「それもうまそうだな。んじゃ早速！」

パトリックが辛い方とまろやかなカレーを半分ずつ米にかけて試食を始める。

「パトリック！　自分だけずるいですよ。私にもよこしなさい」

ダニーロがスプーンを持ってパトリックに迫る。二人してカレーライスをがっつき始める。

「んん！　コメのおかげで辛さが抑えられていくらでもいけますねえ」

「ンッ。最高！　これ俺好きだぜ！　何杯でもいける！」

「いや、カレーは飲み物じゃないから。食べちゃわないでよ、他の人待ってるんだし」

二人の勢いに慌てたアマーリエが止めに入る。

「はっ、そうだった。どうするよ？」

「人数分、皿に米を盛り付けて、これは個人の好みの量でかけてもらって食べるようにする」

「では、このカレーは鉢によそいますよ。小さなオタマも付けとこうか。パトリックはコメの方を用意しておくれ」

「はい、料理長！」

「あ、私も米のほう手伝うよ」

それぞれ料理を出すための準備に入る。ダニーロは辛さがわかるように鉢の色を変え、幾つかにわけてカレーを盛り付ける。アマーリエは皿をパトリックに手渡し、ご飯を盛り付けてもらう。

「そういや、あの魔狼の分はどうするんだ？」

厨房（ちゅうぼう）の扉の前で行ったり来たり、うろちょろしていたシルヴァンを見ていたパトリックが、アマーリエに確認する。

「仲間はずれにしたら鳴きそうなので、少し深めの鉢にご飯入れてもらっていいですか？」

パトリックがシルヴァン用に深めの鉢にご飯をよそう。その鉢を持ってアマーリエも食堂に行く。

こうして、食堂で今か今かと待つ人々の前にカレーが運ばれていったのであった。

給仕によって並べられた米だけが載った皿とスパイシーで食欲をそそる香りなのに危険な色合いのドロっとした液体の鉢をまじまじ見つめる被験者達。米は食べられなかった時のことを考え軽く一膳以下に盛られている。一応念のためにと水差しとカップも置かれている。

水差しを見て今度ラッシーも作ろうと考えるアマーリエ。

「アマーリエ？」

困惑顔のゲオルグがアマーリエに問いかける。

「うぉっ、はい。えっと、鉢の中身が鬱金を始めとした香辛料を用いたスープになってまして、カレーと言います。今回は具に鶏肉と玉葱を使いました。米にかけて食べたりパンを浸して食べたりします。ちなみに鉢は赤い縁のものが辛め、青い縁のほうがまろやかめに仕上がってます。最初は青い縁の方から食べていただいたほうが無難かなーと思われます」

「かなり色合いが怪しいんだがの？」

鉢から視線をそらさずヴァレーリオがアマーリエに質問する。

「鬱金の色と唐辛子の色に混じって玉ねぎを炒めて付いた色味も混ざってそういう具合になりました。大丈夫です。健康にはいいですから。後、虫型の魔物の攻撃耐性がつきます。米と食べるとリジェネも一緒に付く同時効果発動をします」

「辛いの？」

唐辛子と聞いてアルギスが恐る恐る尋ねる。

「人によってはもっと辛いほうがいい方もいらっしゃいますし、全然ダメかもしれない人もいらっしゃいます。あ、アルギスさん、これ服にこぼすと黄色に染まりますから、気をつけて下さいね」

真っ白な神官服のアルギスはニヤリと笑ってアマーリエに答える。

「これは兄上が誂えてくださった特別なものだから汚れないんだよ」

「さようで」

（でたよ！　あんちゃんスキー）

アマーリエは内心で突っ込んでシルヴァンの側に行く。

「まあ、食べてみようじゃないか」

ゲオルグの言葉に皆ゴクリとつばを飲み込んだ。

「あんまり嫌いな人はいないんですけどね。たまーに色んな理由でだめな人は居ます。シルヴァンどっちにする？」

シルヴァンは深めの皿に盛られたご飯を置いてもらい、アマーリエにカレーの入った鉢を見せてもらう。ひとしきり匂いを嗅いだ後、シルヴァンは両方の鉢を前足で要求した。

「いいよ、半分半分でかけるね」

「オン！」

シルヴァンの要求どおり、辛めとまろやかの二種類のカレーをご飯に半分ずつになるようにかけるアマーリエ。

「え？　シルヴァンも食べるのか？　大丈夫なのか？」

ダリウスが心配そうにシルヴァンの方を見やる。シルヴァンは、ダリウスに機嫌よく尻尾を振って、アマーリエの方を見る。もう、その口の端からちょっぴりよだれが垂れはじめている。

（……そりゃぁ、リエと友誼を結ぶはずだ。この食い意地じゃぁなぁ。似た者同士だ）

ダリウスはシルヴァンとアマーリエを交互に見て肩をすくめる。

「先に食べていいよ。給仕さんこの子がおかわり要求したらあげてくださいね」

「はい、承りました」

不安そうな顔をしながら、アマーリエに了承の意を伝える給仕だった。

ためらう皆を放置して、アマーリエは自分のご飯の皿に半分ずつカレーをかける。勢い良くがっつき始めたシルヴァンを見てヴァレーリオがつぶやく。

「香りからすればどれも体に良いものが入ってるんだが……。色がなぁ」

ひたすら色に拘るヴァレーリオに、アーロンが目配せして話し始める。

「ふむ、イルシュラッドのあたりで似たような香辛料を多用した料理を見たことがあるが、あれはもっとサラッとしておったのぉ。それにかなり辛かった。わしは辛いものが苦手で、あまりあちらには滞在しなかったんじゃ。これはどうじゃろ？」

アーロンがしげしげとカレーの入った鉢を見る。こっそり鑑定しているようだった。

「ん〜！　美味しい！　無理に食べなくていいですよ！　持って帰って私とシルヴァンで食べきりますから。アイテムボックスありますし」

香辛料の調合が面倒なために、あまりカレーに嵌ってほしくないなどと、勝手なことを腹の底で考えるアマーリエだった。美味しそうに食べるアマーリエとシルヴァンを見て、ファルがまろやかな方のカレーを少しかけて一口恐る恐る食べてみた。

「んんん！　こっこれは！」

ファルは慌てて、まろやかなカレーをご飯にたっぷりかけて食べ始める。その様子を見たベルンが同じようにご飯の上にカレーを少しかけて口に入れる。

「！」

目を瞠ったベルンが、ご飯の半分にたっぷりとカレーをかけて、無言で飲むように食べ始める。

「ちょっ！　ベルンさん！　飲み込まない！　良く噛んで食べてくださいよ！」

「べ、ベルン？　おいしいのぉ？」

ベルンの様子に南の魔女は不安そうに話しかける。

「俺には美味いです！　リエ、もう一つの鉢のほうが辛いんだな？」

ベルンはご飯の半分を食べきるとアマーリエに確認してくる。

「はい。赤い方のがもう少し辛目です」

「よし！　そっちも食べる！」

そういって辛い方のカレーを少しご飯にかけて食べるベルン。

「ん！　俺はこっちの辛いほうが好みだ。ただ辛いだけじゃないのがいい。コメとよく合ってる。癖になる味だ」

残りのご飯に辛い方のカレーをたっぷり掛けて食べ始めるベルン。それを見て皆も恐る恐る、青い鉢のまろやかな方のカレーを少しずつ取って、自分のご飯にかけて食べ始めた。ファルの方は米のおかわりを給仕に頼んでいる。

そこから先は争奪戦だった。

「あんた達ぃ！　支援効果無視してんじゃないわよぉ！　これ虫のダンジョンに最適じゃないの！」

「虫のダンジョンなんてあるんですか」

「あるのよぉ！　芋っ娘！　私もダンジョンでウコン採ってくるわよ！」

「南の、美味しいものは味わって食べましょうよ」

効果が気になる南の魔女を諌めて、おっとりカレーを口に運ぶ東の魔女。しかしその皿の米とカレーの減り具合は早かった。

「……この複雑な香り！　絡み合う香辛料の風味！　様々な味覚が舌を刺激していくらでも食べられますね！　コメのおかわりお願いします！」

「はぁ、ファルさん、気に入っていただけてよかったですケド、それ三杯目じゃ？」

アマーリエのツッコミを無視してファルは給仕からおかわりを受け取る。

「これは、確かに辛いが、辛いだけじゃァないのぉ。これは他でも受け入れられそうじゃの。レシピを買ってうちでも調味料として開発せねば。辛い方はわしにはちょっとつらいが、辛いのが好きな息子の方は赤い鉢の方を選ぶじゃろな。親子で違うのだもの、これはいろんな辛さに調節して売れば大儲けの予感？」

そうファルに同意し、儲けを口にしたアーロンは髭に気をつけながら、せっせとカレーを口に運ぶ。それでもスプーンを動かすスピードは普段よりも早かった。

「アマーリエさん！　レシピの登録お願いしますよ！　後、この香辛料も商品化してくださいね！」

アーロンの言葉を聞いて、メラニーが給仕にご飯のおかわりを頼みながら、アマーリエにレシピ登録の催促をする。両隣で商業ギルドのギルド長とベーレントが食べながらもメラニーの言葉に頷く。

「あー、鬱金がアッカーマンさんのところで栽培できるようになったら、一般向け用にカレーの素作りますよ。それまではどうしましょうか？」

「それはまたあとで詳細をつめましょう。私もコメおかわりです！」

「こっちのまろやかな方のカレーの方が空になったんだが追加はあるかね？」

給仕達は空になった皿や鉢を持って厨房へ追加を入れてもらいに行く。

そんな中、ただ一人泣きが入ったのはダフネだった。

「……リエ、辛い」

「粒マスタードが大丈夫だったから問題ないと思ったのになぁ。んーちょっと待ってて下さい、食べられるようにしてきますから」

そう言うと、自分の分をちゃっかり食べ終えたアマーリエは、ダフネのご飯のお皿を持って、厨房へ戻る。厨房では、ダニーロとパトリックが米を追加で炊いているところだった。

「カレーまだ余ってますよね？」

「ええ。ですが食べきってしまいそうですな」

「コメもあっという間に減ってくんだが。あの人達はどんだけ食う気だ？」

「わかんない。ただカレーがなくなったら終わりかな。はぁ、急がなくっちゃダフネさんが食いっぱぐれそうだな。すみません卵ください。後まろやかな方のカレーを更に別鍋（なべ）に分けて下さい」

パトリックが頷いて用意する。

「どうされるんです？」

「米を卵でくるんでオムライスにして、さらにまろやかにしたカレーをかけるんです」

「オムライス？　新しいコメ料理ですかな？」

「カレーをかけるので、中は白い米のままの簡易版ですけどね」

「そのコメをくるむんなら、卵は三個ぐらいか？　軽く塩胡椒しとくか？」

「お願いします」

アマーリエは熱したフライパンに油を敷いて、パトリックから渡された溶き卵を焼き始める。程よく固まったところでご飯を入れて、卵で巻いていき簡易オムライスにする。皿に移して、別に分けてもらったまろやかカレーをさらにダフネが食べやすいようにする。

「蜂蜜と生クリームありますか？　後チーズ」

アマーリエはパトリックから手渡された物をそれぞれを味見しながら追加していく。

「こんなもんかな」

「「味見させて下さい」」

小皿を持った二人にカレーを分ける。

「ホホウ。これはさらにコクとまろやかさが！　優しい味わいになりましたね」

「あはは、これ子供向けだな」

「ええ、子供向け仕様ですね。さてこれをさっきのオムライスにかけてと。コレでダフネさんも食べられるはず。コレでダメなら辛いのが苦手な人向けに辛味控えめの分量で香辛料の調合し直しだな」

「パトリック、私達もコメと卵でオムライスですか？　作ってみましょう」

オムライスを作り始めた二人を置いて、アマーリエはオムカレーの皿をダフネに運んだ。

「お待たせしました。卵がカレーの辛さを緩和してくれると思います。カレー自体もさらにまろやかにしてみましたよ」

「ありがとう」

そう言うとダフネはオムライスを多め、カレーをちょびっと乗せて口に入れる。

「！」

目を輝かせて食べ始めたダフネにグレゴールが話しかける。

「ダフネ、一口」

「むぅ。グレゴールは辛いのも食べられるだろ！　私の分を取るな！」

「気になるんだ、その卵が！」

「お持ちしましたよ！　オムライス」

そう言ってパトリックとダニーロが、すかさずオムライスの皿をテーブルに置いていく。グレゴールはいそいそと辛いカレーをかけて食べ始める。

「アマーリエさん、もともとのオムライスは白いコメじゃないんですよね？」

ダニーロが期待を込めた瞳でアマーリエを見る。アマーリエは苦笑しながらその期待に応える。

「色々あります。またの機会にでも」

「もう、お腹いっぱい。オムライスの方は一口だけにするわ」

いつもより食の進んだマリエッタが、最後に一口だけオムカレーにして食べる。残りはダリウスが引き受けていた。

「……兄上にはどれを送りましょうか」

「……アルギスさん、色々送ってもあんちゃん困るんじゃないかな？」

「大丈夫です。アイテムボックスありますから」

（あんちゃんが食べ過ぎて横に成長したらアルギスさんのせいってことで……）

内心で責任逃れをしたアマーリエだった。

「え？　もうないんですか？」

　カレーを食べ終えたアルギスが、兄の分のカレーを分けてもらおうとダニーロに声をかけた。言葉もないパトリックが、ダニーロの横で空の寸胴鍋をアルギスに見せた。

「皆様、いつも以上にお召し上がりになったようですね」

　食堂の椅子の背にもたれた被験者達が、幸せそうにお腹を擦りながらくつろぐのをダニーロがにこやかに見る。

「……」

　アルギスはパトリックが持つ空の鍋を愕然と見つめている。アマーリエはその横で首を横に振る。

「全部、腹の中に収まったと。カレー粉の調合をまたやんないと。結局何人前だったんだろ？」

　寸胴鍋で大量に作ったアマーリエは、量が把握できていなかった。出来たカレーも辛さを変えるために分けてしまった上に、カレーとご飯を別々に出したため誰がどれだけ食べたかも明確にわからなかったのだ。

「何人前だったんでしょうねぇ？　コメも都合三度ほど炊きましたし」

　ダニーロも首を傾げる。

「米の採集依頼出さないと在庫が危ない」

　パトリックが真面目な顔をして食料庫の方に視線を向ける。

「え、そんなに？」

「そもそも、まだコメは沢山仕入れていませんでしたからな」

「アルギスさん！　しっかり採集してきてくださいね。あんちゃんのためにも！」

ショックで固まっていたアルギスを軽く叩いて再起動させるアマーリエ。

「はっ。もちろん！　こうなったら兄上に私の作ったカレーを食べていただくんだ！　リエ、カレーの作り方も教えてくれ」

「他の香辛料は自前で用意してくださいね」

なにげに香辛料の類はお金がかかるのだ。香辛料が村の中で手に入らなければ商業ギルドを通して注文を出すしかないので、アマーリエ一人でカレー粉を生産しようとは考えたくなかった。アルギスは兄という最強の伝手があるだろうから、その伝手を使ってもらうことにしたのだ。

「わかった」

力強くアルギスが頷く。その後はカレーをどうするかという話を皆で始めた。

「ウコンがなければ出来ぬのじゃろ？」

ゲオルグが首を傾げながらアマーリエに聞く。

「入れないカレーもありますけど、好みですね」

「入れないとどうなる？」

「黄色っぽさがなくなります。唐辛子の赤が前に出て赤っぽいカレーになりますね」

「そうなのか⁉」

色に拘っていたヴァレーリオがアマーリエの言葉に反応する。

「はい。あくまで色つけなので。もちろん薬効はちゃんとありますけど。基本の調合レシピを私が無料登録して、調合は好みにしますか？　販売するカレー粉は売る人それぞれということで」

いろいろ考えているらしいゲオルグに、アマーリエが提案する。

「そう致しますか？」

商業ギルドのギルド長がゲオルグに確認する。

「そうじゃの。辛さも人それぞれ好みがあるようじゃしのぅ」

顎髭（あごひげ）をしごきながらゲオルグが頷く。

「いずれは、虫ダンジョン用の食事アイテムなんかを開発できればいいですねぇ」

「あれば、あそこのダンジョンの進度も捗（はかど）るだろうな」

メラニーの言葉にベルンが同意する。

「あそこのギルドに貸しが作れます。ククククッ」

商業ギルドの長とベーレントは皮算用をはじめている。

「カレー粉を使って他の料理も作れますよね？」

「ええ、米以外にかけるという安易な方法から肉の下味つけなど色々ありますよ」

「パトリック！　これは色々始めなければ！」

「料理長、まずは自分達のカレー粉づくりですよ」

料理人二人は料理の話で盛り上がる。

そんなこんなで、アッカーマンの薬草園で鬱金（うこん）が栽培できるようになるまでは、ダンジョンで取れる鬱金は村の中だけで消費することに決まったのだった。その間に、染色の方や流通させるカレー粉などの道筋をたてようという話になった。

「さて、今日はこれで解散じゃの。色々詳細はまた順次決めていくことにするからの。リエとシルヴァンはこの後わしの部屋に来るように」

アマーリエは昨日、頼まれたソース類の注文をメラニーに頼む。届いたソースで騒動がおきるのだが、それはまだアマーリエに知る由はなかった。一人と一匹はゲオルグの部屋へと移動した。

ゲオルグの泊まる部屋にアマーリエとシルヴァン、そしてゲオルグとヴァレーリオが入った。カクさんとスケさんは部屋の前で待機である。アルギスはヴァレーリオに言われて南の魔女と先に神殿に戻った。

「大隠居様、お茶淹れますね」

「うむ」

シルヴァンはヴァレーリオにつかまってモフられている。アマーリエは部屋に備え付けのお茶道具を使ってお茶を淹れる。

「この間はそれどころじゃなかったんですけど、湯沸かしポットってあったんですねぇ」

やんごとなきお方にお茶を淹れる際に使ったアマーリエだったが、緊張していたせいか意識がポットにまで向いていなかったのだ。

「それな。かつて高級宿屋を始めた知恵者がおってな、その流れをくむ宿屋だけにあるんじゃ」

「はい？　知恵者？」

シルヴァンも不思議そうにゲオルグの方に顔を向ける。

「おうよ、嬢ちゃん。この世の中にはな、知恵者と言われる様々な分野に卓越した知能を持つ者が、たまーに生まれるんだ。そしてその知恵を世の中に残していく」

ヴァレーリオの言葉に、アマーリエが目にしたことがある異常発達した物を口に出す。

「もしかして、領都にある鍛冶の高炉って？」

「あれは百年ほど前に生まれた鍛冶の知恵者によって作られたもんじゃ。この村にもあるぞ？　今うちの領内に居るのは農業の知恵者じゃの」

「そうなんですか」

（どうりでチグハグな発展の仕方をしてるって思った。私以外にも転生者が居るってことだよね？）

内心で冷や汗をかきながらアマーリエは淹れたお茶をゲオルグとヴァレーリオに出す。

「あの高炉がおかしいと思ったのなら、そなたやっぱり知恵者じゃの」

じろりと睨むゲオルグに半笑いを浮かべるアマーリエだった。

「そなたのことじゃ。異常性を知られ周りから腫れ物扱いされるのを厭うたんじゃろ」

完全に読まれているせいで、頷くしかなかったアマーリエだった。

「心配すんな、嬢ちゃん。生まれた場所が良かったな。こいつの領内で生まれたなら確実に守ってもらえる。詳しいことを話す必要もないぞ」

「はい、色々便宜を図っていただいてますので、その辺りは重々承知しております」

「人も道具も使いようなんだがな。ここの領主一族と王は人使いが上手い。他はそこそこ、もしくは使い潰すやつが多い。いい人材も、いい道具、良いスキルも結局は使うやつ次第だ。それがわかってないやつが多すぎる」

顔をしかめてぶつくさ言い始めるヴァレーリオにゲオルグも苦い顔をして言い募る。

「当たり前じゃ。使い方というのも習うて、経験して身につけていくもんじゃ。下手なやつから習えばそれまでじゃよ。才能だけでどうにかなるほど世の中甘くはないからの」

「そうですよねー」

しみじみ言うアマーリエに、ヴァレーリオが深く頷いた。

「それでそもそも嬢ちゃんの得意分野ってのはなんなんだ？」

「菓子とパン作りですけど、それに付随して関連する様々な分野の知識を。広～く、浅～くです」

「なるほどの。それで合点がいった。そなたがもたらす物がすべて食べ物関連なのは」

「な⁉　食い気ばっかりじゃないですよ！」

「ほぼ、食い気じゃろうが。まるっきり食い気の絡まん物なんぞ、椅子だけじゃろうが。もうちっと食い気の絡まん話を持ってきたら食い気ばかりと言わんでやろうかの」

「食い気で結構ですよ！」

「おい、ジョル。からかうのはその辺にしてやれ。知恵者だとわかったんならいいだろ。次だ次！」

「そうじゃの。この所アマーリエに振り回されっぱなしじゃから仕返しをな」

「大人げないぞ」

「ふん！　年を取れば子供じみてくる部分もあるんじゃ！」

止まりそうもない爺様同士の口喧嘩にアマーリエが面倒になって止めに入る。

「あの、それで次の話ってなんですか？」

「「シルヴァンじゃ」だ」

アマーリエとシルヴァンは共に首を傾げる。

「シルヴァンのスキル解析を見ておらんだろうが」

「あ、そうでした。これ、どうしたら？」

リュックからシルヴァンの分の解析紙を取り出すアマーリエ。

「わしに貸してみろ。シルヴァン、わしが見るぞ？」

「キュゥ」

ヴァレーリオに強く言われ、耳をヘタレさせ困った顔をしながら頷くシルヴァン。ヴァレーリオは解析紙に魔力を通す。

「……これは⁉」

「どうじゃ？」

驚きと困惑の顔で解析紙を見つめるヴァレーリオ。

「むぅ、魔狼じゃな。銀狼で体力と魔力の回復持ちじゃ。まあそりゃ普通じゃ」

「ふむ」

「風魔法に特化しとるが、生活魔法も持っとる」

「あ、生活魔法は私のせいかも。教えちゃったし」

「それぐらいは構わんだろ。あとは？」

「ウム、ようわからん」

「『はい？』」

「キュウ？」

「調べてみんとわしもわからん事が書いてあるんじゃ」

「まあ良い。シルヴァンはきちんと言うことを守るのじゃろ？」

「ああ、降伏させた者には従うようじゃ」

「あい解った。ならば、村の衆が慣れるまでは、シルヴァンは必ず誰かに付いておるか、そばに誰もおれぬ時はパン屋で待機じゃぞ」

「オン！」

「くれぐれも一匹で行動せんようにの」

「オン！」

「うむ。それでは二人共帰ってよし」

「はい」

「よし、嬢ちゃん。途中まで一緒にもどろうか」

「なんじゃ、帰るのか？」

一杯やる所作をしてゲオルグがヴァレーリオに尋ねる。

「アル坊が来たばっかりだからな。ここの神殿でやらねばならんことを教えにゃならん」

「そうか。積もる話もあったんじゃが」

「どうせまだ、この村にいるんだろ？」

「ああ、やることがいっぱいじゃからのぅ」

ゲオルグはそういってちらりとアマーリエを見る。

「よろしくお願いしますね～、大隠居様」

ニコリと愛想笑いをするアマーリエに、ゲオルグはしかめっ面をしてみせる。

「では、行くか？　ジョル、良い夢を」

「ああ、そなたもな」

「大隠居様、おやすみなさい」

「オンオン！」

「開店準備もしっかりの」

「は～い」

挨拶（あいさつ）を交わしあった二人と一匹は、月明かりの中宿を出て、それぞれの場所へと帰って行った。

第9章　世界の端っこの賢者？

翌日は、開店準備の遅れを取り戻すべく、一日家でおとなしくパンを焼いていたアマーリエだった。シルヴァンの方は遊びに来たダフネに連れられて、銀の鷹（たか）に訓練を受けることになった。

夕方には戻ってきたシルヴァンと夕食を済ませ、次のパン生地の仕込みに入る。

パン生地を寝かせている間に自分達も仮眠を取ろうと二階に上がったアマーリエとシルヴァンは、薄暗い居間の廊下の前で、突如現れた人影に声を上げる。

「うひゃっ」

「キュウ！」

「これ、静かにいたせ。少し世間話に来たのだ。他の者には内緒だぞ」

すべて黒で統一された簡素な服を身にまとった人物の、聞いたことのある声と話し方に、いち早くアマーリエがやんごとなきお方と気付き反応する。

「世間話～⁉　一体何考えてんですか～⁉　内緒って、バレたらアルギスさんに嫉妬（しっと）されるじゃないですか！」

アマーリエはつい先ごろ会ったばかりの、やんごとなきお方の予想外の登場に思わず、ずれたツッコミを入れてしまう。シルヴァンの方は驚きのあまり口が開きっぱなしになっている。あまり、番犬としては役に立たないようである。

「そなた、やはり面白いな。その魔狼は大丈夫か？　主を守らぬでよいのか？」

「キュウ」

「いや、一応アルギスさんのお兄ちゃんだから、不法侵入だけど様子見してるんだよね？」

「オン」

「ふん。まあ良い、少し話がしたい。場所を用意致せ」

「(自由だなおい！) その前に、どうやって入ったんですか！　結界は？」

やんごとなきお方は襟元からドッグタグのような物を引っ張り出してアマーリエに見せる。

「冒険者登録票？　アルバン逗留許可済み？　はいぃ？　これいつのですか⁉」

「この国に人質で来た際にな。何かあったら逃げてこいと、ゲオルグ翁にもらったのだ。村には正面から入った。問題ない」

(それ、絶対大隠居様の親心！　世間話のために使えなんて言ってない！)

ドヤ顔で言うやんごとなきお方に、内心でツッコミを入れたアマーリエ。

「うちには不法侵入してるでしょうが！」

「む、そこは致し方なくだな」

「呼んでなくても来るのが客だけど、一応ごめんくださいって訪いしてくださいよ！　訪ねてくる側の最低限の礼儀でしょうが！」

「ごめんください」

「今言うな！　念話スキルも生えてんだから、一声あってもいいと思う！」

「むぅ。忘れておったのだ」

「嘘つけ！　毎晩アルギスさんと絶対念話してるはず！」

「なぜそなたが知ってる！　兄弟の語らいだ！　それに他人と念話しようなど思わなんだのだ！」

「アルギスさん見てたらわかりますよ！　毎日上機嫌だし！　他人だからってうちに世間話にわざわざ来る必要ないと思います！　行くなら、アルギスさんとこに行け！　バレたら怖いでしょうが。一生グチグチ言われるし。それより、家へはどっから入ったんですか！」

「ギフトスキルだ。記憶にあるものの側に転移できる」

「！　粛清があっという間って、自分でスキル使ってやったんですか！」

「ふっ。相手はいつでも自分を殺せるが、自分は相手を殺すことが出来ないとなれば恐ろしかろう？　高位貴族の間では我の心に沿わねば、寝ておる間に首が転がり落ちると噂になっておるぞ？」

　やんごとなきお方は悪辣な笑みをわざと浮かべてアマーリエを見る。

「うへ～独裁恐怖政治だよ」

　欠片も怖がった様子を見せず戯けて言うアマーリエに、やんごとなきお方は真顔で宣った。

「ふん！　他人を虐げたり、毟り取りさえせねば首はつながっておるわ。それに、我が実際に落とした首は父と次兄の二つだ。後は愚か者が勝手に怯えて自滅しただけに過ぎぬ。利口な者は元より民に圧政を敷いたりしておらぬしな」

「さようで」

「ところで、こんな薄暗い廊下でいつまで話すつもりだ？　世間話をするつもりで来たが、我は風邪を引くつもりはないぞ」

「私達は仮眠するつもりだったんですけどね！　はぁ」

　居直り強盗ならぬ、居座り皇帝にため息を吐いたアマーリエだった。

「なんだかなぁ、もう。シルヴァン、お茶淹れてくるからこの人、居間にお願い」

「オン」

「この間の茶はうまかった。追加を所望する。ドーナツというのも好い、何かあれば食したい」

腰のアイテムポーチから保温瓶を取り出すやんごとなきお方。

「……かしこまりそうろう」

貴人の遠慮のなさに口の端を引きつらせながら保温瓶を受け取って、階下に降りるアマーリエ。


「クゥクゥ」

シルヴァンは困惑したまま、やんごとなきお方を居間へと誘い、ウィングバックアームソファを勧める。

「ふむ、なかなかに座り心地の良い椅子だ」

シルヴァンは暖炉に火を入れて、魔法光を灯す。そして、アマーリエが持ってきたお茶を置けるようにと、丸いすを風魔法で運んでくる。

「そなた。なかなかに気が利くのう。生活魔法も使えるのか？　なんとも不思議な従魔だの？」

「キュゥ」

「ふむ、近う」

恐る恐るやんごとなきお方のそばに寄るシルヴァン。

「ささ、もっと近う寄れ」

近寄ってきたシルヴァンの頭を膝に乗せ、撫で始めたやんごとなきお方。

「ふふん。我が弟をたぶらかしたようだが、我は騙されんぞ？」

「どの顔でそれを言う。鏡お持ちしましょうか？　顔の締りがなくなってらっしゃいますよ」

しらけた顔をして、遠慮なく突っ込むアマーリエ。

「ぬっ」

「シルヴァンありがとう。はい、追加のお茶です」

丸いすに茶器を載せたトレーを置き、保温瓶をやんごとなきお方に手渡すアマーリエ。

「ウム、大儀である」

受け取った魔法瓶をアイテムポーチに仕舞い、そこから袋を取り出し、アマーリエに手渡す。

「茶葉だ。次に来る際にはそれを頼む」

「え。また来るんですか⁉　これっきりにしてくださいよ！」

「息抜きしに来るぐらいよかろう」

「私の息がつまります！」

「そなたはっきり言うの」

「はっきり言っても応えてないくせに！」

「ふふん。我にそう物申すやつはおらぬから、むしろ楽しいぞ」

「うがーっ、逆効果だったのか‼」

完全におもちゃにされているアマーリエだった。

（落ち着け私、相手のペースに飲まれちゃダメ！　深呼吸！）

立て直しを図るアマーリエを横目にやんごとなきお方は、お茶を飲んで、あんドーナツにかぶりつき、まったりくつろぐ。そして、こっそりシルヴァンに話しかける。

「そなたの主は面白いの？」

「キュゥ」

「ふぅ、それで、住む世間が違うのに、世間話をしようってのはどういう魂胆です？」

「それだ。住む世間が違う故に、知らぬことを知れる。アルギスがそなたのことも話すが、やはり直に見聞きしたくなろうというもの」

「違う世間が知りたきゃ、お忍びで、自分の国の下町にでも行ってくださいよ」

「それもやっておる。草を放って情報も得ている。何人かの知恵者にも会っておる」

「で？」

「そなたも知恵者であろう？」

「他の知恵者の家にも突撃お宅訪問かましてるんですか？」

「キュゥ」

「……ここが初めてだな」

「待遇改善を要求するぞー。いきなり来る時は火急の用の時だけにしろー」

二度と来るなと言わないだけの優しさがあるアマーリエだった。

「むぅ。他の知恵者は、我の執務室に呼ぶのが通例よ。それゆえ、他の者はどうしても身構える。我を皇帝と認識していながら率直に話すのはそなただけなのだ。まだ、突然来たことを怒っておるのか？　どうすればいい？」

「こっそり、訪問許可取ってから他の知恵者の家に行けといっても、帝国内だと無理なんでしょうね……」

「ウム。宮殿内に住まいを与えて居るからな」

「軟禁か!?　そりゃ、色んな意味でだめだわ」

がっくりするアマーリエであった。

「失礼な！　皆それなりに宮殿生活を楽しんでおるわ！　それに仕方なかろう、あれらの身を確実に守るには近くに置くしか無いのだ」

「しみじみ、私はバルシュに生まれて良かったって思いますよ」

「それは同意する。辺境伯方は大したものだ」

「ええ。でもそれも、ウィルヘルム様の代で打ち止めの可能性はありますけどね」

うっそりというアマーリエの言葉に、表情を改め、続きを促すやんごとなきお方。

「魔力溜まりの処理が終われば、辺境伯の持ち札が一枚消える可能性があります」

「魔物に対する対処能力か？」

「ええ。実際にどういう力かは知りませんけどね。しかし、今度はその力をどこに向けるのかと中央が疑心暗鬼になれば、その札は使えなくなります」

「なるほどな」

「それにですね、魔力溜まりがなくなり魔物からの危機が減れば、人同士で争い始める可能性がありますよね？」

アマーリエに旅に出て、思った以上に町の外が安全になっていることを知った。魔力溜まりの監理が早いペースで進めば魔物の脅威も昔のことにすぐなってしまうだろうとも感じた。そして、帝国で粛清があったと聞いて、都会ではもう既に人同士の争いが始まっており、避けられない事なのだと悟った。

「……我らだな。帝都が魔物に襲われなくなって七〇年以上になるからの。安穏とした空気が我の父や宮廷貴族共を腐らせた。領地持ちの貴族は流石にそこまで腐っては居らぬがな。まだ辺境では魔物が出る」

「実感をお持ちでいらっしゃると話が早くていいですね。ですが魔力溜まりがなくなれば、その領地持ちの貴族も争うようになるでしょうね」

「そなた、もうそこまで先を見て居るのか？」

「そりゃ、狙われやすい立場だってわかってますから、先々考えて手を打てるだけ打っとかないと」

「王国での転換期をどこと見ておる？」

「次のアルバンの魔物の暴走（スタンピード）かと」

「だが、アルバンの先の山脈の魔力溜まりの処理が終わらねば、はっきりしないであろう？」

「ええ。むしろそのまま残して、利用できる方向、手札を失わせない方向に持っていきたいところですね。辺境伯の力を落としたくないです。かと言って、今の王家を脅かすほどの力は持たせたくありませんけどね」

「魔物を利用するか？」

「使えるものは何でもですよ」

「民はどうなる？」

　アマーリエの言葉に一気に険しい顔になるやんごとなきお方。

「民に利益が出るようにですよ、もちろん。でなければ強い手札になりません」

「ふむ。そなたは戦えるところまでは戦うが、無理ならあっさり自決するつもりだな？」

「まさか！　自決させないで生かさず殺さず使う方法ぐらい、ご存知でしょうに。私を無理強いしたらどうなるかわからないって思わせてるんですよ。先が読めれば対処できますが、対処できないことが起こるぐらいなら、今の幸せを享受したほうがマシでしょ？　それがわかってるから辺境伯も王も私に無理強いしないし、親を質には取らないんですよ」

「そなたを自由にさせたほうが利が大きいと思わせたのだな……」

「ええ。今度の隔離にしても期限付きですしね。三年で周囲を黙らせるだけのものは既に用意してありますし、今後も増えるはずです。やることがいっぱいあれば、争ってる暇はありませんからね。それに既に辺境伯だけでは人手が足りず賄えなくなってます。他領に頼み、相互で補い合えば、互いに欠かせない存在になります。争えば、やってきたことが無駄になるのがわかるぐらいの頭はあるでしょうしね……」

そこで言葉を切ってじっとやんごとなきお方を見つめるアマーリエ。居心地が悪くなったのか身じろぎしてやんごとなきお方がアマーリエに声をかける。

「何を考えている?」

「いえ、なんてお呼びしたら良いのかなと。敬称は嫌なんですよね?」

アマーリエは、目の前の人物も巻き込む方向に腹を決めた。さらに先のために、人のつながりを強める方向で話を持っていき、王国と帝国での争いがなるべく避けられるようにしたいとアマーリエは考えた。それに絡めて、辺境伯領の文官不足も解決しようと必死に考えを巡らせる。

「ふむ、名か。誰ももう呼ぶことがないが、我の名はサセル＝ジュリオだ。好きに呼べ」

「じゃぁ、ジュリーで」

ぎろりと睨(にら)むやんごとなきお方に肩をすくめるアマーリエ。

「冗談ですよ。サセル様とお呼びしますよ」

「うむ」

満足そうな顔で頷(うなず)くやんごとなきお方に、真面目な顔をして次の話をふるアマーリエ。

「真面目な話、次の帝位の話なんですけど」

「そなたはアルギスだとわかっておるだろう？　アルギスから聞いておるぞ」

「推測が正しいと思っていいんですね？」

「ああ。我の側近ですら、何れ我が子を成すなどと思っておるのにな。何も知らぬそなたのほうが正確に我の考えを見抜きおった」

「では、アルギスさんに言わなかったことを確認してもよろしいですか？」

射抜くように見つめてくるアマーリエに、諦めたように肩をすくめてやんごとなきお方がつぶやく。

「ふむ、それもそなたにはバレておるのか」

「えー。やっぱりアルギスさんにご自身を弑逆させるつもりだったんですね！」

「アルギスにはさせん！　我の側近にさせるつもりだ。残虐非道な皇帝として臣下に討たれ、アルギスが良き皇帝としてたつようにするつもりだ」

アマーリエは、帝国内であえて皇帝の資質が非情であると噂されているらしいことに疑問を持っていた。大っぴらにそういう話をされていることがおかしいと感じたのだ。そこから、アルギスに帝位を尋常ではない方法で渡すつもりなのかと推測したのだ。

「心底やめてください。迷惑です」

「なんだと？」

「自覚ないんですか？　アルギスさんがあなたを失ったら、壊れますよ、間違いなく」

「クゥ」

控えめにシルヴァンもアマーリエに同意する。なにせ、アルギスが落ち込んでいた間ずっと側にいたのがシルヴァンなのだ。

「あなたを殺した臣下の一族郎党皆殺しにして、国すらも民ごと破壊しかねませんよ。兄はこんなに頑張ってきたのに、許せないーって。そうなったらうちの国も被害出るんですけど」

ウンウンと頷くシルヴァンを、困惑した顔で思わず撫でて気を落ち着かせるやんごとなきお方であった。

「そ、そこまでであろうか？」

「間違いなく」

きっぱり言い切ったアマーリエに、嬉しそうな複雑そうな表情を浮かべるやんごとなきお方。

「せめて、病気になって、アルギス頼む！　お前しかいないんだ！　ぐらいにしてくださいよ」

「そうそう簡単に病になるわけなかろう！　我は頑強なんだ！」

「だったら、普通にいい皇帝陛下して、適当なところでアルギスさんに譲って隠居してくださいよ。何ならアルバン村で隠居します？　きっとたのしいですよ～」

「あっさり言うな！」

「大丈夫ですよ。アルギスさんを推す人、アルギスさんが皇帝になったら得をする人が増えれば良いんですから」

にやりと笑うアマーリエに、思わずシルヴァンの顔をぐっと握ってしまうやんごとなきお方。

「ピスー」

「お、おおスマヌスマヌ。それで？」

「アルギスさんの米の研究のためにもそちらの人間を辺境伯領に派遣してはいかがでしょう？」

「辺境伯が受け入れると思うか？」

「今、猫の手も借りたいほど文官不足なんですよねー。お国で、辺境伯の発展理由を探りたいやつ募集とでもして、くれぐれも辺境伯にバレないよう、騒動を起こさないよう上手くやれるやつとかなんとか言って、潜り込ませたり、辺境伯に直接人手を貸すとか王様経由とか、あの手この手で人を送り込んでみてはどうですか？」

「辺境伯領から情報が盗まれてもよいのか？」

「ふふん。ほとんど公開されてる情報ばかりで秘匿されてることなんてあんまりないはずですよ。そんな公開情報を活かせてる領地はどれぐらいあります？　あと二〇年は他所に負ける気はしませんね。それに、腕のいい職人やそれを活かせる役人、貴族が増えれば民も潤いますから、問題ありません」

「そなた、大した自信だな」

「ええ。それに、アルギスさんの側で働いて、彼につく優秀な人間が増えたほうがいいでしょ？　サセル様も辺境伯領に来たことがあるようですからダールさんご存知でしょ？　彼やゲオルグ様が鍛えてくれますよ」

「ああ、よくよく知っておる。ダールには我もたまに頭が上がらぬのだ。彼奴が絡むと辺境伯に人員が奪われる可能性もあるではないか。しかも借りが増えそうな？　あのダール相手に貸しにできるのか？」

「そこは、アルギスさんの器量で、アルギスさんが頑張るところです。兄であるサセル様が煽っといてくださいよ。あと借りではなく人手を貸す、貸しになるように頑張って下さい。ダールさん相手に勝ち星あげるのは大変だと思いますけど」

「ぬぅ、アルギスに関してはやれなくもないが。ダールを攻略するのはなぁ……」

「人手不足が解消するって利点を強調すればなんとかなりますよ。それに、うちでより良い人間関係が出来たら、国同士の戦争も回避しやすいですからね」

「そなた、どこまで考えておる？」

「今は陛下方が仲良しなので心配してませんけど、代が変われば国同士で争う可能性があります。でも、下同士の交流が増え、互いの理解が深まれば大きな戦争を回避することも出来ますから」

「どこまで見越すつもりか？」

「なるべく先です。まあ、単純な兵法です。敵を増やさなければいい。味方も無理に増やす必要はない。互いに手を出せない、すくみあった状況にすれば良いんです。わざわざ敵味方の二色に分ける必要なんて無いですよ」

「関係を複雑にするのか？」

「複雑にしても結局のところ人の性質の問題ですから、争いはなくならないでしょうけどね」

「なるべく抑制する方向で動くということか？」

「抑えつけすぎて爆発も困るんで、そのあたりは工夫が要りますけどね。平民だからこそ出来る、人の動かし方ってのもあるんですよ。上に立って号令かけるだけが、支配のやり方じゃないんです」

ニコニコと目だけが笑ってない笑みを見せるアマーリエに、ゾッと背中が粟立つやんごとなきお方。

「……実感した。そなたに無理強いはすまい」

「ええ、そうしてください。美味しいもの食べてれば幸せなんで」

「ここに来る時は、念話で必ず連絡を入れる。無理やり来ない。ちゃんと手土産も持ってくる。今日は本当に済まなかった」

「結局来るんですね？」

「得るものが多かったからな」

フッと笑って表情を和らげるやんごとなきお方に憮然とするアマーリエ。

「懲りない方ですね。まあいいや。欲しいものがあるんですが、作ってもらっていいですか？」

「ハハハ、そなたも女だな。宝石か？」

「要りませんよ、そんなもの。どこにつけてくんですか」

「う、まあそうか。でもキラキラしたものが好きだろう？」

「美味しいものが好きなんです。で、美味しいものを作るための道具がほしいんです」

「道具か？　我に何が用意できる？」

「陶器か磁器がほしいんです」

「ああ、なるほどな。王国では手に入りにくいものだな。我のお抱え陶工をやればよいのか？」

何やらニコニコお腹の中で皮算用を始めたやんごとなきお方に、アマーリエが半眼で返す。

「来てもらっても、陶芸の土や窯が用意できなきゃ意味ないですし」

「ん？　陶器のことも知識があるのか？」

「小麦を焼く知識はあっても土を焼く知識はないですよ。あったら、そもそももうやってるし」

「む。確かに」

「でもまぁ、職人派遣してもらえるなら、土探しして、王国に窯開いてもらえたら嬉しいかなぁ」

「ふむ。その件はファウランド王と我が抱える陶工に話をしてみよう。フフ、これで人が派遣しやすうなったたな。それでそなた自身がほしい器とは何だ？」

何やら気安く請け負ったやんごとなきお方だった。

「今、あっさり職人派遣決めたみたいですけど、良いんですか？」

「うむ。そなたの言う交流だ。ずっと同じところ、狭い世界におっては成長出来ぬからな。アルギスが良い例だ。良い機会だから外に出してみようと思う。それにファウランド王にも貸しができる」

「職人さんが行きたくないとか帰らないって言ったらどうするんですか？」

「行き来できるようにすれば良い。帰りたくなれば帰ればいい。行きたくなければ行かなくてもいい。その者が成長したいのであるなら、そのために動くであろうよ」

さして困った様子も見せず、鷹揚なところを見せる、やんごとなきお方であった。

「へー。もっと、職人の管理って厳しいのかと思ってた」

チグハグなこの世界でも、希少な職人は権力者に抱え込まれる傾向があったからだ。ギルドがあると言ったところで、金を出すのはやはり貴族なのだ。

「いや、そなたを見て考え直した。そなたが帝国に来たくなるように仕向ければいい」

「まあ、遊びに行く分には。一度王都も行ってみたいですし。行っていいなら帝国も見てみたいです。でも帰るところはバルシュですから」

やんごとなきお方の言葉に偽らざる気持ちをきちんと話すアマーリエ。

「それで構わん。そなたがほしい器とはどんなものだ？」

「今、言葉で伝えても、伝言遊びになりそうなんですが」

「伝言遊びとはなんだ？」

「ちょいと長めの文章を、順番に口頭で何人かに伝えていくんです。それで、最初と最後の人で伝言内容にどんな変化が生まれてるのかを楽しむ遊びです」

「それは仕事でやられたらたまらんことではないか！」

なぁとシルヴァンに同意を求めるやんごとなきお方に、呆れた視線を向けるアマーリエ。

「子供の時に遊びでやって、人に物を伝えるとどういうことになるのかってのを実体験させるんですよ。大人になって重要な場面で失敗しないように、遊んで学ぶんです」

「ほうほう。面白そうだな」

「はいはい、器に戻りますよー」

「むぅ」

「職人さんに陛下から伝えてもらうにしても、伝わらないと意味が無いので、まず、一番安くて細工の全くないお皿を持ってきてください。それを元にどういうのが欲しいか、伝えますから」

「ふむ。そのほうが確実だな」

「陛下に皿を渡すのに、そんなもの渡せないって職人さんにゴネられそうですけどね」

「ぬぅ。それは否定できぬ。我の陶工は、自分の腕に誇りを持っておるからの。お忍びで下町の窯元に頼みに行くか……」

「え、下町にもあるんですか？」

「ああ、最近民にも、陶器の器が売られ始めておる。普段使いできる、日常に寄り添った器を作りたいそうだ」

「へ～（その人もしかして知恵者じゃないの？　気のせいか？）」

興味を持った様子のアマーリエに、身を乗り出すやんごとなきお方。

「来たくなったか？」

「あははは。三年はここに居る約束なんで」

「たまに抜け出せばよいではないか？」

「抜け出した先でやらかして怒られるのいやですから、おとなしくしてます」

「まあ、よい。三年後を楽しみにしているからな」

「なんで、行くことになってんですか」

「フフ。何れそなたは我が国に来たくなる」

「まあ、どうしても欲しいものがあったら行くかもしれませんけど」

「ふん！　まあよい、また来る。ではな！」

そう言ってやんごとなきお方は、来たときと同様突然姿を消したのであった。

「「……ふぅ」」

アマーリエとシルヴァンは思わず息を吐き出した。

「天井裏の住人さん！　ダールさんに文官確保の機会ですよとお伝え下さいね！」

「ガタッ」

「！」

シルヴァンが天井裏の音にびっくりして、アマーリエの顔を見つめる。

「はぁ、ずっと知らないふりしてきたのに。ちぇ。一応ね、護衛兼監視で人が付いてるんだよ。ダールさんの目であり耳である人達がね。シルヴァンやダフネさんが気づかないぐらい隠密に長けた人達なんだね」

シルヴァンは、ポカーンと口を開けたままアマーリエの方を見る。

「ん？　なんで私が知ってるのかって？　推測だよ、推測。世の中ね、知らないふりしてたほうが上手くまわることもあんのよ」

「クゥ」

「ってことで今夜のことは墓まで黙って持ってくこと。いいね?」

「オン!」

「あーあ、仮眠取るつもりだったのに。時間だよ。パン焼くかぁ」

がっくりしてアマーリエとシルヴァンは厨房に戻ったのであった。

第10章　パン屋モルシェンアルバン支店開店！

朝から爽やかな空気が流れるアルバン村。そんな村のパン屋の厨房で、一人と一匹が窓から差し込み始めた朝日で、吸血鬼の一族でもないのに灰になりそうになっていた。

昨日の夜からアマーリエがパン焼き作業をするのをシルヴァンも手伝っていたのだ。

「……シルヴァン、昨日の夜のことはほんとに内緒ね。だれにも言っちゃ駄目よ？」

「クゥ」

目の下に隈を飼っているアマーリエの真顔にちょっとびびったシルヴァンだった。

「さ、このパンを地下のアイテムボックスまで運んだら、ちょっと寝ようか？　朝市までまだ時間あるだろうし」

「……オン」

すべてを終えるとアマーリエは最後の力を振り絞って靴を脱ぎ、ベッドに倒れ込み、シルヴァンと一緒に死んだように眠ったのだった。

鐘一つの音が村に鳴り響く。ピクピクとシルヴァンの耳が動く。

「……起きる？　それとも寝てる？」

「……クァァウ」

ベッドの上にムクリと起き上がったアマーリエは、シルヴァンに声をかける。声をかけられたシルヴァンも大あくびをしながら身体を起こした。

「着替えて、ご飯食べたら、市場に行くよ」

アマーリエは手早く朝食を作ってシルヴァンと済ませ、戸締りの確認をして朝市に向かった。

広場に着いたアマーリエとシルヴァンは店先を覗(のぞ)き込んで、買い付けを始める。

「アマーリエさん！　おはよう」

「あ、おはよう！　ブリギッテさん」

ほんわかしたブリギッテが買い物かご片手にアマーリエに声をかける。

その後ろにはアマーリエやブリギッテと同じ年頃の少し垂れた目が愛らしい少女と三人より少し年嵩(としかさ)のキリッとした顔立ちの女性と華やかな印象の女性が立っていた。

ブリギッテは手早く、アマーリエに三人の紹介を済ませると、本題に入った。

「今日、四人の時間が合うのは鐘五つ(午後二時)から鐘六つ(午後四時)の間なの。その時間に話し合いでどう？」

「わかった。じゃあ、鐘五つに店に来ていただいても構いませんか？」

四人は快く返事をする。

「あ、そうだアマーリエさん。村にレイスが出るみたいなんだけど知ってる？」

「初耳ですけど。それ危ないんじゃ？」

「そうでもないの。夜に女の子の白い影がふわっと現れて消えるって話だけなのよ」

「へ～（女の子？　それってメラニーさんじゃないよね？　隠形効果の付いた塩揚げ鶏食べてたんだけど）」

アマーリエは驚いた様子を見せながら、心当たりの顔を思い浮かべる。自分を含めないあたり、無責任極まりないアマーリエであった。

「実害がないうちはそのままかもね」

「え、原因調べないんですか？」

「調べるとなったらお金が必要になるでしょ。だから実害が出るまでは何もしないの。それにまだ見たっていうのは二人だし。酔っ払いだったからね」

「なるほどー。信憑性（しんぴょうせい）の問題もあるのか（隠形のせいだったら不味いから調べられないほうがいいけどさ）」

既に責任回避を腹の中で考え始めているアマーリエだった。

「そういうこと」

「ただ夜歩きは控えたほうが良いんじゃないかって話になってるの」

「わかりました。うちも夜歩きはしないようにします（隠形付きは食べさせない！）」

「オン！」

「じゃあ、また午後にね」

噂話を終え、ブリギッテ達と別れてうちに戻ったアマーリエとシルヴァンだった。

「シルヴァン、お昼、何食べようか？　ブリギッテさん達が午後来るから、お菓子も用意しないとだしねぇ。ニラと生姜（しょうが）と大蒜（にんにく）はあるから、ニラ豚丼にしない？」

「オン！」

「じゃ、お昼はニラ豚丼で」

想像したのか早くもシルヴァンの口の端から涎（よだれ）が垂れ始める。

「シルヴァン、よだれよだれ」

慌てて口の周りをべろりと舐（な）めるシルヴァンだった。

「さて、お昼の前に明日のサンドイッチを作るよ。ライ麦パンと日本風ホワイトローフ(食パン)を使ったタマゴサンドとハムサンドを出すから、まずはゆで玉子ね。っとその前に店の冷蔵ケースを冷やし始めとかなきゃ」

慌てて厨房から店に出て、冷蔵ケースの魔法陣を起動させるアマーリエだった。

「卵茹(ゆ)でてる間にキュウリをスライスしてと」

鍋(なべ)に水を出し、塩と卵を入れ火にかけ、アマーリエはキュウリをリュックから大量に取り出す。

「ダニーロさんが南の魔女様から風魔法を使ったパンのスライスを教えてもらってたけど、私もできるかな？」

「オン！　オン！」

「え、何？　シルヴァンやってみるの？」

目をキラキラさせて任せろというように頷(うなず)くシルヴァンにわかったと頷くアマーリエ。

「んじゃまず一本。ここに置くよ」

そう言って作業台の上にキュウリを置く。シルヴァンは作業台に顎(あご)を乗せ、風魔法で一瞬のうちにきれいな斜め輪切りのキュウリのスライスを作り上げた。

「凄(すご)い！　シルヴァン凄いよ！　流石風属性持ち！」

褒めるアマーリエにドヤッと胸を張るシルヴァンだった。

「ハムのスライス頼んでいい？　キュウリは私が切るから」

「オン！」

アマーリエはハムひとかたまりを台に置くとシルヴァンに任せる。アマーリエは風魔法でやるのは危険と判断し、包丁を使ってキュウリを切り始める。スライスしたキュウリはボウルに入れ、軽く塩もみして水分を出す。でた水分は魔法で消してしまい、ボウルごと冷蔵魔法をかける。

「オン？」

「あ、この冷蔵魔法？　空気を冷やすイメージだね。なんとなく肌感覚で十度ぐらいにしてるよ。お、ハム切れたんだね、ありがとう。こっちはバットに入れて冷蔵っと。お、ゆで玉子できたかな」

アマーリエは鍋の湯を消し、玉子の殻をむきやすくするために冷水を入れる。

「玉子の殻むきは無理か……。パンを持ってくるから、切るの頼んでいい？」

「オンオン！」

アマーリエは地下のアイテムボックスからサンドイッチ用のパンを持ってきて、シルヴァンに切るのを頼む。その間にアマーリエは大量の玉子の殻をむいてボウルに入れていく。

シルヴァンは風魔法を駆使して、ライ麦パンと日本風ホワイトローフ食パンをスライスすると、ひとかたまりずつにまとめ作業台に積んでいく。

「シルヴァンも風魔法上手に使いこなしてるよね」

「オン！」

「さて、玉子のペースト作って」

アマーリエは、玉子をボウルの中で風魔法を使ってみじん切りにし、塩胡椒しおこしょう、マヨネーズ、ドライパセリを投入して、玉子のペーストを作っていく。

「シルヴァン、このチーズもスライスお願い。ハムサンドの中に入れるから」

「オンオン！」

「後はレタスちぎって」

アマーリエはレタスを冷水仕様の浄化魔法でさっと洗い、ボウルにレタスをちぎり入れ水をきる。

「よし！　具は出来た。後はパンに挟んで、成形して、紙に包む作業っと。まずバターをクリーム状に攪拌するかな」

　常温状態のバターをアマーリエはクリーム状に攪拌していく。出来上がったものを日本風ホワイトローフに薄く塗って作業台に並べる。

　ある程度並んだら、玉子ペーストを塗りキュウリを並べていく。再度、日本風ホワイトローフにクリーム状のバターを塗って蓋をしていく。

　アマーリエはそれを積み重ねて軽く押し、シルヴァンにパンの耳を切り落として長方形に半分に切るようにお願いする。

　ライ麦パンの方にはマヨネーズと粒マスタードを混ぜたものを塗り作業台に並べていく。その上にハム、チーズ、レタスの順に重ね、ライ麦パンを乗せて積み上げ、シルヴァンに半分にカットをお願いする。

「オン？」

　風魔法で持ち上げたパンの耳をアマーリエに見せるシルヴァン。

「あ、ごめんごめん。このボウルにパンの耳を集めてくれる？　これぐらいの長さに切っといていてくれたらさらに嬉しい」

「オンオン」

　一人と一匹はせっせとサンドイッチ作りに励み、鐘四つ前には紙に包まれたサンドイッチの山が出来上がっていた。

「やったよ。やったよ！　シルヴァン！　なんとか出来たよ！　お前のおかげだよ～」

「オンオン！」

シルヴァンもやりきった感漂う顔でアマーリエに応える。

「あー、シルヴァンがダンジョン行ってる間は一人かぁ。大丈夫かなぁ？」

リュックにサンドイッチの包みを仕舞いながらため息をつくアマーリエ。

「キュゥ～」

「ま、最初を乗り切ればなんとかなるでしょ」

心配そうに鳴くシルヴァンに、笑って返すアマーリエ。

「さて！　一旦片付けてご飯にしますか」

アマーリエはパンの耳が入ったボウルをリュックに仕舞い、作業台を片付ける。

そして今日朝市で買ってきた豚の肩ロースを取り出し作業台に置くとシルヴァンに食べたい分だけ好みの厚さにスライスするように頼む。

シルヴァンはよだれを垂らしながら、せっせと風魔法で肉を薄切りしていく。その間に、アマーリエは居間のアイテムボックスから米を持ってくる。

「オン！」

大量の薄切り肉の山をこしらえたシルヴァン。

「はい、ありがとう。こんなに食べられるのかな？」

「キュウ」

思わず視線をそらすシルヴァンだった。

「……切るのが面白くていっぱい切ったりした？　まあ、いいわ。そのかわり晩もニラ豚ね！」

「オン！」

「んじゃ、米炊くよ。夜の分も炊いちゃうか。三合ぐらいかな。米を洗って、水を吸わせるんだけどここは時間経過を使ってっと」

アマーリエは錬金術を使って吸水時間を短縮し、鍋をコンロに置いた。

「オンオン」

「あー、シルヴァンも生活魔法で水出せるなら米炊けるかもね。魔導焜炉（こんろ）はここに触って自分の魔力を流すと起動するんだよ。火力をいじるときはこっちから強火、中火、弱火、とろ火だから使いたいのを起動させるといいよ。切るときは、ここに魔力流すの」

「クゥ」

シルヴァンに魔導焜炉の使い方を教え、さらに米の炊き方を教えたアマーリエ。

「さて、ひと混ぜして、米の鍋は作業台に置いといて。ニラ豚作るよ。お肉大量にあるから先にボウルの中で塩胡椒で味付けしとくか。シルヴァン混ぜてくれる？」

「オン！」

いい返事をしてアマーリエが用意したボウルの中の肉に、塩胡椒がまんべんなく混ざるように風魔法で混ぜるシルヴァンだった。

アマーリエは大量にニラを切り、大蒜をみじん切りにし、生姜をすりおろしていく。

揃えた材料をコンロ脇に持っていき、アマーリエは中華鍋に近いフライパンを火にかける。フチから煙が上がってきたら油を入れ、火から離して鍋肌に油をなじませる。

「半分ずつじゃないと流石に無理かな……。みじん切りの大蒜を焦げないように炒（いた）めて油に香りを移します」

「オン」

「大蒜の香りが強くなったら、豚肉を投入。豚肉にほんのり赤みが残ってる段階でニラを入れ、さっと炒めます」

「キュウゥ」

にんにくの臭いにシルヴァンの口からよだれが落ちだす。

「シルヴァン、よだれよだれ」

「アゥ」

「で、おろし生姜を絞って絞り汁をさっとかけまわして、水分を飛ばして出来上がり。おろし生姜の繊維が気にならないならそのまま入れてもいいし、もっと生姜の食感を残したいならみじん切りしたり針生姜にして入れてもいいね」

「キュウ」

「ホイ味見」

アマーリエはニラと豚肉を摘んで、シルヴァンの口に放り込む。

「どう？」

機嫌よく尻尾（しっぽ）を振るシルヴァンに問題がないと判断し、大皿にフライパンの中身を移して、アマーリエは残りの半分のニラ豚を作り始める。

村に鐘四つ（正午）の鐘が鳴り響く。

「オオ～ン」

「はいはい。シルヴァン、米どれぐらい？　ニラ豚乗っけちゃっていい？」

「オン！」

アマーリエが木鉢に米をよそい、シルヴァンに量を確認してニラ豚をたっぷり乗せる。

「さて、私もニラ豚丼にしちゃお」

アマーリエは自分の分を用意し、お茶を淹れる。米の鍋とニラ豚の大皿は、シルヴァンが風魔法で浮かせて、一人と一匹は居間に上がった。

「では、いただきます！」

「オンオン！」

アマーリエは豚とニラを口に入れ肉汁とニラの香りを楽しむ。

「はぁ、美味しい」

シルヴァンはキュウキュウ言いながら貪（むさぼ）るように食べている。

「米もいい具合に炊けてるし。ああ、幸せ～」

「リエ～！」

「ウグッ。あの声はダフネさんか？　は～い」

大声で返事をして階下に降りるアマーリエ。シルヴァンは自分の分をせっせと食べている。

リエが店の扉を開けると、ダフネが腕に大きめの紙袋を抱えて立っていた。

「ダフネさん。どうされたんですか？」

「いい匂いがした！　コレと昼食を交換しないか？」

そう言ってダフネは紙袋をアマーリエに見せる。

「なんですか？」

「りんご！　市場で今季最後のやつを手に入れたんだ。ちょっと酸っぱいらしい」

「ほうほう。りんごのお菓子でも作りますか」

「で、昼食いい？」

「はぁ、いいですよ、物々交換。米ですけどいいですか？」

「豚の匂いもするぞ？」

「ええ、米の上に乗っけ盛りです」

「やった！」

アマーリエは、ダフネを居間に招く。

「シルヴァン、ダフネさんも一緒に食べるから」

「オン！」

アマーリエはダフネに食べる量を聞いて木の鉢に盛り付けていく。

「はいどうぞ、ダフネさん」

「ありがとう、リエ。いただきます～」

早速スプーンにたっぷりとすくい取り、食べ始めるダフネ。

「ング！　美味いぞこれ！　何杯でもいけそうだ！」

その声にビクッとして慌ててアマーリエの顔を見るシルヴァン。

「シルヴァンはおかわりする？」

「オン！」

風魔法で空になった木の鉢を持ち上げて、アマーリエに渡すシルヴァン。

「凄いな、シルヴァン！　風の魔法でそんなことができるのか！」

「上手ですよ～。お肉切るの手伝ってくれたりとか、パン生地混ぜるの手伝ってくれたりとかすごく助かってます」

「おお！　偉いな、シルヴァン！」

褒められたシルヴァンはドヤ顔で尻尾を振りまくる。

ダフネはしっかり三度おかわりをしてニラ豚が載っていた大皿を空にすると、お茶を飲みながら居間のラグの上でシルヴァンとともにくつろぎ始めた。

アマーリエはダフネ達を居間において厨房に移り、余ったパンの耳でラスクを作り始める。

「簡易式でいいかな～」

大きめのフライパンにバターを入れて溶かし、パンの耳がカリカリになるまで、焦げないように混ぜながら炒める。少しずつ、パンの耳を揚げ焼きしていく。

「半分はお砂糖にするか。残りは粉チーズと胡椒っと」

ボウルの中で軽く和えて、完成だ。

「さてと。次の鐘が鳴るまでまだ間があるから、開店の準備しないと」

ラスクを作業台の上において、アマーリエは一旦居間に行く。

ダフネとシルヴァンはラグの上で午睡に入っていた。アマーリエは寝室から毛布を持ってきてダフネの上にかける。

「……ダフネさんがうちの子になっちゃってるけど、ま、いいか。そのうちベルンさんから連絡来るでしょ」

そうつぶやいてアマーリエはリュックを背負って地下に降りる。

アイテムボックスから販売用のマヨネーズとマスタードの瓶、ディスプレイ用の什器やポップ用の紙をとりだして、リュックに放り込んでいく。

「これで、全部出したかな？」

店の方に戻って、アマーリエは商品とポップをレイアウトを考えながら並べはじめる。

「ここのほうが見やすいかな。こっちはここに並べたほうがきれい。よしよし」

並べたものを離れた場所から見て、置き直しつつディスプレイしていく。

「うーん。庭側の壁に出入り口欲しいかも。でないと今の出入り口一つじゃ、客の回遊がうまくいかなそうな？　庭側の壁に錬金術で穴を開けちゃおうか」

アマーリエは、確認するために出入り口から庭にまわり、今度は庭の方を見る。

「うっ、出入り口の前に、庭をどうにかしないとダメな気がする……」

草ぼうぼうの庭は、起きてきたシルヴァンが風魔法を使って刈り取り、やって来たブリギッテが薬草園の堆肥（たいひ）用に持ち帰ることになった。

きれいになった庭には、村のおばあちゃん達のために、折りたたみの椅子を道具屋から仕入れて置くことになった。

結局その日のうちに、庭側の壁はアマーリエが錬金スキルを使って穴を開け、建具職人に扉を付けてもらい、客の回遊がうまくなるように店の構造を仕上げてしまった。

ありえない速さに、その場に居た人達は唖然（あぜん）となっていたが。

こうして、ブリギッテ達やダフネ、村の人の協力を得て、なんとかパン屋を開店の形まで整えたアマーリエだった。

その後、アマーリエは、商品をブリギッテ達に説明し、やってほしいことや気づいたことなどを話し合い、明日の段取りを決めた。

「はい。それでは明日は三角巾（さんかくきん）と前掛けをお願いします」

「「「はーい！」」」

「じゃぁ、お茶にしましょうか」

「そうね、まだ時間あるし」

女達は鐘が鳴るまでお菓子と話を楽しんだのだった。

そしてダフネは、夕方頃、探しに来たベルンに連れられて宿に帰ったのであった。もちろん、ダフネはファルのためにもラスクをしっかりゲットしていった。


ようやくパン屋開店の朝である。いつものように、スズメが鳴く前から起き出したアマーリエは、着替えてシルヴァンとともに厨房に入る。

「今日は、昔からこの店で売ってたライ麦パンとカンパーニュ、それにバゲットを出して……。新しく出すのは日本風ホワイトローフ（食パン）とサンドイッチ、これらは全部できてるっと。パンの追加は冷却棚において。サンドイッチは冷蔵ケースに入れて、残りはアイテムリュックから随時補充すると」

「オン！」

声に出して確認するアマーリエにシルヴァンが返事をする。

「一応、試食用にパンを切っとこうかな」

「オンオン！」

「お、切ってくれるの？　頼むね？　じゃあ、その間に私は朝ご飯と昼のまかない、夜ご飯の用意しとくよ。時間が余ったら明日新しく出すパンを焼くことにするよ」

アマーリエはパンとパンの種類分のかごを用意して台の上にのせる。一人と一匹はそれぞれの作業に入った。

「ふぅ、パンも並べ終えたし、値札もバッチリ。会計のカウンターには値段表も置いたし、お釣りも大丈夫で、紙袋は皆が取れる位置においた。まあ、殆どの人が自前で買い物かご持ってくるだろうけどね。あと半刻もしたら皆が来るし、朝ご飯にしようか？　シルヴァン」

おにぎり（体力回復をあてにして）にハムエッグ、かぼちゃのポタージュで朝ごはんを済ませた一人と一匹は、午前から担当の三人が来るのを待つ。

「日本と違って、パンは家庭ごとに好きな厚さに切るから問題ないかな。一応パン切りナイフとまな板置いとくか。シルヴァン、もし切ってほしいって言われたら頼むかもしれないけどいい？」

「オン！」

すっかりパン屋の小僧になったシルヴァンだった。しばらくすると売り子の三人が来て店の中が賑やかになる。

「じゃあ、お店開けるよ？　みんな準備はいい？」

アマーリエの声に満面の笑みで頷くブリギッテ達とシルヴァン。

アマーリエはその笑顔に応えて、店の扉を開けた――

エピローグ

「皆さん、モルシェンパン屋アルバン村支店、開店します！　本日より三年間、よろしくお願いいたします！」

眩しいぐらいの笑みを浮かべたアマーリエの開店の挨拶に、既に来ていたお客達も笑顔で応える。

朝一番から、銀の鷹もやってくる。

「いらっしゃいませ〜」

女性陣からの眩しい笑顔に怯むベルンとダリウスだった。

「あ、おはようございます。いらっしゃい」

厨房から出てきたアマーリエが銀の鷹に声をかけると、彼らは口々に挨拶を返す。

シルヴァンは、ダリウスに愛想を振りまいて干し肉をゲットしていた。

「おはよう。リエ、昨日は店の準備があったのにダフネが邪魔して悪かったな」

ベルンがダフネの行動を謝る。

「いえいえ。色々力仕事手伝っていただいたんでむしろ助かりました。りんご頂きましたし。ダフネさん、白の日にりんごのお菓子を作るんで良かったら遊びに来てくださいよ」

「やった！」

「「それは聞き捨てならない」」

「「同じく」」

ファルとダリウスの言葉にブリギッテ達が同調する。

「いや、あんた達。ダフネは一応りんごを差し入れたわけでしょ？　それにただ乗りするのはどうなのよ」

マリエッタが呆(あき)れたように言うと甘味好き共は即行で言い繕った。

「何か食材見繕って持っていきます！」

「うちの料理に使える種や草花持ってくるよ」

「美味しいお茶があるから持ってく！」

「ふむ、俺は近くの森のベリー類やきのこでも採集してくるか」

「あはは、ありがとうございます。よかったら白の日にお茶しに来てくださいな」

「「「「やった～」」」」

喜ぶ甘味好き共に肩をすくめるマリエッタだった。

「それで皆さん、冷やかしに来たわけじゃないんですよね？」

「ないない。ちゃんと朝ご飯買いに来たから。今日のサンドイッチは？」

グレゴールが苦笑しながら、冷蔵ショーケースのサンドイッチを指差す。

「今日はタマゴサンドとハムチーズサンドのセットになります」

「ねぇ、アマーリエ。スープの持ち帰りとか出来ないの？　あの保温マグとか使って」

「あ、それいいですね。かぼちゃのスープならありますよ。外に机と椅子もあるから食べていきますか？　それなら普通に木の器で出せますし」

「「「「「そうする」」」」」

「んじゃあ、サンドイッチ必要なだけ注文して、お会計してもらってください。私、奥からスープ持ってきますよ」

「アマーリエさんスープの値段は？」

「二百シリングでお願いします」

ブリギッテ達に値段を伝えてアマーリエは厨房に引っ込む。ブリギッテ達はそれぞれのトレーにサンドイッチとスープ、スプーンを一緒に乗せて、会計の終わった順に渡していく。

「ここ扉あったか？」

ベルンが庭側の壁にできた扉を見て首を傾げる。

「昨日、アマーリエさんが作ったんですよ」

「リエが凄かったんだ」

ダフネがニコニコ言うとマリエッタが呆れたような視線をアマーリエに向ける。

「スキル大盤振る舞いしたのね？」

「エヘッ」

「程々にな」

ダリウスがやんわりと釘を刺す。

「はい、気をつけます」

「リエさん、甘いものはないんですか？」

「今日は置いてないです。余裕がなくって。徐々に置いていくつもりです」

「楽しみにしてますね」

「リエ、お肉のサンドイッチもな」

「はいはい」

ダフネの後ろにシルヴァンが続く。ダフネが買った山盛りのサンドイッチのトレーを風の魔法で運んでいるのだ。

「ちょ、ダフネ買いすぎじゃ？」

「お昼の分！」

「さようで……」

呆れた様子のグレゴールが後ろに続いた。

その後も切れ間なくパンを買いに村人が次々と店にやってくる。庭でまったり朝食をとる銀の鷹を見て、同じように外で食べて帰る人もチラホラと出る。

新しいパン屋で昔ながらのパンや新しいパンをあれこれ試食して、満足の行くパンを手に入れ、幸せな笑みを浮かべて村人は帰っていく。

安堵（あんど）したように昔ながらのパンを手にゆっくりと。あるいは初めて食べる食感のパンを家族にも食べさせるために足早に。

そして、口々に新しいパンとパン屋での出来事を噂し、村の人々は心から楽しんでいた。

それは、アルバン村に新しい風が吹き込んだ日であった。

おまけ　恐ろしきもの

グリニアス帝国帝都グリニュース。その帝都のどまんなかにそびえたつ宮殿の、やんごとなきお方の執務室で事件は起こった。

やんごとなきお方は、アルギスから送ってもらったあんドーナツをこっそり食べるつもりで、懐にあんドーナツの袋を隠し、執務室へと向かった。

警護の騎士で狼人のヴォルグが、やんごとなきお方からする甘い匂いに鼻をヒクヒクさせるが、立場上一応黙って、職務をまっとうする。

やんごとなきお方は、その私室から持ち込んだあんドーナツの紙袋を執務机の引き出しにこっそりしまうところを、書類を持ってきた宰相補に見つかってしまう。

「陛下？　今隠したのなんです？　お出し下さい」

「……気のせいだ」

「気のせいじゃありませんよ、甘い匂いがしましたから、宰相補様！」

扉の外で警護をしていたはずのヴォルグが、開いた扉から顔を突っ込んで宰相補にバラす。

「なっ！　ヴォルグ！　そなた我の警護であろう。どっちの味方だ！」

「今は宰相補様です。その甘いの気になりますから」

やんごとなきお方が信頼する警護騎士の一人、ヴォルグがキリッとした顔であっさり裏切った。

「グッ、そなたの食い意地が張っておるのを忘れておったわ！」

「陛下？」

二人の視線に、渋々引き出しからあんドーナツが入った袋を取り出すやんごとなきお方。そのまま無言で机の上に袋を置くと、宰相補がその紙袋を取り上げ中身を確認する。

「なんですか、これは？」

「菓子だ」

「どこで手に入れたんです？」

「下町だ」

「嘘をおつきにならないで下さい。これ、油で揚げていますよね？　油の高い帝都で庶民が作れるはずがありません。どの貴族から受け取ったのです？」

結局、アルギスから手に入れたことや簡易転送陣のことまで、洗いざらい吐かされることになったやんごとなきお方であった。優秀な部下も、時と場合によるようである。

「「はぁ、おいしい～」」

「い、一個ずつだからな！」

「高貴なお方がケチケチおっしゃらないで下さい―」

「ふがふが」

「あなたは口に入れっぱなしで話さないんですよ、ヴォルグ」

「んぐ。もう一個下さい！　程よい甘さでとっても美味しい！　毎日食べたい！」

訓練されて、微動たりともしないはずのヴォルグの尻尾が盛大に揺れている。よほど美味しかったようである。

「遠慮しろ！」

「陛下！　あなたが我慢なさらないと。甘い物食べ過ぎて夕食が食べられなくなったら、侍医達が騒ぎ出して、バレてしまいますよ。さ、我々に遠慮なくわたして下さい」

「お、おまえというやつは～」

「「ささ、陛下！　内緒にしたければ我々にお菓子を！」」

偉いはずのやんごとなきお方は、こうして部下に、アルギスから貰った菓子やパンを巻き上げられることとなった。これが原因で、やんごとなきお方は、アマーリエに催促するため世間話と偽って、アルバン村へと内緒で出かけることにしたのである。

アマーリエが知ったら、過去の自分の愚かさに崩れ落ちたであろう事実であった。


そして、アルバンへこっそり出かけて戻ったやんごとなきお方。

「しもうた！　茶しか催促できなんだではないか！　菓子を貰い損ねた！」

「「陛下～、じっくりお話しましょうか？」」

「！　そなた達、なぜここに⁉」

抜け出したのがバレていて、待ち構えていた宰相補とヴォルグに次は自分達の分もお菓子をちゃんともらってくるよう約束させられたやんごとなきお方であったとさ。

あとがき

拙作をお手に取っていただき、ありがとうございます。おかげ様で二巻を上梓（じょうし）することが出来ました。ネット（小説家になろう）での『ダンジョン村』の方とあわせて、どうぞお楽しみ下さい。

ようやく、主人公、パン屋を開くことになりました。相変わらずパン屋？　なことをしていたせいですが。危うく、開店までたどり着けないところでした。

ええ、今回もタイトル詐欺をやらかしそうになり、担当編集様方をドキドキさせたのは主人公と私です。登場人物ともども、いい意味でときめきを差し上げられるようになりたいものです。

女性の皆様！　若さの秘訣（ひけつ）ってときめきらしいですよ。男性の方はあいにくと存じません、悪しからず。心ときめく登場人物を出したいのですが、どうしても笑いを取りにいくみたいで。まあ、笑いは健康で長生きのコツだから許してください。

今後も、微力ながら皆様に楽しいひと時を過ごしていただけるよう、面白い話作りを頑張っていく所存であります。それが、次につながると嬉（うれ）しいです。

最後に、読者の皆様、ご助力いただいた関係各位に心からの感謝を申し上げます。

丁（ひのと）謡（よう）

お便りはこちらまで

〒102－8078
カドカワBOOKS編集部　気付
丁　謡（様）宛
mepo（様）宛

カドカワBOOKS

ダンジョン村のパン屋さん 2
～パン屋開店編～

2018年1月10日　初版発行

著者／丁 謡

発行者／三坂泰二

発行／株式会社KADOKAWA

〒102-8177
東京都千代田区富士見2-13-3
電話／0570-002-301（ナビダイヤル）

編集／カドカワBOOKS編集部

印刷所／旭印刷

製本所／本間製本

KADOKAWA　カスタマーサポート
［電話］0570-002-301（土日祝日を除く11時～17時）
［WEB］http://www.kadokawa.co.jp/（「お問い合わせ」へお進みください）
※製造不良品につきましては上記窓口にて承ります。
※記述・収録内容を超えるご質問にはお答えできない場合があります。
※サポートは日本国内に限らせていただきます。

Printed in Japan
ISBN 978-4-04-072580-2 C0093

新文芸宣言

　かつて「知」と「美」は特権階級の所有物でした。

　15世紀、グーテンベルクが発明した活版印刷技術は、特権階級から「知」と「美」を解放し、ルネサンスや宗教改革を導きました。市民革命や産業革命も、大衆に「知」と「美」が広まらなければ起こりえませんでした。人間は、本を読むことにより、自由と平等を獲得していったのです。

　21世紀、インターネット技術により、第二の「知」と「美」の解放が起こりました。一部の選ばれた才能を持つ者だけが文章や絵、映像を発表できる時代は終わり、誰もがネット上で自己表現を出来る時代がやってきました。

　UGC（ユーザージェネレイテッドコンテンツ）の波は、今世界を席巻しています。UGCから生まれた小説は、一般大衆からの批評を取り込みながら内容を充実させて行きます。受け手と送り手の情報の交換によって、UGCは量的な評価を獲得し、爆発的にその数を増やしているのです。

　こうしたUGCから生まれた小説群を、私たちは「新文芸」と名付けました。

　新文芸は、インターネットによる新しい「知」と「美」の形です。

2015年10月10日
井上伸一郎